陳長慶作品集

一九九六～二〇〇五

小說卷（七）

【陳長慶作品集】

小說卷·七（日落馬山）

目次

寫在前面

今天是二〇〇四年清明節，濃霧瀰漫著整個大地，視野一片蒼茫，小小的島嶼彷彿鋪滿著一層白色的棉絮，讓人有一種淒涼的感覺。

祭完祖、掃完墓，我和往昔一樣，備了香燭、紙錢和鮮果，獨自一人，默默來到另一處塋地，祭拜一位長眠在這裡的友人。

然而，歲月更迭，物換星移，水泥砌成的墓頂已龜裂成許多粗細不一的紋路，野草從它的縫隙處自然繁衍，是否意味著往生者的年代已久遠，還是少有親人來探看。儘管我年年不厭其煩地拔除塋上的雜草，但它依然是春風輕拂草又生，徒增我幾許無奈與惆悵。

墓碑上滿佈著青苔、爬滿著藤蔓，紅色的字體已褪盡；石刻的字跡經過風雨的腐蝕、歲月的風化，已模糊難於辨認。馬山之鶯長眠在這個孤寂的小山頭已足足有三十餘個寒暑，而今，歲月的巨輪已輾過無情的人生路，有誰還能記起一隻展翅飛翔在浯鄉天空的小黃鶯，聆聽她鶯聲燕語的呢喃。

我蹲下身，惟恐驚動塋中人似的，輕輕地拔除墓上的雜草。儘管水泥砌成的表面已龜裂，但我並不懼怕會從裡面伸出一隻手把我拉進去，抑或是蟄居在裡面的幽靈會突然探頭出來跟我打招呼。人死不能復活已是千古不變的定律，況且，三十餘年前的肉身早已化成白骨一堆，懼神怕鬼已難容於這個科技昌明的新世代。如果真有幽靈的存在，相信塋中的鬼魂也會保佑我的，因為三十餘年來，除我之外，已沒有第二個人會來到這個孤寂的小山頭，為她清除塋上的泥土和雜草，或拈上一炷清香、燒些金銀紙錢。雖然只是一樁微不足道的小事，但如果與塋中人沒有密切的關係，在這個現實的社會裡，又有誰會自願來施勞。

遠方的山頭依然是白茫茫的一片，微風夾著霧絲飄落在我滿佈溝渠的臉龐，這種惱人的天氣不知要延續到什麼時候？

我熟稔地炷起清香，但今年的感受似乎倍感不同，嘴裡始終唸不出一句禱詞，莫非我的心已麻痺，把爾時那份得來不易的情誼忘得一乾二淨？果真如此的話，為什麼年年清明還要上山頭；倘若不是，為什麼當年的柔情蜜意轉眼即成空。

清煙一圈圈在墓碣前繚繞，往事一幕幕在腦中盤旋，誰也阻擋不住我此時澎湃洶湧的思潮，且讓時光回復到舊時的原點，任由它自然地宣洩吧……。

第一章

那年秋節前夕，我陪同主任帶著總統犒賞的月餅以及慰問金，親赴島上的最前線，慰問戍守在小據點的官兵。心戰大隊所屬的馬山播音站也是我們的重點行程之一。

往年，這種例行的慰問工作都由組長代行，但新到任的主任，為了要對小據點多一分瞭解和關懷，特別囑咐要親自前往。

雖然馬山播音站隸屬於國防部心戰總隊，但年節慰問與隸屬的軍種卻毫無關聯。年節慰問金是依據收支組的驗放人數來編列，小據點是由承辦作戰業務的第三處來認定和統計，慰問金則由承辦福利與慰勞慰問的政五組統籌分配。主任代表的是防區司令官，因此，每逢年節慰問金的發放，都以此為基準，第一線官兵的辛勞，更是不在話下，長官對他們也多了一份關懷。

馬山，位於金門的東北端，距離對岸的角嶼直線僅二千三百餘米，天氣晴朗時，故國山河清晰可見，漁舟帆影歷歷在目。鶴立在海中的「草嶼」，更如一艘護衛著金門北海岸的戰艦，讓人感歎它的神奇。

我們的公務車尾隨主任的座車，從山后的「寒舍花」據點到「五虎山」的海軍雷達站，除了團體加菜金外，每人又加發總統犒賞的月餅一個。

主任簡短的致意後，我們隨即又展開另一段行程。路經山西村郊，右轉經過田墩、浯坑、塘頭，從官澳村後那條畢直的馬路疾駛，很快就抵達由長江部隊駐守的馬山據點。遠遠就聽到一陣陣激昂震耳的歌聲：

我的家在山的那一邊
那兒有茂密的森林
那兒有無邊的草原
春天　播種豆麥的種籽
秋天　收割等待著新年
張大叔從不煩惱
李大嬸永遠樂觀
自從窯洞裏鑽出了狸鼠
一切都改變了
……

主任剛下車，宏亮的立正口令跟著響起，馬山連長雙手握拳，快步來到長官身旁，敬了一個標準的舉手禮，播音站長也聞訊前來向長官致敬。

「辛苦啦！」主任輕握連長的手，而後轉向站長。

我提著提包，跟隨組長走在主任的背後，順著那條石塊砌成的壕溝緩緩前行。左邊的不遠處，已有幾位官兵和身著軍裝的女播音員站在門口恭候。

「主任好。」他們舉手向主任敬禮，又同聲問候。

「諸位辛苦啦！」主任上前一一和他們握手，站長也在旁為長官介紹。

「黃鶯，」站長介紹最後那位清麗端莊的女播音員時，特別加重了語氣：「報告主任，黃鶯的國語字正腔圓、音色甜美，每一篇廣播稿，在播出時都融入深厚的感情，打動對岸同胞不少人的迷思，讓數以百計的共軍弟兄、義胞義士，接受號召而起義來歸或投奔自由，為心戰工作立下不少汗馬功勞。」

「黃鶯，」主任慈祥地拍拍她的肩，「妳不僅是美麗乖巧的黃鶯，更是我們馬山之鶯！」

「謝謝主任的讚美，」她閃動著晶瑩明亮的雙眼，頰上也迅速地浮起一對迷人的小梨窩，微微地笑著說：「這是我份內的工作。」

「有什麼困難隨時告訴主任。」主任再次拍拍她的肩。

「謝謝主任。」她含笑地說。

主任聽完簡報，做了幾點重要的指示後，在有關人員的陪同下，隨即進入鄰近的觀測所，這裡也是我們今天的最後一個行程。

然而，當我們一行正準備上車回部時，侍從官林中尉卻快速地走到我身旁，急促地告訴我：主任要另外發給黃鶯二百元慰問金和一個月餅，要我馬上辦。

我趕緊取出印著「佳節快樂，司令官贈」的紅色禮袋，裝上錢，順手拿了月餅，重回播音站。

「黃鶯長官。」我舉起手，向她敬了一個不太標準的禮，還沒待我說明來意，她訝異地看了我一眼，笑著說：「我是播音員，不是長官。」

「妳穿的是軍裝，佩的是准尉官階，當然是長官。」我笑著，順手把慰問金和月餅遞給她說：「這是主任特別要送給妳的。」

「這怎麼好意思。」她並沒有伸手來接。

「長官的一番心意，妳就收下吧。」我坦誠地說。

「謝謝。」她禮貌地用雙手接過去。

「再見，長官。」我笑著向她揮揮手。

「我叫黃鶯，不叫長官。」她愉悅地送我走出播音站的大門。我快速地走了幾步，情不自禁回頭看了一下，想不到她還站在大門口。我再次向她揮揮手，她也含笑地向我擺擺手。

跨上回程的車上，馬山海嶼的濤聲，聲聲激動著我的心扉，儘管秋陽高照，但那悅人的秋風卻輕拂著我的臉龐，讓我感到無比的清爽和愜意。

忙完了小據點慰問，我必須先把各單位的領據彙整和統計，以方便日後的結報。因為每項支出，都有不同的預算科目，例如：「離島慰問」、「傷患慰問」、「小據點慰問」、「秋節加菜金」等，每當辦完一項，必須先予整理，以免屆時混淆不清。

然而，在「小據點慰問」這個項目裡，我已連續算了好幾遍，為了區區二百元，心算、筆算、珠算三管齊下就是兜不攏，左思右想始終想不出錯在什麼地方？雖然在龐大的金額裡，一點小誤差在所難免，但卻讓我感到萬分的懊惱。

突然我想起，主任發給黃鶯的二百元慰問金忘了請她寫收據，一切錯誤就在這裡。於是我從「西康」總機轉「吉林」撥通馬山播音站的電話，直接找黃鶯。

「黃鶯長官，妳好。」沒等我說完，她就搶著問，「你是政五組的陳先生嗎？」她那悅耳的聲音的確讓我難以忘懷。

「是的，」我言歸正傳，「那天主任發給妳的慰問金，忘了請妳寫收據，妳可以補寫一張嗎？」

「當然可以，但不知要如何交給你？」她爽快地答應，也有點為難地說。

經她這麼地一說，我才想到，馬山距離武揚尚有一段長遠的路程，除了交通不便外又是禁區，沒有金防部的職員證也不能通行，她絕不可能親自為我送來。

「妳先寫好，我找時間來拿。」

「這怎麼好意思。」

「不好意思也沒有辦法，黃鶯長官，妳說是不是？」我無奈地說。

「你不要再叫我長官啦！你沒看到我的臉已經紅了。」有輕微的笑聲傳來。

「那麼就叫妳馬山之鶯好了。」

「那是主任的抬舉，我可消受不起。」

「叫妳黃鶯小姐總可以吧。」

「叫我黃鶯就好！」她爽快地說。

「到時不要說我們金門人不懂得禮貌。」

「絕對不會！」

「真的？」我有點兒暗喜，「那我現在就叫妳黃鶯。」

「好啊！」電話筒裡傳來一陣清脆悅耳的笑聲，我竟興奮地掛斷了電話，忘了斷話時該有的禮貌，任憑說一句庸俗的再見或下次再聊也好，但畢竟是錯過了，我什麼也沒說。

「真笨！」我的心裡湧起一股無名懊惱，一個想認識她的念頭同時在我心裡滋生。機會總是人創造的，或許，我並沒有失去機會，因為我還要找她拿慰問金的收據呢，屆時再厚著臉皮和她多聊幾句吧，我心裡如此地想著，也期待著。

第二章

連續好幾天，組裡的一般業務幾乎都停頓了下來，所有的參謀都支援秋節「慰勞慰問」，大夥兒忙得不可開交。

首席參謀官接待「婦聯會秋節金門前線勞軍團」、承辦戰地政務的參謀官接待「台灣省屠宰公會金門前線勞軍團」、康樂官安排藝工團隊的演出、福利官陪著司令官離島慰問，民運官陪同夫人慰問住院的傷患官兵……，組裡經常只剩下一位值日軍官以及文書和傳令，其忙碌之程度，非一般人所能瞭解。

我在組裡承辦的業務，比起諸參謀們也是有過之而無不及，因此，在緊張忙碌的日子裡，又怎麼會想到只有一面之緣的黃鶯呢？男人有時是比較多情的；毋寧說是自作多情。倘若我朝思暮想著黃鶯，而她是否會想起我呢？說來可笑，我怎麼會突然想起這個莫名其妙的問題。

秋節當天雖然放假，但組裡的人員一個也不能走開。晚上擎天廳的勞軍晚會，武揚營區的月光晚會，除了協助安排座位外，還得枯坐在工作人員席位上，隨時等候長官的差遣。

午飯後，我把主任加發給黃鶯的慰問金，忘了請她寫收據的事向組長報告。經過他的同意，我利用中午的空檔時間，順便取了二本婦聯會帶來勞軍而尚未分發出去的電影畫報，搭乘組裡調派來支援的車輛，迎著徐徐的微風往馬山播音站駛去。

沿途上，我並沒有做任何的聯想，更不會緊張和不安，始終以一顆平常心來面對，因為我只是單純地來取回收據。雖然曾經和她開過一些無傷大雅的玩笑，但並沒有逾越，這或許是我感到心安的最大原因。

車子停在馬山連的大門口，安全士官快速地來盤查，我出示擎天職員證，說明來意後，他熱心地幫我去通報。我走近出海口的鐵絲網前，雖然鐵絲網上別著許多紅色的雷區警戒牌，但我的心裡卻一點懼意也沒有。雙眼目視著前方的海嶼，聆聽巨浪拍打岩石的濤聲，看著戍守草嶼的戰士在走動。尤其當那鹹鹹的海風，吹在我青春熾熱的臉龐，更讓我感到無比的舒暢。

「嗨，政五組的陳大哥！」一聲悅耳的聲音掠過耳際，我一轉頭，黃鶯猶如小鳥雀躍般地來到我面前。

「在我想像中，黃鶯都是在天空飛翔，怎麼妳卻在地面上跳。」我開玩笑地說。

「這學問可就大啦，」她的臉龐浮起一絲喜悅的笑容，雙手比畫著說：「從播音站到這裡，只不過是短短的一百多公尺，如果我展翅飛翔，一定飛過頭，所以我選擇用跳的，才能準確地跳到你旁邊。」

「真不愧是馬山之鶯，」我含笑地看看她，而後面對著大海說：「妳的比喻美得像那湛藍的海水，美得像天上那片逍遙自在的浮雲。」

「想不到你會說出那麼富有詩意的話。」她有點訝異。

「詩意倒沒有，看妳那麼平易近人，談吐又那麼優雅大方，有感而發是真的。」我坦誠地說。

「我在播音站很久了，以前怎麼沒見過你？」

「我陪同長官到離島慰問的機會較多。」

「我也曾經在大膽播音站服務過啊。」

「可能是時間太倉促，沒有注意到吧？」我說後，突然問：「妳到過心戰大隊部嗎？」

「只到過一次，那是剛來的時候，由隊上派車把我們從料羅碼頭接到隊部，再送我們到各播音站報到。」

「妳們隊部在武揚坑道口，政本部的下方，我們政五組就在武揚坑道內，歡迎妳有空來找我。如果妳要買福利品，我可以帶妳到福利站；想看書或借書，我可以帶妳到明德圖書館；想到擎天廳看勞軍晚會時，我也可以幫妳找票。」

「真的！」她興奮卻也帶著些許憂慮地說：「路那麼遠，又是禁區，想去也去不了，只有等機會啦！」

「機會有時是人創造的，如果坐在播音室裡空等待，機會永遠不會到來。」

「說來也是，」她把收據遞給我，「不好意思，讓你多跑一趟。」

「這一趟對我來說或許別具意義。」我伸手接過收據。

「為什麼？」

「因為認識了妳呀！說不定將來我們會成為好朋友呢。」

「你們在大單位服務，見多了大官，認識我這個小播音員與認識一個小兵並沒有兩樣，又有什麼特別意義可言呢？」

「人的價值觀有時是不盡然相同的，友情的建立與官階的大小也沒有關聯，妳說是不是？黃鶯長官。」

「既然你不聽勸告還要叫我長官，說話時總得看著我才對啊，為什麼你的雙眼總是凝視著遠方的海嶼？」

「如果今天站在我身旁的是一隻討厭的麻雀，我會睜大雙眼盯著她，偏偏她是一隻美麗的黃鶯，報告長官，我是不敢而非不為啊！」

「在炮火下長大的金門青年，怎麼會那麼膽小呢？」

「我怕黃鶯會啄人。」我開玩笑地說。

「錯，」她笑著，「據我所知，黃鶯只會唱歌，不會啄人。」

「想不到我們會談得那麼愉快，」我看了一下腕錶，順手把帶來的電影畫報遞給她說：「不好意思，耽誤妳休息的時間，這二本電影畫報送給妳看，讓它陪妳過中秋。」

「謝謝你。」她由衷地說。

「婦聯會帶來的勞軍品，書報雜誌都以離島為優先，本島的官兵永遠看不到。」我說著，緩緩地移動腳步，「歡迎妳來武揚玩。」

「找機會吧！」她看看我，淡淡地說。

「別忘了機會是人創造的。」我提醒她說。

「那就由你來創造吧！」她說後，我們同時笑出聲來。

然而，說來容易做時難，想創造一個彼此都能接受的機會並非易事。尤其在這個戒嚴軍管時期，必須體認自己的處境和身分。在政戰體系裡，政一管的是政戰人事和黨務，政二管的是政治教育和文宣，政三管的是軍紀和監察，政四管的是保防和安全，政五管的是福利、康樂、民運和戰地政務。以業務的職掌而言，政三、政四經辦的是監察和保防，雖然同是參謀，但監察官和保防官因為職務的不同，彷彿要高人一等似的，這也是政戰人員共同的看法和體認。

尤其是政四，它還督導「反情報隊」、「一〇一工作站」……等情報單位，任何風吹草動，都逃不過那些保防人員的手掌心。一旦有一天，我真的把一位播音員帶到武揚坑道或到明德圖書館看書，讓那些人知道，不向長官反映我才怪。

但這似乎也是我的多慮，我與政三、政四的業務往來頻繁，彼此已建立起公務之外的情誼，他們找我幫忙的次數也不勝枚舉。尤其是一些無眷的老參謀，為了展現自己的「有辦法」，經常受茶室侍應生的請託，不得不找上我。儘管請託的事由五花八門，我始終會衡量自己的權責，盡量來滿足他們的需求，好讓他們能在侍應生懷裡多點溫存，以慰孤單寂寞的心。

倘若有一天，客自馬山來，只要不招搖、不炫耀，相信不會有人會橫加阻擋的。況且，黃鶯是國防部有案的聘員，穿著軍服、配掛軍階，與藝工隊員表演時的奇裝異服是有所不同的。

或許，我想多了！我竟然會對一位只見過二次面，談過幾句話的女孩子傷腦和費神。天下最悲哀的動物，莫過於自作多情的人，我是否犯了這個禁忌而不自知？還是異想天開，想在一個美麗的空中閣樓裡，為自己的無知和幼稚創造機會？虛幻雖美，但並不實際。倘若我春心正在蠕動，為什麼不就近去追求能唱能跳的女藝工隊員，或是屬下福利站勤勞樸實的女員工？

人生的際遇有時是很難預料的，男女間的感情何嘗不也如此。機會是否就是緣分的幻化，還是人真能創造機會？就讓時光來證明一切吧！

第三章

時間過得很快，中秋過後就是霜降，只見一陣秋風，幾番秋雨，坡上的楓葉已染紅了太武山頭，整個巨巖堆疊的山巔，彷彿是一個穿著紅衣的新娘，展露出艷麗迷人的身影。人在忙碌時，往往會遺忘一切；許多不經意的事，在空閒時又會一一浮現，而我恰好是屬於前者，當繁瑣的業務把我壓得喘不過氣來時，我那有心思做白日夢。

月初，更是我最忙碌的時刻。幕僚單位來領取四大免費票時，我必須核對名冊、在領據上批示；伙食團來領取副食補助時，我必須審核人數開具支付通知單；第四季福利點券尚未發放完畢，我必須依據收支組的驗放人數，繼續發放。整天坐在辦公位子上，緊繃的神經好幾天都得不到紓解。

當心戰大隊行政官來領取免費服務票和福利點券時，我突然想起黃鶯，但卻沒有勇氣打聽她的消息，只粗略地和他閒聊一番。

「王上尉，播音站的點券是他們到隊上領，還是你幫他們送去？」

「都是我幫他們送去的，那些女播音員比誰都急，點券還沒到就打電話來問了。」

「可能急著買一些日用品吧？」

「說來也蠻可憐的，像馬山播音站路途那麼遠，買福利品還要到陽宅的營站，人多時，往往要排隊等很久才能買得到。」

「這些問題，司令官在晚餐會報時曾經指示過，我們正在研究小據點巡迴服務的可行性，雖然還沒有定案，但應該不會有太大的問題，如此一來，偏遠地區的官兵就方便多了。」

「我在馬山播音站當了一年多的站長，能深刻體會他們的苦楚，將來如果真能實施小據點巡迴服務，受惠的必是第一線的官兵。」

「馬山有山有海，林木蒼翠扶疏、環境整潔幽雅，浪聲濤聲在耳際、漁舟帆影在眼簾，的確是工作的好環境。」

「你到過馬山？」

「大部分都到觀測所，播音站則是第一次進去，那是今年秋節前夕，陪主任去慰問，主任還加發了二百元慰問金，給一位名叫黃鶯的女播音員。」

「黃鶯的聲音帶磁性有感情，敬業的態度更不在話下，我們大隊長蠻賞識她的。」

「你什麼時候到馬山，幫我帶一本書給她。」

「那有什麼問題，我下午就幫她們送點券過去，別說是一本，十本我也幫你帶。」

他沒有問我原委就一口答應下來，而我卻有一點兒不知所措，不知該帶給她什麼書？對自己唐突的行為感到有些兒納悶。尤其這段時間，我正沈浸於克羅齊的《美學》以及亞里斯多德的《詩學》，身邊有的也是這幾本較生硬的理論書籍，如果對文學與藝術沒有興趣，勢必會讀不下去。

我突然想起，日前發行站分發給文康中心的一批圖書尚在我的櫃子裡，雖然是連隊書箱裡的書，但都是國防部新中國出版社印行的名家作品集，無論水準和印刷都是一時之選。

我打開鐵櫃，沒有特別的挑選，也沒有看書名，順手拿了三本，裝在一個特大的公文封裡，用釘書機釘上封口，寫上：請交黃鶯小姐，左下方並沒有署名，相信行政官會告訴她是誰託他帶來的。

日子一天天過去了，王上尉早已告訴我說：書已送到，而且還把我的名字和郵政信箱一起告訴她，甚至要她寫信或打電話告訴我。但我並沒有收到她的隻字片語，也沒接過她的電話。雖然經常和行政官碰面，我並沒有刻意地打聽有關於馬山和黃鶯的消息，黃鶯的影像，似乎也暫時從我的腦海裡失去了蹤影。

有一天，傳令從文卷室為我帶回來一件郵包，寄件人竟然是馬山播音站黃鶯。我訝異地拆開一看，除了寄回三本書外，另附了一張小紙條，以及一片簽了名的楓葉。

在紙上，她寫著：

陳大哥：

你曾經說過，機會是人創造的，今天我必須謝謝你為我創造一個讀書的機會。送你楓葉一片，它是深秋時分，我在馬山山頭撿拾的，但願你珍惜！

黃鶯

我把那片美麗的楓葉和紙條一起放在玻璃墊下，黃鶯的影像驟然間又在我的腦海裡盤旋。我不明瞭男女之間的感情，是否真能源自一面之緣，那一見鍾情的佳話，到底是虛還是實？是真還是假？愈想愈讓我感到茫然。

那晚，我失眠了。不知是為自作多情而失眠，還是為了尋找機會而傷神？我半夜起身，捻亮檯燈，枯坐在書桌前，取來紙和筆，試著給黃鶯寫信。然而，自信文筆不差的我，卻寫一張撕一頁，總覺得辭不達意，總感到不能把我內心想說的話寫出來。

天色已微微地亮了，傳令兵也搖起了起床鈴，這封信無論如何要在早餐前寫完，一旦錯過，不知何日才有心思再提筆。文辭達不達意，能不能寫出心中話，對我來說已無關緊要，只要把這封信寄出去，我的心願即已完成，其他的顧慮似乎是多餘的。

於是，在紙上我寫著：

黃鶯：

今天我們已相互印證機會是人創造的這句話。可不是，我為妳創造讀書的機會，妳為我創造寫信的機會。有時機會的來臨，會讓人感到些微唐突和巧妙，但我們似乎都該珍惜，以免失去。

謝謝妳送我一片那麼美的楓葉，楓葉紅紅，猶如一顆誠摯善良的少女心，我會把它深藏在心靈的最深處，為未來的人生，增添一些光彩。

倘若我是詩人，勢必也會以一顆熾熱的心，來歌頌、來禮讚楓葉譜出的心曲。

陳大哥

寫完信，我沒有重新看它的勇氣，利用早餐之便，順手把它丟進文康中心的郵筒裡。但任由我怎麼思、怎麼想，始終想不出：為什麼黃鶯會在我的心海裡激起那麼大的漣漪？難道我已迷戀在她的倩影下而不自知，還是跌進戀愛的漩渦裡不能自持？

二十餘年平靜無波的人生歲月，此刻彷彿投了一個讓我窮於應付的變化球。我迫切地想聆聽她的聲音或見她一面，但始終找不出到馬山的理由，我的情緒陷入前所未有的低潮，我喃喃自語地唸著：「愛人是痛苦的，被愛是幸福的。」這句話。

而我此刻所作所為、所思所想，是與愛情邏輯背道而馳的；不僅幼稚也膚淺，忘了愛是一門高深莫測的學問，必須兩相傾慕、兩情相悅，而不是單戀。我內心的苦楚是自討的，我的行為是有差池的。於是我想開了一切，也相信歌德「愛情是可遇而不可求」的名言。

次日，我又生龍活虎般地投入工作，在副主任王將軍的領隊下，會同主計處、政三組等相關人員，搭乘「武昌一號」的專船來到烈嶼，針對守備區所屬的營站、電影院、物資托運站，以及金防部直屬的東林、青岐、后宅等特約茶室，做例行性的督導和檢查。

副主任由守備區政戰部主任陪同，在文康中心主持政戰幹部座談，並沒有與我們同行。在業務上雖然必須會同主計和政三，但所有的檢查項目和範圍，全由政五組來主導，承辦單位邀請他們共同參與，只不過是相互尊重、共同背書，替長官負責。

在守備區政二科派車的支援下，我們以整個上午的時間看完所屬單位的會計報表與瞭解一些業務狀況。整體而言，大過錯沒有，小缺點卻一大堆，這也是軍中福利業務常見的缺失，但我們必須一一做成紀錄，飭其檢討改進。

中午，守備區師長和主任陪同我們在虎風山莊進餐，面對如此的場景，可說不計其數。雖然滿桌佳餚，但將軍食量少、又不苟言笑，這頓飯吃來是倍感難過。將軍喝完最後一口湯，放下筷子要我們慢吃，儘管肚子尚未填飽，眼睛還盯著桌上的菜餚，卻也不得不放下碗筷跟著起身。

特約茶室是較複雜的單位，在體制上雖然由福利中心督導，實際上許多命令都由主管是項業務的政五組直接下達。無論例行檢查或突擊檢查，並不必事先知會福利中心，只要經過副主任批准，就可代表司令官去執行。

依我數年來承辦福利業務的經驗，離島茶室所發生的弊端遠較本島為高，因為它距離督導和管理單位遠，直屬的又是金防部，守備區、鄉公所都管不到他們。茶室的管理主任，就猶如是一家之長，從管理員、售票員、工友和侍應生，都必須聽從他一人的指揮。一些品德較差的管理主任，白吃、白喝不打緊，要侍應生免費陪他過夜的情事時有所聞。而可憐的侍應生則是敢怒不敢言，往往都是吃虧了事，對那些為所欲為、為非作歹的老色魔，也無可奈何。

我們先到位於西宅村郊的東林茶室，它有員工六人，侍應生十餘人，大部分都是年輕而面貌較佳者，屬於乙級茶室。管理主任是中校營長退伍的程在學，他雖然單身，但品德操守不在話下，帳目清楚、待人誠懇，對侍應生也照顧有加。然而，基於職責所在，我不得不詢問售票員：

「你們管理主任有沒有買過侍應生的票？」

「有。」

「他買的是什麼票？」

「晚上的加班票。」

「有沒有固定找那一位小姐？」

「沒有，他通常會選年紀大一點的。」

依規定，無眷的員工可以買夜間九點以後的加班票，票價是軍官票的二倍。我從提包內取出那本厚重的侍應生簡歷冊，找出幾位年紀較大的加以查證，結果是與售票員說的相吻合，並沒有白吃、白嫖等不法情事，對於如此的管理幹部，我們是更加放心了。

繼而地，我們來到小島北半邊的后宅茶室，依我們的分類，它是屬於丙級茶室，員工僅四人，侍應生六人，管理主任是上尉退伍的黃成武。他原本是山外茶室的管理員，平常的表現並不盡如人意，但他卻是前任副司令官的老部屬，組長不得不勉為其難，交代要調整他的職務。然而，來到后宅已半年了，竟連簡單的月報表也狀況百出，時而政四組也有不利於他的反映資料送到組裡，雖然轉由福利中心查處，但始終不見福利中心的覆文。趁著此次的督導檢查，我已理出幾點重要的案情，將一一加以求證和釐清。

坦白說，后宅茶室地勢高低起伏，交通不便，如果純以商業立場來考量，似乎不可能在這個小小的區域另設茶室。它每月的人事與業務費用就高達萬餘元，如果以它的營業狀況來分析，實際的盈餘並不多，但為了服務官兵，為了替駐守在這裡的將士解決性的需求，從未去計較它的盈虧。

黃成武見我們一行人，除了倒茶遞煙、鞠躬哈腰外，並誇讚他們茶室裡的侍應生，個個待人誠懇、服務親切、功夫一流。他那小丑般的舉動和低級的語言，讓我感到噁心。

我支開他，逕自走進餐廳，圓形的餐桌上滿佈著一層油污，低矮的櫃子裡散發出一股腥味，裡面擺滿著尚未吃完的魚肉罐頭和豆腐乳。恰巧，一位侍應生走進來，她驚訝地看了我一眼。

「小姐，我能和妳談談、問妳幾個問題嗎？」我禮貌地向她點點頭說。

「你是金防部來的？」她瞄了一下我胸前配掛的職員證，卻難掩臉上的滄桑。

「是的，」我解釋著，「是督導福利單位的金防部政五組。」

「那正好，」她蒼白的臉上浮起一絲喜悅，低聲地說：「你能不能把我們那個爛主任調走？」

「為什麼？」我假裝不解地問。

「難道你們上級單位沒看到他那副嘴臉，還是包庇著他、護衛著他？」她收起了臉上的笑容，不悅地說。

「只要有具體的證據，我們一定依法嚴辦。」

「聽說他的後台很硬，你們辦得了他嗎？」

「長官最痛恨的就是這些知法犯法、為非作歹的人，」我提出保證，「一旦查證屬實，絕對嚴辦！」

「你看看，」她突然站起，打開櫃子，「上級每個月發給我們三百元副食費，他給我們吃的是什麼，連點油水都沒有，比豬吃的還不如。」她氣憤地說：「我們幹這種工作，吃不飽、沒營養，體力不足能賣票、能賺錢嗎？每位小姐都是自備罐頭或小菜才能下飯。更離譜的是，買一張票，要糟蹋我們整個晚上，喝起酒來更像瘋子似的，要我們變換姿勢做獸交，如有不從，就威脅要把我們遣送回台灣去！」她愈說愈生氣，「經常在晚上，還會約些不三不四的朋友在這裡飲酒，不僅要我們陪酒，還當眾毛手毛腳，吃免費豆腐，不把我們當人看。不信，你可以去問問其他人！」

我神情凝重地點點頭，而後說：「這些事情妳們有沒有反映過？」

「二號林美霞曾經向總室的副經理報告過，不但沒有效，還被調到大膽去。」她說後，竟有點兒懼怕地，「你可不能說是我說的，要不然我就慘了！」

「妳放心，」我提出保證，「如果查證屬實，絕對會給妳們一個合理的交代。」

我依她所述做了詳細的紀錄，並從售票員、工友、炊事以及其他侍應生處一一加以查證。起初他們都吞吞吐吐不敢實言，經我再三地勸說，他們才在紀錄上簽名作證。證據已如此齊全，黃成武的惡形惡狀亦已原形畢露，再高的靠山，或許已保不住他這個管理主任的位子，依我的權責，我敢向后宅茶室的員工做如此的保證。

青岐茶室在島上的南端，它是一棟一落四櫸頭的民房，原屋主僑居南洋，由茶室編列預算，每月以三百元租金向代管人租用。屋內經過一番整修和改建，始勉強容納六位侍應生和四位員工，但它每月的營業額卻與后宅相差無幾。管理主任是上尉退役的張逸軒，他為人忠厚樸實，國學造詣很深，談吐文雅風趣，寫得一手好字，尤其書法更是蒼勁有力。

車在古厝的門口埕停下，遠遠我們就看到一副陳舊而有趣的對聯：

金門廈門門對門
大炮小炮炮打炮

如果我沒猜錯，這副字意傳神的趣聯，絕對是出自張逸軒的手筆。

看完一些例行的報表以及核對部分資料後，我又訪談了幾位侍應生，她們對於張逸軒的為人都給予高度的肯定，但對售票員不按順序售票卻稍有微辭。這些小問題我並沒有做成紀錄，只私下提醒張逸軒主任注意改善，但也依權責提出警告：倘若售票員售票時不依常規輪流，任由他與侍應生利益交換，一經查覺絕不寬貸。

我們並沒有在青岐停留太久，在回程的船上，我腦裡浮現的全是那些歷盡滄桑的侍應生的影子。她們並非是天生的軍妓，依我長期所做的探訪和瞭解，大部分都是家庭因素，讓她們承受心靈與肉體的雙重苦痛。

當然，有些侍應生也會隱瞞事實的真相，不願輕易地談起自身的遭遇。在一百六十餘位侍應生裡，或許每人都有一個不欲人知的淒涼故事，又有誰能覺察到其中的辛酸？或許只有她們自己清楚。

當她們遠離家人，來到這個小島上討生活時，人性的尊嚴已蕩然無存，她們亦已深知：客人花錢買票是為了要從她們身上得到某一方面的快感，她們只是一種幫助男人洩慾的工具而已。但萬萬沒想到，有些管理幹部根本不把她們當人看，后宅茶室只不過是冰山一角，獸性如黃成武者大有人在，無論特約茶室的管理辦法訂定得如何嚴格，依然不能把那些敗類除盡，依然不能杜絕那些屢見不鮮的弊端，這似乎是我們必須詳加檢討的地方。

第四章

從烈嶼檢查業務回來後，我忙於撰寫檢討報告及簽請懲處后宅茶室管理主任黃成武的案件，忙得不可開交。但，每當看到玻璃墊下黃鶯送的那片楓葉，總會勾起我對她的想念。然而，它彷彿只是一陣微風，輕輕地吹在我的心頭，僅僅讓我感到一絲兒清涼意，而後就消失得無影無蹤。

我抿著嘴，打從心底自我嘲諷地一笑，我沒有理由自討苦吃，更承受不了任何感情的激盪。而不幸，我已跌進它的漩渦裡，輕嚐愛情的滋味，是甜是苦，是酸是辣？我明知而不敢言。

那天臨近中午，心戰大隊行政官王上尉，為我帶來一位客人。

「黃鶯，」我訝異地從椅上站起，興奮地說：「好久不見，妳好！」

「陳大哥，你好。」她喜悅的形色，遮掩不住美麗的容顏，竟無視於辦公室那麼多銳利的眼光，伸出柔嫩的手，讓我輕握著。

「老弟，」王上尉拍拍我的肩，「你們聊聊，我有事先走了。」

「謝謝你，」我微微地向他點點頭，以感謝的眼光目視著他說：「你儘管忙，我會送她回馬山。」

王上尉走後，我引領著黃鶯，穿梭在辦公室的每一個角落，一一向同仁們介紹。她那親切的舉止，端莊婉約的儀態，輕柔悅耳的聲音，博得連串的讚美聲。

識大體的傳令兵，搬了一張椅子放在我的桌旁，為她倒了一杯茶。但在這肅靜的辦公室裡，似乎只能靜坐著，倘若說有，也只是輕聲地說幾句無關緊要的題外話。

而我怎麼能錯過這個難得的機會。為了看她一眼，我曾藉故到馬山；為了想念她，我曾經失眠過。從這些細微的事由來分析，她在我心中，已衍生出一份難以抗拒的微妙情愫。今天她蒞臨太武山谷，不管是公務，抑或有其他事由，可能都是藉口，或許，來找我才是她的原委，我敢做如此的論斷。因此，我向首席參謀官打了招呼，把黃鶯帶出沉悶的武揚坑道，走在環境幽雅，景緻怡人的明德廣場。

「妳今天怎麼有空？」我訝異地問。

「你不是說，機會是人創造的嗎？」她看了我一眼，笑著說：「我今天就是想證實一下，到底是人創造機會，還是機會遷就人。」

「這或許都是藉口，」我看看她，「說來可笑，身為萬物之靈的人類，總喜歡用一些美麗的言辭來欺騙自己。」

「你終於說出我想聽的真心話。」

「我一直不明白，男女之間的感情，不知是否因此而形成的。」

「你是真的不知，還是假裝不懂？」

「我怎麼會騙妳。」

「男女間的感情的確是很微妙，但一個只想依靠機會，卻創造不出機會的人，更有點兒奇妙。陳大哥，你說是不是？」

「我曾經想過，也曾經因此而苦惱過，甚至懷疑自己得了狂想症，單戀著一個人。」

「你的懷疑沒有錯，有時我也會有如此的想法。我們喜歡人家，人家不一定喜歡我們，而當心中沒有這些疑慮時，似乎也是感情進展的時候。」

「原來我們的想法都一樣。」

「當我們站在這個空曠的廣場時，有些事是不必懷疑的。時光不僅能讓我們成長、也會考驗一切，似乎沒有理由不相信、不珍惜。」

迎著山谷冷颼的寒風，在明德廣場環繞了一圈，而後來到我福利站的辦公室。站裡的員工正準備午餐，見我有來客，會計李小姐主動來詢問：

「經理，客人要不要一起用餐？」

「當然要，」我沒有徵求黃鶯的同意，逕自對李小姐說：「不要忘了加點菜。」

李小姐點頭笑笑。

「陳大哥，真的要在這裡吃飯啊？」黃鶯有點兒尷尬。

「站裡的員工多數是我們金門同鄉，這頓飯吃起來對妳來說或許有不同的意義。」我坦誠地說。

「說來也是，既然在這裡工作，多認識幾位金門朋友也不錯。」

「我不是自誇，金門人較重情義，不信妳可以做一番比較。」

「我深有同感，」她略有所思地頓了一下又說：「不然的話，為什麼要你這個金門人來創造機會。」

「黃鶯，」我打從內心裡湧起一股無名的喜悅，「當機會來臨時，我一定會好好把握住，絕不會讓它輕易地失去。」

「人世間有許許多多的事，不是光說說，也非空想想，而是要去實踐。」她意有所指地說：「陳大哥，你說是不是？」

「我發現妳的心思不僅靈巧，思想見解也比我成熟多了。如果能早一點認識妳多好，我絕對不會像現在這副傻模樣。」

「你現在這副模樣，正是我所心儀的，它樸實俊俏，全身上下充滿著智慧。陳大哥，你就別在我這個傻人面前說傻了。」

「馬山之鶯果然是名不虛傳，不僅口角春風，更是話中有話，難怪投誠來歸的共軍弟兄那麼多。」

「但願有一天，你也能接受我的號召……」她還沒說完。

「是從軍報國嗎？」我搶著問。

「不，是投誠來歸。」她哈哈大笑。

「歸向何方？」我笑著問。

「當然是我方啦，怎能跑到敵營。」

「黃鶯，想不到我們會談得那麼愉快，真是相逢恨晚啊！」我站起身，伸出手，輕輕地拉了她一把，「先吃飯再談吧，別讓他們等久了。」

她並沒有即時站起，只是仰起頭，先用那對明亮的大眼望著我。烏黑的眼珠明艷照人，眼裡閃爍著一絲異於友情的光芒，往後的人生歲月，我是否會懾服於這道沁人心脾的超炬光，還是這道光芒會像流星般地一眨眼就消失？

熱忱的李小姐已為她盛了滿滿的一碗飯，她以一對感激的目光看看她，柔柔地說了一聲：「謝謝」。然而，她的目光卻一直停留在眼前那碗飯上，終於忍不住地碰碰我說：

「陳大哥，我吃不了那麼多。」

「一碗飯怎麼能說多呢？」我放眼巡視了一下桌上，「妳看，每一位碗裡不都是盛得滿滿的嗎？慢慢吃，吃多一點，萬一將來不幸嫁給金門人，才有充分的體力上山種田。」

「黃小姐，我們經理沒說錯，」李小姐笑著說：「一會兒妳就知道，我們幾位都有二碗的飯量，為的就是將來上山種田。」

「黃小姐，妳別聽她胡說。」門市部的梁小姐看看黃鶯，而後指著李小姐笑著說：「其實飯桶只有她一人，妳沒看見她吃得圓圓滾滾又粗粗勇勇的，將來下田絕對勝過男人。」

「如果妳們粗勇如我，男人一定有福氣。」李小姐笑得很開心，「可能是眾家姊妹，聽多了黃小姐『大陸同胞沒飯吃』的廣播詞，無形中胃口也變小了。」

李小姐的一番話，讓黃鶯笑得合不攏嘴，桌上的每一個人也分享了這份喜悅，彼此間更縮短了初識時的距離，相信來自異鄉的黃鶯，也會感到金門人是很好相處的。

各人的食量或許不一，我們也不能勉強，梁小姐拿了另一個碗，分了一些出來，放在我的面前，開玩笑地說：

「經理，黃小姐捨不得吃的飯，就由你來代勞吧。這半碗白米飯吃來一定會有不一樣的口感。」

「為什麼？」我不解地問。

「吃在嘴裡，甜在心裡啊！」

我看了一眼黃鶯，她的雙頰浮起二朵嫣紅的玫瑰，我自己也感到有些尷尬。站裡的員工多數是同鄉，平日相處猶如兄弟姊妹，用餐時，更如同是一個幸福快樂的大家庭，偶爾地開開玩笑也無傷大雅，但願她不要介意才好。

飯後，我陪著黃鶯走進她從未來過的中央坑道，門口的衛兵並沒有阻擋她的進入，也沒有盤查她的身分，反而禮貌地向我們敬禮又問好，只因為彼此都是朝夕相處的老鄰居，沒有一個不認識我的。

午後的中央坑道，或許尚處於午休時間，沿途並沒有洽公的官兵路過，更顯得它的寂靜和冷清。

「陳大哥，我從來沒有走過那麼長的坑道，雖然幾十公尺就有一盞電燈，但還是感到有點陰森，有些恐怖。」她說著竟輕輕地勾住我的手指頭。

「我們現在走的是中央坑道，前面直的那條是南坑道。南坑道的右出口就是太武公墓，往左經過作戰協調中心就是擎天廳電影院。從電影院的後門旁再往前走可通往擎天峰。」我為她解釋著說。

「想不到它貫通整個太武山，真是鬼斧神工，讓人感到不可思議。」她有點兒驚訝。

「妳到過擎天廳沒有？」

「說來可笑，」她有些兒遺憾地說：「來金門那麼久了，沒到過的地方多著呢！尤其馬山，距離擎天廳既遠、交通也不便，這裡又是禁區，雖然心儀很久，但一直沒有機會。」

「第一場電影已經趕不上了，我們就隨便走走看看，改天如果有勞軍團隊演出，我再設法請妳來觀賞。」

「路程那麼遠，又沒有車，想來這裡看場晚會，那有那麼簡單啊！」

「車子倒可以想辦法，」我卻有所顧慮地，「晚會通常都是七點開演，要二個小時才結束，回到馬山或許將近宵禁時間，妳們站長會准妳的假嗎？」

「坦白說，這也是一個大問題。」她收起原先喜悅的笑容，「站裡對我們幾位女播音員的要求更是嚴苛，今天如果不是行政官替我關說了幾句，我哪有機會搭乘他的便車來找你。」

「這裡畢竟是戰地，尤其是妳們幾位女生，穿插在男生群中，站方不得不顧慮妳們的安全，在管理上嚴格點，對妳們也有好處。」

「陳大哥，希望有一天，我真的能坐在這個名聞中外的擎天廳，看場晚會。」

「黃鶯，我有十足的信心，絕對不會讓妳失望的。」我信心滿滿地說。

「有希望的等待總是美的，我期盼這一天的到來。」

我們緩緩地走著，不一會兒已走過作戰協調中心，不遠處就是舞台的後門，我不厭其煩地向她解說著：

「往左是坑道的出口，右邊是擎天廳的第一道門，平常是電影散場時的出口，遇到重大聚會或勞軍晚會時，則開放，由武裝憲兵站崗管制，以方便高級長官進出。司令官的座車，經常都由擎天峰直接開到這道門口，值星官一聽到吉普車的引擎聲，馬上就高聲地喊起了：起立、立正的口令，整個擎天廳，幾乎是鴉雀無聲。」

她不停地點點頭，看看我。

來到擎天廳後門，第一場電影或許已開演多時，收票員還在欄杆旁，管理員見了我，快速地走下階梯，禮貌地說：

「經理，帶朋友來看電影嗎？」管理員熱心地，「二十五排還有位子，我帶路。」

「不，你別忙，帶朋友來看看，馬上走。」我說著，順便為他介紹，「馬山播音站的黃小姐，第一次來擎天廳。」而後轉向黃鶯，「擎天廳管理員鄒先生，我們是多年的老同事。」

「不，不，不敢當，」管理員搖著手說：「電影院是政五組督導的，陳經理是我們的長官。」

「別客氣了，老兄弟，」我拍拍他的肩笑笑，「你就帶黃小姐進去參觀參觀吧！」

「黃小姐，妳請。」他比畫了一個手勢。

我們緩緩地步上石階，管理員邊走邊向黃鶯介紹著說：

「擎天廳它座落在太武山腹，民國五十一年十一月由成功大學工學院長羅雲平先生指導，動員千餘位官兵日夜趕工開建，歷時九月，於五十二年七月完工。它寬十八公尺，高十一公尺，長五十公尺。內設電影院，每日放映三場，可容納千餘位官兵觀賞。並有一座現代化的舞台，可供藝工團隊表演，同時也是防區軍民重大集會的場所，以及外賓參訪的重要地點。每週二、五也作為司令部軍官團教育授課的場所，可以說是一座多用途的地下堡壘。」

管理員說到此，順手掀開黑色的布簾，指著隱約可見的左上方說：「擎天廳三個大字，是總統蔣公於五十二年十月二十八日蒞金視察時親題的，其涵意是告示全體軍民，要有一柱擎天的志節。詩人李正合先生曾經寫過一首七言詩：鬼斧神工不可方，花崗鑿出擎天堂。千心聚會凝成鐵，誓殄潢池恢夏綱。這首詩對擎天廳而言，可說是最好的詮釋。」

「謝謝你，鄒先生，今天的確讓我大開眼界。」

「歡迎妳和經理常來看電影，只要一通電話，我會為你們留下最好的位子。」

「謝謝你，」黃鶯禮貌地向他點點頭，「下次再來打擾你吧！」

我們沒有沿著來時的坑道走，直接從擎天廳前的停車場往下行，兩旁挺拔的木麻黃樹並沒有受到季節的摧殘而枯萎。儘管冷風颼颼，寒氣逼人，能與黃鶯併肩同行，卻是我料想不到的。因此，我的心裡始終有一股無名的暖意，尤其此時適逢午休，碰到的熟人並不多，減少我許多不必要的困擾。

走過太武圓環，我們又置身在風光綺麗的翠谷裡，昔日「水上餐廳」的舊址，已出現在我們的眼前。我指著前方，神情凝重地告訴她說：

「這裡就是以前的水上餐廳，周圍的水是從明德一塘流下凝聚而成的。當年雖然只是一棟鐵皮屋，卻是高級長官用餐的地方。民國四十七年八二三那天，被共軍猛烈的炮火所摧毀。趙家驤、吉星文、章傑等三位副司令官也不幸在同一天為國犧牲。」

她無語地凝視著塘水，是看塘中的波光荷影，還是緬懷為國殉職的先烈？我們的情緒彷佛是一顆從塘邊滾落的小石子，不停地往下沉。

回到福利站的辦公室，員工早已各就各位開始上班了。雖然客自馬山來，但組裡尚有一大堆待辦的公文等著我處理。

「黃鶯，組裡還有一點事，我必須去處理一下，」我有些兒歉疚地說：「我請李小姐陪妳到明德圖書館看書，如果有適合的就把它記下來，借書手續我會交待李小姐辦理。」

「你忙吧，反正我今天輪休，六點以前回站裡就可以了。耽誤你那麼多時間，心裡倒有些兒不安。」

「坦白說，能和妳在一起，不僅是我的榮幸，也是我夢寐以求的。」我適時說出心中話。

「我的感受和你一樣。」她以一對深情的眼光看著我說。

「妳儘管去看書，我負責六點以前送妳回馬山。」我提出保證，好讓她放心。

她微微地點點頭，笑一笑。

我感受到前所未有的興奮。

那晚，我做了一個夢。夢見我的周遭開滿著一地燦爛的繁花，夢見屋後的山林有一隻美麗的黃鶯在跳躍。

置身在虛幻的夢境裡，竟是那麼的美；但願美夢能成真，我盼望著、期許著……

第五章

人活著，不僅要工作，也要生活，這是自然的定律。倘若一味地為了兒女私情而荒廢一切，那是與實際人生相違背的。

黃鶯的身影已烙印在我心靈的最深處，腦裡也經常浮現出一個端莊婉約、清麗可人的倩影。雖然思念的情懷在所難免，但我依然以工作為重，長官委以的重責必須全力以赴，這也是為人的基本原則。

奉總統指示，規劃長達六年的慈湖築堤工程已然成熟，並決定於近期施工，由駐軍的黃河部隊負責所有工程，將興建一條長五百五十公尺，高八公尺的海堤。一旦竣工，除了防堵敵軍的船隻入侵外，又可增加海埔新生地七十餘公頃，蓄水量一百二十餘萬立方公尺，無論國防或民生，都有其不可輕忽之價值。

黃河部隊選派屬下的一個旅，專門負責是項工程。巧而，該旅政戰處長曾經擔任過政五組中校參謀官，對組裡的福利、康樂和慰勞慰問業務相當熟悉，在政戰會報裡，針對慈湖築堤工程，官兵不眠不休、日夜趕工的辛勞，提出數點建言：

一、請在工地附近設立機動茶室，以解決施工官兵性的需求。

二、請派藝工團隊蒞臨工地演出，以紓解官兵身心上的疲勞和壓力。

三、請派遣免稅福利品專車，每天固定到工地巡迴服務，以方便官兵選購。

以上三點建議，主任當場裁決由政五組從速辦理，不得有誤。而三項中的二項，均屬福利部門的業務，派遣免稅福利品巡迴服務專車，馬上就可進行，機動茶室的設立確讓我傷透腦筋。雖然侍應生的調派不成問題，但最現實的問題卻是房舍，總不能像施工官兵在野外紮營，搭一間帆布帳棚就可營業。

經與福利中心和金城總室密切地研商，唯一可行的辦法就是就近租用民房，方能爭取最高的時效。於是我們數度走訪距離施工官兵紮營最近的村落，最後選擇安岐村一棟無人居住的民房。然而，在民情純樸、民風保守的金門，屋主聽說是要做為機動茶室的處所，馬上推翻原先的承諾，堅決地反對把房屋租給茶室，我們又陷入一個充滿變數的困境裡。於是我們運用各種關係，提高租金，並透過地方官員加以遊說，最後總算簽立一年的承租合約，讓大家都鬆了一口氣。

雖然找到了房子，但破損的門窗要整修，斑剝的牆壁要粉刷，總室搬來的舊床鋪必須補強，還要自備一部小型發電機以方便夜間營業之用，的的確確是千頭萬緒，被搞得人仰馬翻，疲憊不堪。

好不容易一切就緒，金城總室雖然從各分室臨時調來四位侍應生，但偏偏來了四位既老又醜的老侍應生，那些勞苦功高的施工官兵看了也要反彈三尺，那有性慾可言。

尤其對那些二十來歲的充員戰士來說，誠然做不了他的媽，做他們的姐總綽綽有餘。因此，幾天下來，幾乎是門可羅雀，四人售出的票數，遠不如庵前茶室一位侍應生一天的售票量。長官雖然肯定我們的工作效率，對總室調來這幾位「老美人」卻也有些微辭。

我已洞察到長官的心意，措詞強硬地要金城總室馬上調派庵前茶室軍官部新進的兩名侍應生，以及總室軍官部票房最高的侍應生二人，從速到安岐換班。相信以軍官部的侍應生來服務這些為國辛勞的將士們，一定能讓他們感到滿意，方不致於辜負長官關懷他們的一番苦心。

數百位官兵日夜輪流趕工，輪休的官兵也能暫時獲得精神上的慰藉，藝工隊適時來演出，購買免稅福利品的弟兄絡繹不絕，安岐機動茶室的售票處官不讓士，士不讓兵，排隊等買票。從他們古銅色的皮膚，看不出有那位官兵因此而臉紅，當他們從侍應生房裡走出來的那一刻，更見不到一絲兒倦意，每個人的臉上都充滿著喜悅的笑容。

那天，主任代表司令官犒賞施工部隊五萬元加菜金，三條屠宰過的大肥豬，以及每人一件由婦聯會送的三槍牌棉毛衫，並要求藝工隊搭建臨時舞台，以全新節目做大型的演出。

部隊指揮官也同時宣布，上午十點到下午一點五十分集體在營休假，除了觀賞藝工團隊的表演外，中午加菜會餐，二點恢復施工。主任並與全體官兵一同觀賞，同進午餐。

藝工隊所有隊員也獲邀與全體官兵共餐，幾位較活躍的女隊員在隊長的領軍下，分別穿梭在每一個角落，以茶代酒向每一桌官兵致上最虔誠的敬意，也陪同這些勞苦功高的將士，共進此生難忘的午餐。

因為業務上的關係，我和組裡承辦慰勞慰問的王中校，以及主任的侍從官，也有幸在這片臨時搭建的帳棚下與他們共享。

克難的餐桌上擺著「梅干扣肉」、「紅燒獅子頭」、「炒三鮮」、「紅燒魚」以及滿滿的一盆「大鍋菜」，另加一瓶「紅露酒」，二瓶「口樂汽水」。八個人坐在低矮的板凳上圍成一桌，而在這八人之中卻插了一朵花，不歪不斜地坐在我的旁邊，她就是藝工隊那位唱〈一朵小花〉的王蘭芬。

王蘭芬個兒不高，看來也有點瘦弱，但她卻有一張清麗可愛的臉龐，唱起〈一朵小花〉那種高亢悅人的音色，以及優雅的氣質和神韻，可說無人能出其右。但不知是聽多了，還是聽厭了？儘管她們一票女生，經常到組裡找康樂官，彼此之間也頗為熟識，然而我並沒有特別去注意她們其中的任何一人。

坦白說，和這些女生打交道，只有增加困擾，休想得到什麼便宜。但一些老參謀卻有不一樣的想法，幾口迷湯下肚後，常被她們耍得團團轉。乾爹、乾女兒，乾哥、乾妹妹，到處可聽、可見，而後任由她們需索和使喚，這似乎也是藝工隊另一種特色和文化，我們又何必替她們擔憂。

每桌一瓶紅露酒是醉不倒人的，它只不過是增加會餐時一點歡樂的氣氛。鄰桌相繼地傳來猜酒拳的聲音，從「一枝嘖嘖，二個相好」到「三星高照，四季發財」，每一位官兵幾乎都把疲倦拋棄在腦後，把歡樂帶到餐桌上，彼此藉著這個難得的機會，邊吃邊聊或開開無傷大雅的玩笑。

「王蘭芬，」侍從官為她倒了些汽水，笑著說：「妳應該先敬敬王中校。」

「王中校……」王蘭芬舉起杯，還沒說完。

「什麼王中校，」我搶著說：「叫乾爹才對。」

「你老弟別胡扯好不好，」王中校笑得合不攏嘴，「我那來的福氣，有這麼一位漂亮的乾女兒。」

「王蘭芬，別管那麼多了，先叫乾爹再說。」我催促著說。

「原來三百年前還是同一家呢，」侍從官也幫起了腔，「當然要叫乾爹。」

「你們別耍寶好不好，」王中校笑紅了臉，對著我說：「我那有這個福份。」

「是你自願放棄的，可不能怪我喔。」我提出警告，而後對著王蘭芬說：「既然王中校沒有這個意願，妳就叫我乾爹好了。」

「什麼？」王蘭芬紅著臉，驚叫了一聲，順手搥了我一下，「你今年幾歲？」

「歲數不是理由啦，」我笑著說：「妳們藝工隊的女生，不是挺喜歡做人家的乾女兒嗎？光政一組的何中校就收了二、三個。」

「可不是，」侍從官說：「何中校身上的油水都快給搾乾了，那層皮也任由她們慢慢地剝，總有一天那幾根老骨頭也保不住了。」

「我可沒有那麼沒格調，」她有些兒不悅地辯解著說：「我到現在連一個乾爹也沒有，你們別冤枉人好不好。」

「開玩笑啦，妳千萬別見怪。」我趕緊打圓場，順手夾了一片扣肉放進她的碗裡，「吃一塊肥肉，快一點長大好嫁人。」

「別以為你才是大人，」她不甘示弱地，「如果你繼續辦特約茶室的業務，當心會討不到老婆。」

「為什麼？」我不解地問。

「誰不知道你經常往特約茶室跑，」她伸了一下舌頭，「做些什麼事，誰知道。」

「這點妳就有所不知啦，」王中校替我辯解著，「人家可是規規矩矩在辦事。」

「近水樓台先得月嘛！」王蘭芬笑著，「說不定陳大哥已從裡面找好了對象。」

「妳別愈扯愈遠，」我不悅地，「假如真的娶一位侍應生回家，不被老爸活活打死，也會被趕出家門。」

「開玩笑啦，」王蘭芬陪著笑臉，「我知道你的為人。」

「我敢保證，」侍從官肯定地，「如果陳大哥把妳王蘭芬娶回家，一定會受到陳家二老的歡迎。」

「你可別亂說，」王蘭芬收起了笑容，「我可高攀不上，也沒有那種福份。」而後轉向我，「陳大哥，你說是不是？」

「小花永遠不會開在我家的粉牆下，」我開玩笑地，「也不會有人願意陪著我，騎著白馬去到那山上的古樹下。」

「這不就是王蘭芬的招牌歌嗎？」王中校說：「你怎麼記得那麼清楚？」

「豈止清楚，幾乎可以倒背如流。」我說。

「王蘭芬就是靠一朵小花唱遍天下的，」侍從官笑著，「除了這首歌外，我沒有聽她演唱過其他歌曲。」

「我也有如此的同感。」我呼應著。

「你們別看扁我，」王蘭芬雖然有些兒不悅，但卻信心滿滿，「我會唱的歌可多著呢！」

「空口無憑，」我消遣她，「如果真有本事的話，不妨現在秀幾首讓大家聽聽。」

「你去問問我們隊長，只要他准許的話，我馬上站在人群中唱十首，好讓你們心服口服。」她有些兒激動地。

我們被說得啞口無言，原先歡愉的氣氛此刻卻有點僵。彼此間沉默了一會，突然，王蘭芬問我說：「陳大哥，吃過飯後，你可不可以帶我到安岐茶室參觀參觀？」

「我是沒有這份勇氣的，況且，安岐茶室也沒有什麼可供參觀的地方。一棟古厝，一個管理員兼售票員，四位侍應生，一個提水兼打雜的工友，每個房間一張床、一個梳妝台、一只水桶、一個臉盆，如此簡單而已，又有什麼好參觀的。」我坦白地說。

「你別緊張，」王蘭芬笑嘻嘻地，「跟你開玩笑啦！」

「如果我敢陪妳去，諒妳也沒有膽量走進那個小房間。」

「你們不會談點別的嗎？」侍從官含笑地說：「看到桌上油膩膩的扣肉，再聽你們談特約茶室，讓人感到噁心。」

「騙鬼，」王蘭芬不屑地，「你們男生最喜歡聽的就是這些，人有時會有偷窺的慾望，難道你不覺得裡面充滿著神秘的色彩？！」

「所以妳想一探究竟？」侍從官反問她。

她點點頭，微微地笑著。

「王蘭芬說得沒有錯，幾乎每位侍應生的背後，都有一個感人的故事。」我神情黯然地說：「如果我是一個作家，一定能從其中發覺到許多不欲人知的故事，再透過文學之筆，把它書寫成章。」

「為什麼非要作家才能寫？」王蘭芬逼人地問。

「因為作家有綿密的思維、清明的心智和敏銳的觀察力，惟有透過他們，始能筆底生花，把一篇完整的故事呈現在讀者面前，讓讀者感同身受，猶如置身在其中。」

「陳大哥，從你現在的言談中，彷彿就是一位作家，要不然，怎麼會對作家的心思瞭解得那麼地透徹。」王蘭芬看著我說。

「我只是有感而發，哪有本事當作家。」

「真的是這樣嗎？」她以一對疑惑的眼睛看著我，「怎麼好多人都說你很有學問。」

「我很有學問？」我重複著她的話，「王蘭芬，妳看走眼了，我只不過是懂得一點公文的竅門，知道主旨、說明、擬辦的用法，在這裡混碗飯吃，若要論知識，可能遠不及妳呢！」

「過分謙虛就是虛偽，你不認為嗎？」

我笑笑，不想和她繼續談論下去，況且，自幼失學的我，又有什麼資格與人談學問。

「你默認了，是不是？」

「默認並不代表承認。」我順勢改變話題，「趕快把妳碗裡的扣肉吃掉，涼了就不好吃。」

「這片扣肉就請你吃吧！」她把扣肉夾到我碗裡，模仿我先前的口吻，笑著說：「多吃塊肥肉，長壯點，好討老婆。」

「謝謝妳的美意，」我看看她笑著說：「將來一旦討老婆，第一顆紅色炸彈一定先炸妳，非把妳炸得皮開肉綻才甘心！」

「那倒未必，」王中校啜了一口紅露酒，開玩笑地說：「如果有緣的話，誰敢保證你們不能配成雙，屆時挨炸的可就是我們啦！」

王蘭芬抬起頭，瞪了他一眼，羞人答答地看看我。

「你長官存心讓我們臉紅是不是？」我的臉上有一股無名的熾熱。

「有什麼好臉紅的，」王中校瞄了王蘭芬一眼，而後對著我說：「男未婚、女未嫁，我倒認為你們很合適。」

「那就這樣說定了，」侍從官笑著，「要辦喜事就趁早，以免夜長夢多，等一下就請主任替你們證婚吧！」

「有膽量現在就請主任來，」王蘭芬白了他一眼，不屑地說：「每次看到你，都是手撫著手槍，必恭必敬地站在主任身旁，好像一個小媳婦似的，我就不信你有這份勇氣。」

「要不要試試看？」侍從官從椅上站起。

王蘭芬看看我，不好意思地笑笑。

「好了，好了，」我趕緊轉換話題打圓場，以免彼此尷尬，「別人划拳，我們胡扯。趕快吃吧，待會兒主任放下筷子，我們還沒吃飽，那就難為情了。」

彼此間都有一份默契和同感。

在野外吃了一頓豐盛的午餐，的確是別有一番滋味在心頭。

不一會兒，主任已起身，侍從官快速地走到他身旁，不同身分的人也各自回到工作崗位上，帳棚下的簡易餐廳頓時又感到無比的寂寞和悽涼。

組長和王中校已先行離去，我則搭乘臨時調來支援的吉普車重返安岐。車剛停下，一陣陣尖銳而刺耳的爭吵聲，相繼地傳來。我走近一看，院子裡已擠滿了圍觀的人群，管理員竟然站在人群中看熱鬧，一位侍應生正怒指著身旁的老士官說：

「你自己不中用還要怪我！」

「妳總要給我一點時間啊，怎麼能一下子就把我趕下床？」

「老娘是做生意的，不是你老婆，你要搞清楚！」侍應生說著說著竟叉起了腰：「你睜開眼睛看看，還有好幾位客人買我的票，在門口排隊等侯；我已經讓你磨了二十幾分鐘，你還是不行，能怪我、能怪我嗎？」

「老子花錢就是要來享受的，妳他媽的不會用點功夫呀！」

「呸！」侍應生吐了一抹口水，「下流，不要臉！」

「有種妳再罵一句，」老士官指著她，氣憤地說：「老子不拿槍幹掉妳才怪！不信，妳試試看！」

我不能再袖手旁觀，輕輕地撥開人群，來到他們中間，示意侍應生先回房，轉而以安撫的口吻對著老士官說：「班長，先別激動，有話慢慢說。」

「你是誰？」他不客氣地問。

「我是金防部政五組福利業務承辦人。」我指著胸前配掛的擎天職員證。

「你有沒有看到這些臭娘們的服務態度？」他氣憤地責問我。

「大人不計小人過嘛，」我輕輕地拍拍他的肩，緩緩地陪他走出茶室的大門，低聲地說：「有什麼事好好講，別發那麼大的脾氣。」

「你不知道，這些臭娘們不給她們一點顏色看看是不行的，」他依然憤怒地，「你評評理，我一上床，她就快一點，快一點地猛催。我年紀一大把了，怎麼能與那些年輕小伙子比。經她那麼地一催，我的心裡一慌張，那話兒卻又偏偏不翹，她竟發火趕我下床。你看看，這叫什麼服務嘛！又不是不要錢的勞軍品，真氣人！」

「可能是你日夜趕工身體太勞累了吧？這種事情有時是勉強不得的。」我安慰他說：「剛才那位小姐的服務態度是有檢討的必要，你也不必太介意，以後不要買她的票就是了。好好保重，這裡還有其他三位軍官部調來的小姐，既年輕又漂亮，下次再來時，或許就能隨心所欲，讓你滿足了！」

他不好意思地笑笑。

「其實這些侍應生也是蠻可憐的，為了要多賺幾文錢寄回台灣養家活口，來到這個炮火下的戰地討生活，有時情緒較不穩定，的確是需要客人的包容和同情。」我順勢提醒他說：「不過班長你也要注意，千萬不要動不動就要拿槍幹掉人家，這種言詞不管是真是假，都是違法的行為。」

「我只是一時氣憤，想嚇唬嚇唬她。」他坦誠地說。

「不錯，你的出發點只是想嚇唬嚇唬她，但在法律的層面上，卻有不一樣的認定，它的罪名不是威脅就是恐嚇，一旦罪名成立，必須受到軍法的制裁，屆時想要辯解也遲了。」

「謝謝你，老弟，我服了你。說真的，我本身的行為也有差池，尤其在公共場所大吵大鬧，更有失一位革命軍人的人格和紀律，以後我會改正的！」

「好了，你也別自責，大家說清楚也就沒事了，有機會到武揚坑道找我。」

「謝謝你。」

目送他的離去，心裡卻有一份無名的愧疚感。想必先前他是懷抱著滿懷的喜悅和興奮走進茶室的，而此時卻猶如一個孤單的老人，在黃昏暮色裡踽踽獨行。他將走向何處？許是沒有親情溫暖的軍營吧。

處理這種紛爭不知凡幾，依我的經驗來判斷，對付這些走遍東南西北、歷經風霜雨雪的老士官，柔性的勸說遠勝硬性的指責。對於那些年輕的充員戰士，卻只要一句「再鬧就送軍法嚴辦，讓你退不了伍」的重話，足可讓他們膽顫心驚、不寒而慄。

當然，茶室也有值得檢討的地方，親切的服務是最基本的要求，又有誰願意花錢買氣受。而當侍應生情緒低落與客人有所紛爭時，管理幹部更應當從速釐清事實的真相，適時介入，全心全意去排除和化解，把大事化小，小事化無，以免擴大事端。一旦客人失去理智，別說是拿槍把她幹掉，綁著手榴彈和侍應生同歸於盡的情事也曾經發生過。在這個複雜的環境裡，為了避免不幸的事件再次發生，管理幹部的應變能力是相當重要的，這似乎也是考驗他們智慧的開始。

顯然地，安岐機動茶室的管理員非但沒有盡責，反而站在人群中看熱鬧，這是極不妥當的做法。除了現場提出糾正外，我們也會依據特約茶室管理辦法，把他列入年度考核，調整他的職務，以維紀律。

然而，當我上車準備離去時，卻被王蘭芬一夥攔下。

「陳大哥，」王蘭芬尖聲地喊著，「我們是專程來參觀安岐茶室的。」一夥人哈哈大笑。

「表演完了，午餐也吃過了，妳們還不回隊上啊？」我打開車門下了車，不解地問。

「下午放假，」王蘭芬走近我，拉拉我的衣袖，「聽說安岐茶室美女多，我們專程來看看啊！」

「妳們真的有點三八，」我不屑地看了她一眼，「這種地方是不適合妳們來參觀的。」

「為什麼你可以在裡面走動？」

「你經常往組裡跑，難道還不知道我辦的是什麼業務？」

「為什麼組長和王中校他們都回去了，獨獨你還留戀這裡不願走，是不是想多看美女一眼？」

「小鬼，」我伸出手，做了一個要打她的手勢，「再胡說就揍妳！」

「你打得過我們嗎？」她指著同夥，笑著說：「只要你一動手，我們就會剝掉你的皮。」

「別那麼凶巴巴的，」我瞪了她一眼，「將來有誰敢娶妳才怪！」

「你放心，本姑娘心中已有意中人。」

「恭喜妳啦，」我消遣她說：「你的意中人可能就是政本部那位老士官長吧？！」大夥兒同聲笑著。

「你去死啦！」她的臉一紅，伸手搥了我一下，「他比我爸還老。」

「那麼就是廚房那位蒸饅頭的麻子班長囉。」

「你把我看成阿珠還是阿花啦？」

「除了他們兩位外，還會有誰是妳的意中人呢？」

「陳大哥，你笨啊，你真笨啊！」那位長髮披肩、會變魔術又會耍特技的女孩說。

「好、好、好，妳們都聰明，算我笨。」我搖搖頭，看看腕錶，「時間不早了，我下午還有事。」我啟開車門，把公事包放在座椅上，指著前方說：「前面那棟一落四櫸頭的古厝就是安岐機動茶室，只要管理員允許妳們進去參觀，我沒有意見。」我說後，意有所指地，「不過妳們也要注意，不要讓人家誤認為妳們是侍應生，那就糟糕了。」

「跟你開玩笑啦，」王蘭芬笑著說：「即使我們吃了熊心豹子膽，也沒有進去參觀的勇氣。」

「那妳們預備到哪裡？」我關心地問。

「到古寧頭，看看古戰場。」王蘭芬說著，卻突然改變了話題，「陳大哥，我有幾個問題想問問你。」

「妳隨時隨地都可以問。」我不在乎地說，她們卻聚精會神地目視著我。

「聽說這些侍應生，都是犯過法的女囚犯以及受取締的私娼，被遣送到外島從事這種性工作的？」

「沒有這回事，」我搖搖手說：「國軍特約茶室的設立，是國防部依據內政部頒布的台灣省各縣市公娼管理辦法的法源來籌設的。我們在台北設有召募站，每召募一位侍應生，必須付給召募站一千三百元召募費。想來金門服務的侍應生，除了必須達到法定年齡外，還要本人同意書、切結書，經過政四組透過各縣市的警察局，安全查核無前科、無顧慮後，才准許她們來金門服務。絕對沒有把女囚犯以及被取締的私娼送到外島從事這種工作的情事。」

「她們為什麼願意到這裡來？是否會有逼良為娼的情事呢？」

「我辦理福利業務已經好幾年了，從我手中申請入境或出境者可說是難以計數，從未發現有逼良為娼之不法情事發生。坦白說，能找到台北召募站的門路者，大部分都是從事這種行業的公娼，當然亦有少數是例外。她們之所以甘冒炮火的危險來這裡討生活，或許是基於二點理由：其一、金門有十餘萬大兵，多數是沒有家眷的老士官，他們若想發洩壓抑的性慾，只有特約茶室這個地方可去；儘管有些侍應生已人老珠黃，但還是能輕易地在這裡討生活。其二、金門為戰地，治安向來良好，沒有流氓地痞來干擾，或收取保護費等不法情事；而且特約茶室是軍方所經營，無論自身安全、性病防治，以及既得的福利，都優於台灣一般民營的妓院，她們可以無後顧之憂，安心地在這裡工作。這二點或許是她們自願來金門服務的最大原因吧？！」

「她們一個月能賺多少錢呢？」

「依我長期審核她們的會計報表來說，每個人的售票數可說落差很大，男人的審美觀完全建立在女人的面貌上，這是不容否認的事實。也因此，年輕貌美的侍應生，較受官兵的青睞，賺的錢當然也比較多；但老一點的侍應生亦有她們謀生的方法，可說人人都有一套賺錢的本領。我曾經發現到有一位侍應生，一個月竟然買出千餘張票，當然裡面也包含著一些加班票，平均每天接客四十餘人次。當我查閱她的年籍冊時，從照片上看，除了年輕又有一張清麗漂亮的臉龐外，竟然還是高中畢業生，的確讓我感到驚訝和不可思議。」

「高中畢業生，為什麼還要下海從事這種工作，你見過她嗎？」

「雖然我沒有親自訪談過她，但不乏是家庭因素的緣故。天底下絕對沒有天生的妓女，一年合約到期後，她也就離開了。但願回去是從良，而不是在紅塵中打滾。」我聲音低沈而感性地說。

「原來你也有一副菩薩心腸啊！」王蘭芬笑著說。

「人不僅有感情，也要有愛心，別以為我麻木不仁。」我嚴肅地說。

「你對誰有感情啦？」王蘭芬斜著頭，調皮地問，「是愛上庵前茶室的美女，還是安岐茶室的小妞？」

「妳別愈扯愈遠，」我有點兒不悅，竟脫口說：「我對妳有感情啦，愛的是妳！」

想不到這句氣話竟讓王蘭芬紅了臉，其他人則拍手叫好，我卻得理不饒人地，「怎麼啦，臉紅了是不是？以後膽敢再胡扯，我一定要和妳帶著小花一起回家，回到我家的古樹下。」

她們一夥人興奮地拍著手，高聲地唱起，「同看雨後雲空的片片彩霞，片片彩霞……」

王蘭芬羞澀地低著頭，久久說不出話來。

「好啦，別不好意思了，」我柔聲地，「跟妳鬧著玩的，千萬別介意。」而後也提高了分貝，指著她，笑著說：「不過我還是要警告妳，以後如果再胡說八道的話，妳摘下小花想送給我，我也不要了！」

終於，她抬起頭笑了，笑得很燦爛、很愜意、很開心，讓人情不自禁地想多看她一眼。

然而，她的笑，並沒有在我平靜的心湖激起一絲兒漣漪，我的心海裡只惦記著一個人，她的名字叫黃鶯。而黃鶯是否會惦念著我呢？這是我不敢想像的問題。

第六章

連日來受到東北季風的影響，西伯利亞的寒流也趁機來襲，陽光躲在雲層堆裡始終不肯露面，整個島嶼籠罩在濕冷的天氣裡。期待中的星期假日也不能倖免，但我和黃鶯並沒有受到氣候的影響，約好在「金沙戲院」門口見面。

如以世俗的眼光來看，沙美當然是比不上新興的新市街道，也沒有金城的繁華，但信義街與仁愛街卻是金門的三大老街之一。

雖然它的街道狹窄，以及受到現實環境的影響，昔日熱絡的街景不再，然那石板鋪成的街道，閩南式的店家建築，卻充滿著古樸的風華，讓人流連忘返。

我們之所以選擇在這個商機已失的小鎮相會，純粹是以地緣來考量——它距離馬山不遠，也方便我搭乘公車到山外再步行回山谷。倘若過於熱鬧和喧嘩，反而會影響我們追求寧靜的本意，這似乎也是我們共同的願望。

我站在戲院門口的騎樓下，望著前方的馬路出神，不一會兒，一個熟識的少女倩影已投影在我的眼簾，我滿懷喜悅地走過去、迎向她。

「黃鶯，」我情不自禁地拉起她的手，關懷地問：「冷不冷？」

「剛出門時感到冷，」她以一對水汪汪的大眼凝視著我，「見了你就不冷了。」

「真的？」我的內心感到無比的舒暢。

「我騙過你嗎？」她輕輕地捏了我一下手，神情愉悅地說：「讓你久等了。」

「再久，我也願意等。」

「真的？」她仿著我剛才的口吻。

「因為等待是美的。」我笑著說。

「不，」她糾正我，「應該說：有結果的等待是美的，沒有結果便是空等待。」

「妳什麼時候悟出這個真理？」

「因為我曾經等待過。」

「是誰那麼沒良心，讓妳空等待？」

「你。」她用力地捏了我一下手說：「你曾經說機會是人創造的，但我卻等了很久，機會才來到。」

「雖然遲了點，但並沒有讓妳空等待，這是我感到心安的。」

「但願我們能善加珍惜，好好把握這個得來不易的機會。」

「放心，時光會證明一切的。」我緊緊地牽著她的手。

假日的沙美街道，依然不能與新市和金城相媲美。雖然它是鎮公所的所在地，但駐軍指揮部卻在鄰近的陽宅設有文康中心、福利站以及電影院，所有的活動幾乎都集中在該地舉行；因此，新興的陽宅街道，已取代沙美老街的風華。儘管今天是星期假日，街道上的行人依然稀稀落落，電影院前也沒有擁擠的人潮，無論是在街道上漫步或看一場電影，抑或是到小吃店裡吃一碗熱騰騰的餛飩，都能隨心所欲。然而，人往往都是不甘寂寞的，尤其是年輕人，有誰願意把時間躑躅在這個冷清的小鎮上，又有誰能忍受它風華褪盡時的孤寂。

我們站在戲院的櫥窗前，看看「今日放映」與「下期放映」的海報，假日加演的早場電影尚未放映，三三兩兩的影迷陸續進場，但我們並沒有跟進。

「先看電影？」我低聲地問。

「打打殺殺的武俠片，你喜歡嗎？」她反問我。

「星期天不會有好片子的。」我淡淡地說。

「我一直想到擎天廳看場晚會，其他再好的影片，對我來說似乎也沒有太大的興趣。」她以一對渴求的眼神望著我說。

「這是我尚未兌現的諾言，」我有些兒歉疚地，「工作一忙，竟把這份承諾也忘了。」

「我只是順便提提，」她深情地看著我，「沒有責怪你的意思，千萬別介意。」

「只要妳不計較演出團隊，這點小事對我來說，相信是輕而易舉的。」我坦誠地說：「甚至我已經想過，只要請政二組督導心戰大隊業務的鍾少校，向妳們站長打聲招呼，就可以准妳的假了。」

「你認識鍾少校？」

「他不僅督導心戰大隊，也承辦慶生會業務，彼此間有業務上的關係。」

「其實看看金防部藝工隊的演出也不錯啊，為什麼非要台灣來的勞軍團。」她說著又有些憂慮地問：「你有車嗎？」

「放心，」我信心滿滿地說：「別說是車子，夜間通行證我也會準備好的。」

「且讓我衷心地期待這一天的來臨吧。」她興奮地笑著說。

「其實今天我應該帶妳到山外或者是金城看看才對。」我突然有感而發地說。

「為什麼？」她不解地問。

「這二個地方都比沙美熱鬧。」

「不，我喜歡寧靜，也喜歡老街的古樸。」她指著左前方說：「這裡除了街道外，更有許許多多的古厝，雖然有些破落，但也代表著昔日人口的密集和繁華。它與金城和新市，是二個截然不同的城鎮。」

「這是否也是我們選擇在這裡會面的主因？」

「除了方便我們各自回程外，相信你也會明瞭我的心意。」

「想不到妳熱愛金門，對沙美更是情有獨鍾。」

「不，不僅僅是沙美，」她坦誠地說：「我對這個小島嶼，早已衍生出一份難以割捨的感情。每逢雙號的傍晚，更會走訪鄰近的村落，和一些含飴弄孫的阿公阿婆們聊聊天，看看那群在門口戲耍的孩子們，體會一下家的溫暖；有時，卻也會撩起我無限的回憶。」

「回憶總是甜蜜的。」

「不，我的回憶則是苦澀的。」

「為什麼？」

「不怕你恥笑，陳大哥，」她抬頭看了我一眼，「我是在育幼院長大的孤兒，父母和家的影像在我腦海裡是一片空白。身分證上清晰地記著：籍貫四川重慶，父不詳，母黃氏，二十餘年來承受的苦難和折磨，非三言兩語可以道盡。好不容易熬到高中畢業，考取心戰總隊的播音員，才改變了自己的命運。」她感傷地說：「台灣雖然是孕育我成長的地方，但不知怎麼的，我對這塊曾經被戰火蹂躪過的島嶼，始終留下一個深刻而美好的印象。受訓結業後，我自願上前線來金門，更幸運的是能夠被分發到距離對岸的角嶼僅二千三百餘公尺的馬山，雖然不能回到自己的故鄉，卻能暫時撫慰思鄉的情愁。」

「對不起，是不是我的一番話，而引起妳的感傷？」

「對你，我不該有所隱瞞，但並非要博取你的同情。」

「妳的坦言讓我心生敬佩，」我由衷地說：「相信我們的情誼會因此而更牢固、更彌堅。」

「但願如此。」她滿意地笑笑。

我毫無顧忌地牽著她的手，穿梭在沙美的大街小巷中。對於一個自幼寄人籬下，得不到家庭溫暖的孤兒來說，友情是她急欲尋求的。而我能給她什麼？是現時的友情，還是冀望爾後能迸出一絲愛情的火花，讓她重溫家的溫暖？

然而，愛情並沒有一定的公式，也並非強求可得的，它是那麼地微妙，那麼地難於捉摸；我們現在置身的，不知是在它的邊緣，還是在它的核心？不管環境有多大的變化，我只提醒著自己，對她多點關愛。

走過一條窄巷，旁邊的洋樓駐紮的是「沙美憲兵隊」。石階下是一個水泥砌成的廣場，東邊有一個老舊的司令台，「張氏家廟」就在不遠處。我們已來到沙美的老街口，而這風華褪盡的老街，卻以一陣冷颼的寒風相迎，讓我們感受到它悽涼落寞的情景。

我們走進一家簡陋的小吃店，它雖然沒有豪華的裝潢和設備，但它的餛飩則是遠近馳名，經常有高官顯赫前來光顧。或許是尚未到達用餐時間，店裡的客人並不多，我們在一個較不起眼的角落坐下，屋內的熱氣已取代室外的寒意。

老闆走了過來，禮貌地說：「餛飩，要不要加麵線？」

「加麵線，每碗再加一個荷包蛋。」我回答他說。

「吃得完嗎？」黃鶯看看我，低聲地說。

「就當午餐吃吧。」我順手抽取二張衛生紙，擦擦桌面，「妳吃過這裡的餛飩沒有？」

「沒吃過。」

「我陪國防部、陸總部政五處的視察官來過好幾次，」我笑著說：「他們竟然不吃山外的廣東粥，想吃沙美的餛飩。」

「為什麼？」她不解地問。

「除了總統和院長外，還有許多高官都在這裡吃過。」

「真的？」她訝異地。

「坦白說，這裡的餛飩皮薄又Q，餡鮮又飽滿，配上豬大骨熬成的湯，吃來的確有不一樣的口感。」我為她解釋著說。

「這就難怪啦，」她故意地擦擦唇角，「聽你這麼一說，我的口水都快流出來了。」

「我來幫妳擦。」我快速地取出手帕，在她面前虛晃了一下。

她用手摀著嘴，卻掩不住笑聲。

「等一下餛飩來了，我們邊吃、邊看、邊學，」我比畫著說：「將來學會了這套本事，不怕餓肚子。」

「好，」她伸出大拇指，「你注意它的皮，我留神它的餡。」

「妳的意思是說，我主外，妳主內囉？」我開玩笑地說。

「誰主外，誰主內，倒無關緊要，」她意有所指地說：「兩人同心協力才是構成美麗人生的最大因素。」

「倘若我們真能同心協力，共創未來，那不知該有多好。」我低聲地說。

「別忘了，路是人走出來的，只要有信心，沒有什麼不可能的。」她輕聲地回應我說。

「如果有一天，妳在這個小島上找到愛，妳會心甘情願地留下來嗎？」我低聲地問。

「你是真的不明白呢，還是要多此一問？」她指著我，笑著說：「我相信，有一個人會讓我心甘情願地留下來。」

「如果那個人是我，不知有多麼地幸福！」我笑著說。

「有一個人看來不傻，卻偏偏在我面前裝傻，」她無奈地說：「如果要裝嘛，大家就一起裝吧，看誰裝得像。」

「當然是我，」我搶著說：「我不必裝也像傻瓜。」

「你啊，」她皺皺鼻子，指著我，「傻得可愛喲！」

我們情不自禁地笑出聲來。

老闆端來二碗熱騰騰的餛飩，上面灑著翠綠的蔥花，湯裡浮現出少許的香油，香味隨著碗中的蒸氣四處飄溢，荷包蛋的蛋黃朝上，活像一朵睡蓮躺在碗裡，的確讓我們見了就垂涎。

「趁熱吃吧！」我把擦拭過的湯匙放在她的碗裡，同時遞給她一雙筷子。

她夾起一個餛飩，仔細地觀察了好一會兒，而後放在嘴裡，輕輕地咀嚼著。

「味道不錯吧？」我問。

「的確是別有一番滋味在心頭，」她微微地點點頭，笑著說：「你的皮真的很Q。」

「如果沒有妳的鮮肉，再Q的皮也沒有味道。」我附和著說。

「往後勢必是皮離不了肉，肉離不了皮。」

「為什麼不說是皮肉相連呢？」

「光皮肉相連有什麼用……」她尚未說完。

「還要手牽手，心連心，」我搶著說：「對不對？」

「剛才有人裝傻，現在有人變聰明了。」她微嘆了一口氣，「這世界的變化真快啊！」

「或許是順應潮流吧，」我雙眼凝視著她，「但我敢於向妳保證，有一顆心是永遠不會變的。」

「是你心，還是我心？」她指著我，而後把手放在自己的胸前。

「是我們的心連心。」我放下手中的湯匙，伸出二個大拇指，鄭重地說。

「還算有良心。」她抿著嘴笑著。

「倘若蒼天有眼，祂勢必會考驗我們的言行；誰敢違背，必須受到懲罰。」我有些兒激動地說。

「它彷彿就是我們共同的誓言。」她點點頭默認著。

然而，它是否真是我們共同的誓言呢？上天對我們的考驗才剛開始，尤其是立足在這個多變的社會，凡事雖然有信心，但卻樣樣沒把握。男女間的感情更如大海裡的浮萍，漂流不定，幾句美麗的誓言，又怎能代表永恆的不變？任誰也沒有受到傷害的本錢。

她低著頭，輕輕地撥弄著碗中的麵線，然後夾起一小撮，吹涼後再送進嘴裡，一切動作竟是那麼地細心，那麼地伶俐，令人又喜又愛，頗有大家閨秀的風範，與她孤兒院出身的背景，簡直有天壤之別。

「這樣能吃飽嗎？」我關心地問。

「今天的胃口特別好，」她停下筷子，輕輕地擦拭一下唇角，「你看，我快吃完了呢。」

「如果想在這個島上生活，必須多吃點，好凝聚一些本錢，將來下田耕作才能得心應手。」

「你放心啦，」她輕鬆地說：「除了沒有犁過田之外，其他都難不倒我。不信你可以去問問官澳村那些阿嫂們，我曾經幫過她們種花生、種高粱，拔小麥、挖地瓜。」

「真的？！」我訝異地，「那什麼時候我帶妳回家，順便上山考考妳。」

「要是我通過了呢？」

「馬上把妳娶回家！」

她白了我一眼，一朵嬌艷的紅玫瑰飛過她白皙的粉頰上，更增添了幾分柔和的美。

「是不是喝了熱湯，」我消遣她說：「怎麼妳的臉紅了一大片？」

「我的臉紅？」她故意地摸摸臉，「我自己怎麼沒看見。」

「馬山之鶯，果然是名不虛傳，」我指著她笑著說：「今天我正式地領教妳的伶牙俐齒。」

「陳大哥，您過獎了！」她拱手作揖，故作鎮靜，「往後的人生歲月，有請大哥您多多照顧！」

「妳這套戲碼，比起我們藝工隊那些三八婆強多了。」我笑著說。

「人家可是受過專業訓練，靠唱歌跳舞謀生的，我這一套怎能跟她們比。」

「這妳就有所不知啦，」我做了一個比喻，「有一位叫王蘭芬的女隊員，光一首一朵小花起碼唱過百遍。」

「每位歌手都有一首招牌歌，或許只有她才能唱出那首歌的韻味。」

「說來也是，王蘭芬那首一朵小花就有人百聽不厭。如果有一場不唱，還真有人會想念呢。」我不屑地說：「我們組裡的首席參謀官就是其中之一。」

「你喜歡聽嗎？」

「每個月至少要聽一次，」我有些厭煩地，「不想聽也得聽。」

「你是不想聽也得聽，我是想聽也聽不到，」她有點兒遺憾地，「她到底唱得好不好？」

「她那一朵小花一出口，整個擎天廳會因此而震動，其聲音之宏亮可想而知。」我有些兒誇張地說：「如果站在馬山唱，不要用擴音器大陸同胞也可以聽得到。」

「真有那麼厲害？」

「百聞不如一聽，妳就拭耳以待吧！」

我們邊吃邊聊，吃得很開心，聊得很愜意，假如還賴著不走，老闆勢必要趕人了。但從他樸實的臉龐、和善的態度、親切的笑容，我們的顧慮是多餘的。儘管如此，我們還是要離開曾經讓我們溫飽的小吃店，重新走在老街冷颼的寒風裡。

黃鶯偎依在我身旁，右手挽著我的左手臂，如此的一對青年男女，並沒有什麼不搭調的地方。因此，我們走得很逍遙、很自在、很踏實，雖然有一些奇異的眼光和我們相交會，但並沒有一絲兒敵意，這是值得我們安慰的。

步出老街，經過鎮農會，我們緩緩地前行，向左就是直達電影院的復興街，右方坡下的路邊有一口小池塘，堤上長滿著不知名的野草，遠方那片沙洲，一定就是退潮後的金沙溪，站在這個雜草叢生的土堤上瞭望，視野更是一片遼闊。然而，這裡沒有山的阻擋，亦無避寒之處，我們漫步在這冷意襲人的荒郊野外是否妥當？

我牽著黃鶯柔軟的手，走過堤防，穿過一道窄小的田埂，在古樸的「槍樓」南邊坐下。

我們的背靠在它老舊的牆壁上，這道斑剝的古牆，除了能為我們阻擋北風的吹襲外，似乎也是我們暫時的依靠。天氣雖然濕冷，但我們熾熱的心卻彷彿是一道冬陽，全身盡是溫暖而沒有寒意。

「坐在這個幽靜的野地裡，如果有陽光的映照，那真是太美了。」黃鶯把頭輕輕地斜靠在我的肩膀上，有感而發地說。

「我卻不認為，」我看看她說：「就因為它的濕冷，才能讓我們緊緊地偎依在一起，難道妳不覺得我們心中，早已充滿著暖意。」

「說來也是，」她捏捏我的手，「今天似乎也是我此生感到最溫暖的時刻，儘管沒有冬陽的映照，但在你身邊，全身也覺得暖烘烘的。」

「最近怎麼樣？」我改變了話題，「忙嗎？」

「工作是千篇一律，八點以前暖機然後放音樂，播新聞。老實說，親愛的共軍弟兄們、親愛的大陸同胞們喊多了，有時也會有點兒厭煩。」她抱怨著，而後眨眨眼問：「你呢？」

「一些例行案件，」我輕輕地拍著她的手，「下個月就沒有那麼輕鬆了，司令官指示要我們研擬在特約茶室設立『社會部』的可行性。」

「社會部，」她迷惑不解地問：「什麼是社會部？」

「特約茶室依規定要現役軍人才能進去，但金門卻有好幾百位無眷的公教人員，長官為了要排除他們孤單寂寞的心靈，解決他們的性需求，所以要我們研擬設立一個專門服務這些無眷員工的處所。為了要與軍人有所區隔，我們暫時把它訂名為『社會部』。」

「原來如此啊，」她訝異地，「司令官怎麼會有如此的想法呢？簡直讓人不可思議。」

「坦白說，許多未婚的男人，禁不起長久的性壓抑，一旦到了某一個年齡，就會變得怪裡怪氣，嚴重一點的不僅會有戀童的癖好或變態的傾向，甚至還曾經發生過雞姦的情事，製造很多社會問題。」我嚴肅地說：「長官就是針對這些事件來考量的。」

「那你心中有沒有腹案？」

「還沒有成熟。」

「一旦真的開設，你這位無眷公務員也可以進去逛逛啦！」她開玩笑地說。

「不，」我搖搖頭，認真地說：「並非我自恃清高，人，不僅要守本分，也要有格調。長官放心把這份被公認為最複雜的業務交由我辦理，或許就是因為我能堅守原則。如果我是一個沒有品格的人，何須等社會部設立，隨時都可以不必買票進場，那些管理員想巴結我還來不及呢！」

「跟你開玩笑啦，別當真！」她有點不好意思地說。

「有些事我必須說清楚，以免造成雙方的誤會，那是得不償失的。」我再次地解釋著說：「茶室的環境的確是很複雜，以前的幾位承辦人，在操守上因有嚴重的瑕疵，但終究是逃不過長官雪亮的慧眼，調部屬軍官待退的有之，受處分調離政戰部的也大有人在。今天在妳黃鶯面前，我並非在自我標榜，也不是在凸顯我的博學，而是希望我們有更深一層的瞭解。」

「陳大哥，我不僅相信你，也能意會到你話中的意涵，以後和你在一起，也就沒有什麼顧慮了。」

「福利和康樂是組裡的二大業務，接觸女生的機會也特別多，」我繼續地說：「光藝工隊就有三十幾位女隊員，福利單位也有二十幾位，特約茶室有一百六十幾位侍應生，倘若有互動，也是因公務的使然。我可以向妳保證，在感情上，迄今為止，我沒有和任何一位女生糾纏不清！」

「我相信你的為人，」她略有所思地，笑著說：「上一次陪我到明德圖書館看書的那位李小姐，蠻欣賞你的呢，你知不知道？」

「沒有感覺，」我直截了當地說：「如果我沒有記錯，在二十餘年的人生歲月中，只有黃鶯曾讓我朝思暮想過，其他的，我沒有印象。」

「這或許是我前生修來的福份吧？」

「不，是我前生欠妳的！」

「那你要用什麼還我呢？」

「用我一生一世的愛。」

「你不覺得太沉重了嗎？」

「除非黃鶯不愛我。」

「別裝傻，」她輕輕地擰了我一下臉頰，柔聲地說：「知道嗎？」愈近暮色，寒氣愈逼人，我們在這裡已坐了好一會兒，還有什麼地方能讓我們頓足停留的呢？人生的路途尚遠，一個短暫假日，竟能讓我們滿載希望而歸，往後的時光，勢必是我們邁向人生另一個境界的開始。

我站了起來，伸手輕輕地拉了她一把，她站穩後含情脈脈地凝視著我，是看我有沒有裝傻，還是看我天生的土模樣？而我看到的竟是一張嬌艷美麗的臉，一個挺直的鼻樑、一對深深的小梨渦，二片薄薄的香唇、一頭烏黑微曲的髮絲，那深藍色大衣包裹著的，絕對是一個美如天仙般的胴體，讓人有無限的遐思。

這就是黃鶯，一個曾經在我心中激盪翻騰過的女人，一個讓我徹夜未眠的女人，在這茫茫的人海裡，我該把她帶往何處？回歸家庭，做一個賢妻良母，還是做我永遠的情人？

我為她攔了一部計程車，沙美距離馬山的路程雖不遠，但這個惱人的天氣卻教人不寒而慄，疾風寒雨侵襲著她白皙的肌膚，漲紅的膚色讓人看了也不忍。然而，她卻沒有上車的意願，久久地凝視著我，微濕的眼眶彷彿多了一些晶瑩的水珠，我取出手帕，輕輕地為她拭去。

「怎麼啦？」我愛憐地問。

「我們什麼時候可以再見面？」終於，淚水像斷線的珍珠，一顆顆滾落在藍色的外套上，「我下個月就要輪調到小金門了，不知要等到什麼時候，才能和你再見面。」她哽咽著說。

「別難過，」我拍拍她的肩，「只是暫時的分離，以後見面機會多著呢！」

她沒有說什麼，竟伏在我的肩上，低聲地哭泣著。

「天氣實在太冷了，」我為她開了車門，「早點回去休息，當心著涼了。」我像哄小孩似地說：「聽話！」

她抬起頭，眼裡依然噙滿著淚水，我情不自禁地也紅了眼眶。當她關上車門揮手向我道別時，我的喉頭一陣哽咽，竟然說不出一聲：再見。

第七章

特約茶室「社會部」的設立，我已在年度第四次福利委員會議中，做成提案，向司令官提出報告，恭請裁示。

在場的尚有督導政戰部的副司令官，以及主任，督導政二、三、五組的副主任，主計處長，政三、五組長，福利中心主任，各組處的承辦參謀……等。幾乎所有涉及到福利業務的人員都到齊了，只要司令官在會中裁示，往後的作業勢必更順遂，在會稿中，更不會有任何一個單位，提出相反的意見，這是一位參謀人員最樂意見到的。

經過詳細的說明和書面報告後，在草擬的辦法中，我概略地寫著：

一、社會部設立之目的，是為解決無眷公教員工之性需求，激勵員工工作士氣，減少不必要之男女紛爭，以安定社會為前提。

二、本部擬在金城總室先行試辦六個月，營業時間暫訂為晚間八時至十時，票價由福利中心會同特約茶室研擬報部審核後訂定之，俟其成效得失再作檢討。

三、擬函知政委會、中央駐金單位，飭令金門縣政府，針對無眷公教員工，確實調查，再統一造冊報部審核，並依權責由福利中心製作「識別證」，金城總室憑證售票，不得有假冒公教之情事發生。

四、恭請核示。

司令官在徵詢與會人員意見時，並沒有任何單位提出異議。主任指示說：各單位呈報上來的名冊，必須先送政四組會同警察局安全查核，如有品德不端者，不得發證。司令官最後裁決：依五組所擬，試辦六個月再做檢討。

社會部的籌設雖然定案了，但承辦單位並非發文了事，仍然要按權責督導福利中心和金城總室依法執行。

實際上無眷的公教員工，在公教機關裡，所佔的比例並不高，大部分是從軍中退役轉任的老芋仔。金門本地的無眷員工，多數是一些年輕小伙子們，限於保守的民風，善良的習俗，以及道德層面的考量，寧願壓抑著自己的性慾，也不好意思到茶室去尋歡。因此，轟動一時的社會部，算是雷大雨小，不如預期。

社會部正式開放的那天，我會同政三、主計以及福利中心相關人員，親自坐鎮在金城總室的售票處。售票員把一本張貼著照片，以及書寫著服務單位、級職、姓名、籍貫、出生年月日的無眷公教員工名冊放在桌上，蓋著「金門防衛司令部政治作戰部第五組」橢圓形圖章的娛樂票擺在售票口前，除了購買「加班票」的官兵可以繼續留在侍應生房裡娛樂外，其他一律清場，把整個空間留給無眷的公教員工使用。

八點不到，已有好些人在門外徘徊或走動，真正到了售票時間，卻只有少數幾人在售票口前排隊等買票。

坦白說，來到這種地方，新手最怕遇見熟人，一旦成了常客之後，彼此卻有心照不宣之感；誰會笑誰，誰又能干涉誰？唯一較尷尬的是長官與部屬互不相讓的場面，但這種機會畢竟不多，長官看到部屬都會自動閃開，部屬遇見長官，想逃都惟恐不及，豈敢同時排隊。

當然，如果同時看上一位侍應生，先後秩序在所難免，無論是軍官或士兵，科長或工友，先「到」先「進」的規矩必須遵守，它不僅合理也是正常的現象，只因為這裡是特種營業場所，並非依職位和官階分大小的辦公室。

我們要求售票員，務必詳實核對身分，方可售票，不得有任何的疏失。在我們坐鎮的二個小時裡，都能遵從配合，嚴格把關。但那天只售出十餘張公教員工娛樂票，與門外湊熱鬧的人潮相比，簡直不成比例。往後是否會有無眷的員工結伴而來呢，還是想來的不好意思來，不該來的來了一大群？

「計劃」、「執行」、「考核」是參謀人員必須遵守的規章。在籌設社會部的案件中，我不僅完成了計劃，現在也開始執行，未來是考核它的成效，以便六個月後檢討它的存廢。

然而，事情並非如我想像的那麼順遂，雖然售出的票數不斷地成長，由原先的十餘張，到十天後的百餘張，二十天後的二百餘張，但這卻是問題開始的癥結。

匿名向司令官、主任陳情的信件相繼地到來，依常理而言，這些匿名信可以不處理，但司令官、主任辦公室交下來的都是經過長官批示：「交政五組查辦」的信函，那一位參謀膽敢不處理。

依這些匿名信的內容來歸納，發信人部分是公教員工的家屬，亦有部分是家庭主婦，或是由他們的子女來代筆。陳情的事由，幾乎清一色是因為特約茶室開放社會部，讓她們的夫婿沉迷於侍應生的美色中而不能自持，希望能速予關閉，以免破壞她們幸福美滿的家庭，並維護地區善良的風俗。

對於這些無頭公案和燙手山芋，的確讓我傷透了腦筋。我試圖把這些匿名信透過政四的保防系統，看看是否能查到發信人的住址和背景，以便釐清事實的真相。

另一方面必須徹查是否有一般民眾或有眷公教員工，向同僚以及朋友借用識別證，假冒無眷員工的身分，矇騙售票人員，抑或是私自與售票員勾結，以達到他們進入茶室尋歡的目的。

當然家花不如野花香，從事這個行業的侍應生，都有她們不欲人知的一面，只有身歷其境者，始能印證它的神奇，親嚐它的甜頭，繼而沉迷不悟，不僅影響家庭和諧，也為社會製造事端。

經過政四透過保防系統，多方查證、比對字跡，我們發覺有一封類似學生筆跡的信，正是綽號叫「矮豬」的兒子所寫。矮豬是一位屠宰商，身體粗壯又有錢，雖然長相不怎麼樣，但為人四海，頗有江湖兄弟的味道，如此的角色，只要出手大方，當然很快就能與青樓女子一拍即合。

但他並非軍人，亦非無眷的公教員工，他是利用什麼關係進去的？依常理判斷，既然能與侍應生博感情，絕不是三天二天能成事的。從他太太悲傷哭訴的情形來看，或許，已暗中來往了一段時間了。而今，是否企圖藉著社會部的成立，無眷公教員工不必著軍服時，委請熟人替他買票，明目張膽地進去摸魚，延續他的舊情？果真如此的話，金城總室的管理人員，亦有未盡責之處。依規定侍應生也不能接待一般民眾；至於矮豬，無論他利用什麼關係進入特約茶室嫖妓，都屬違法的行為。

於是我會同福利中心的監察官和福利官深入瞭解和調查，引起這起糾紛的侍應生是金城總室士官兵部十五號的邱美華，宜蘭羅東人，二十八歲，來金門服務已三年多了，圓圓甜甜的臉，平日票房不錯。

我們把她請到經理室。

「邱小姐，有幾個問題想請教請教妳，請與我們合作。」我有點不客氣地說。

她點點頭，起初有一些驚慌，而後則是蠻不在乎。

「妳認識一位叫矮豬的老百姓嗎？」我接著問。

「認識，買過我好幾次票，」她承認著說：「他出手大方，每次都會另給小費，禮拜一休假時曾經請我吃過幾次飯，對我很好，曾經開玩笑說要娶我做他的小老婆。」

「難道你不知道我們茶室是不對一般民眾開放的？」

「他穿的是軍服，依規定買了票，我沒有權利要他出示任何證件，也沒有不接客的理由。」她辯解著說。

「妳知道不知道他是怎麼進來的？」我繼續問。

「這個問題必須問管理員。」

「這段時間他買的是什麼票，穿的是什麼服裝？」

「買的是社會票，穿的是便服。他也坦白告訴我說：他並非軍人，也不是什麼公務員。雖然知道他的身分，但我們是認票不認人的，只要有錢賺就好。」

「他與售票員、管理員有沒有什麼關係，妳聽他提起過嗎？」

「沒有，」她想了一下，「小徑的劉管理員曾經和我們一起吃過飯。」

「妳到過他家嗎？」

「矮豬曾經帶我去過幾次，他老婆很凶，最近一次竟然拿掃帚要打我，卻被矮豬擋住了，而且還打了她一巴掌。」

「妳知道不知道矮豬的老婆，為了這些事鬧自殺又鬧離婚，還叫她兒子寫信四處陳情？」

她沉默不語。

「他們家發生這種事，妳也有道義上的責任，妳想過沒有？」

「如果真是因我而起的話，我會疏遠他的，」她不屑地看了我一眼，「婊子有情也無情！」

「妳是什麼意思？」我不悅地問。

「沒有什麼意思，我是實話實說。」她依然不屑地，「你們只知道要求我們關在這個小房間裡多賣幾張票、多賺一點錢、多為那些勞苦功高的戰士們服務，但就是忘了我們也是人！」

「妳們冒著炮火，承受二十小時的海上顛簸，離鄉背井來金門的目的是什麼？」我有點氣憤。

「不錯，我們是為了賺錢，」她激動地，「但你們上級也要記住，既然把我們當人看，就必須多點人性的關懷！」

「公家虧待過妳們嗎？」我依然氣憤地，「給妳們一個舒適安全的賺錢環境，供妳們吃住、醫療，流產時補助妳們的營養費，緊急災難時，借給妳們安家費。」我指著她，毫不客氣地說：「妳說說看，是那一位受到虐待，是那一位受到非人性的管理？」

「過多的干涉，就是非人性，」她大聲地辯解著說：「我們是人，是有感情的女人，不是天生的娼妓，誰不想早一點離開這個鬼地方，找一個可靠的男人過一生！」

「我同意妳的看法，但也希望妳不要忘了身處的環境，」我依然激動地說：「如果破壞別人的家庭，換取自身的幸福，那是天理不容的！」

「像我們這種女人，和男人同居、做人家小老婆的多得是，找一個姘頭混飯吃的也大有人在。請問，接受男人的施捨有罪嗎？你怎麼能說我破壞人家的家庭！」她激動地說。

「妳怎麼能用這種態度說話！」金城總室的劉經理怒指著她說。

「我的態度怎麼樣？」她雙手叉腰，憤怒而尖聲地反問他。

「再這樣傲慢無禮，就把妳遣送回去！」劉經理從椅上站起來，指著她高聲地說。

「你神氣什麼，你神氣什麼！」她不客氣地指著劉經理，「你們不要用這個理由來威脅我！」而後竟不顧羞恥地說：「只要老娘願意脫褲子，到處都有錢賺，別以為你們金門的『炮』大！」

「妳不要臉！」劉經理依然高聲地。

「不要臉的是你！」她更加氣憤地，「老娘剛調來總室時，你買了一張士官兵票，搞了我一個晚上，你要臉嗎、你要臉嗎？」

「妳胡說八道！」劉經理不好意思地看看我。

「好了，別再吵！」我站了起來，雖然滿懷的不高興，但為了替劉經理留點顏面，對著侍應生說：「妳先回去。」

「老實告訴你啦，」她的心情已稍微地平靜，「不要什麼事都怪罪我們，該檢討的是這些人！」她指著劉經理說，而後轉身就走。

「再胡說八道，我就對妳不客氣！」劉經理向前跨了二步，瞪了她一眼，罵了一句，「妳媽的！」

「別和她們計較啦，」我打著圓場，讓他先有一個台階下，但也不客氣地說：「反正清者自清，濁者自濁，紙永遠包不住火。」

「福利官、監察官他們都知道我的為人，」劉經理向我解釋著說：「我是不會亂搞的。」

我笑笑，沒有回應他。心想，這些人還真是靠山吃山，靠海吃海，五十元一張的士官兵票，搞了人家一個晚上，是真？是假？證據會說話，由不得他自己辯解，我心裡暗笑著。

不可否認地，福利單位所有員工都是金防部的雇員，雖然職務是依學識、工作能力、操守和年資來任命，但經理和管理主任的職位，並非是一成不變的終身職，小差錯雖然不一定會被免職，但我們會列入年終考核，俟機調整他們的職務，絕對沒有永遠的經理和管理主任。

在諸多的陳情案件中，儘管透過保防系統協助調查，卻依然不能全部釐清，唯一必須檢討的，可能是茶室內部的管控。

為了避免再生事端，針對有問題的人與事，我們必須先做一個處置。首先被遣返的是侍應生邱美華，雖然她有一套自認為很充分的理由，但如果讓她繼續待在金門和矮豬交往，勢必會造成更多的困擾。

她說得沒有錯，只要願意脫褲子，到處有錢賺。然而她也必須瞭解，金防部特約茶室少了她這位侍應生並不會關門，還有一百六十餘位年齡大小不一、美醜參差不齊的侍應生，願意繼續留在這個反攻大陸的最前哨，為十萬大軍服務。而且設在台北的召募站，正不斷地召募新的侍應生，像邱美華如此的條件，可說多得很。

我們也查出：矮豬是透過小徑茶室管理員與金城總室售票員和管理員的關係，順利地買票進場的，看來雖是小事一樁，但若按我們頒佈的「特約茶室管理辦法」來認定，則是屬於重大的違紀案件，小徑茶室管理員與金城總室售票員、管理員同時遭受解雇處分已成定局，誰也無法替他們求情說項。

針對矮豬的行為，我們也放出風聲，倘若膽敢再冒充軍人或利用什麼方式進入茶室嫖妓，一經查覺，馬上移送「明德班」管訓，絕不寬貸。攸關如此的案例，我們也以司令官的名義，飭令金門縣政府，在村里民大會上加強宣導，以免一般百姓，重蹈矮豬的覆轍。倘若貪圖一時的歡樂，被送明德班管訓，那是得不償失的。

總而言之，社會部的開放，對一些無眷的公教員工來說，的確能暫時紓解一下壓抑許久的性慾，雖不能以「功德無量」來彰顯，但長官的苦心和美意，承辦單位所花費的精神和苦心，並非筆墨所能形容的。

如果那些無眷的公教員工和侍應生，真是男歡女愛、看對眼，能從其中尋找到他們的終身伴侶，對他或她來說，無疑都是好事一樁，大家也會同聲來祝福他們的。但事實並非如此，每到星期一侍應生休假時，城內的飯店或館子，幾乎都有公教員工或一般民眾，陪著侍應生在裡面飲酒作樂，甚至酒後鬧事。

從側面瞭解，多數是在茶室認識而被邀約出來的，也有部分是受到利誘而來的。如果公教員工非上班時間，一般民眾沒有家眷，和侍應生一起吃吃飯，只要不出事倒也無所謂。偏偏有一些老婆盯得緊的，一旦發現她們的夫婿和茶室的侍應生飲酒作樂或打情罵俏，鐵定是吃不完兜著走。當場和老婆拉扯者有之，鬧到警察所的也大有人在，所有的事端都被歸咎於社會部的設立和開放。一些受害的婦女指責軍方，把特約茶室那些三八查某放出來亂搞，除了破壞她們幸福美滿的家庭外，更敗壞金門純樸善良的社會風俗，司令官實在真「夭壽」！

面對如此的社會輿論與民間壓力，不僅陳情的信件加多，政四組所屬的「一〇一工作站」以及「反情報隊」也屢有負面的反映情資移送組裡參考，距離試辦時間的六個月尚遠，福利部門幾乎被搞得雞犬不寧，承辦人被折磨得昏頭轉向。

於是我向組長報告後遞上簽呈，把發生過的原委，在簽呈上做極詳細的分析和說明，在擬辦中我寫下：

一、為維護地區善良風俗、純樸民風，以及百姓家庭和諧，並避免引起不必要之紛爭與民怨，擬提前結束特約茶室社會部之試辦。

二、奉核可後擬飭令福利中心轉特約茶室遵照，副知各單位知照，並自即日起生效。

三、恭請核示。

組長帶著簽呈，親自向副主任、主任、副司令官報告，終於獲得司令官如擬的批示，也正式讓社會部劃下一個不完美的句點。無眷的公教員工又重新回到有性而無處發洩的原點，一些想在裡面偷雞摸狗的老百姓或社會人士，勢必也不得其門而入。

特約茶室原本就是軍中樂園，豈可軍民同樂，社會部的結束，讓它回復到原先的安寧，也讓民風純樸的金門，得以保持善良的傳統風俗。若依價值觀來認定，是得而不是失；但若依人性的觀點而言，對那些無眷的公教員工則有失公平。

然而，在金門、在這個反攻大陸的最前哨，在戒嚴軍管的體制下，司令官的一句話，就是命令，誰膽敢反抗不聽從？不公平的事一籮筐，不合理的事一大堆，奈何、奈何，誰又能奈何！

第八章

日子在忙碌中度過，我與黃鶯的感情，靠著書信的往返而增進。雖然近在咫尺，但限於各人的工作環境，以及不便的交通因素，想經常見面也的確不易。

曾經允諾要帶她到擎天廳看晚會，因種種因素使然，一直沒有實現。雖然她未曾抱怨過，但我彷彿快成為一個失信的人了，心裡始終不舒坦。

我已做好決定，月底的慶生晚會一定要實現這個諾言，我也和政二組督導心戰大隊以及承辦慶生會業務的鍾少校打過招呼，他告訴我說絕對沒有問題，要我準時到馬山接她就可以了。

坦白說，他承辦的慶生會業務，每當簽請核銷時，必須先來會我。在會計報表以及原始憑證的審核上，只要有一點瑕疵和出入，大部分都逃不過我的眼光，如果直接在會簽單上寫上意見，主計和政三也不會同意讓他核銷。但我並沒有故意刁難他，每次都會以電話和他先溝通，讓他先行改正，再來會稿，今天有事請他幫忙，想必他是義不容辭的。

金勤連的調度士已答應支援我一部車，福利站的夜間通行證以及擎天廳的入場券都在我袋裡，我也央請站裡的會計李小姐全程陪伴她，如此的條件，還有什麼理由不能把一個小小的播音員帶進場。

黃鶯見到我們來接她，喜悅的形色溢於言表。她穿著軍裝，領上是准尉的官階，胸前上衣口袋的鈕扣上，配掛心戰大隊的識別證，穿梭在擎天廳尋找座位時，並沒有引起太大的注目。

「李小姐陪妳看，」我有一些兒歉疚地說：「我必須坐到工作人員的席位上，隨時聽候長官的指示，散場後我會來和妳們會合。」

「你忙吧，有李小姐陪伴也一樣。」她不在意地說。

「那是不一樣的，」李小姐笑著說：「經理陪妳才有情調。」

「那黃鶯妳走開，我來陪李小姐才有情調。」我開玩笑地說。

她不好意思地看看我，擎天廳的燈光把她的臉照得更紅了；而這美麗的嫣紅，是代表著少女的矜持，還是隱藏著一個塵封的故事，我沒有加以臆測的必要。

我援例地坐在工作人員的席位上等候長官的指示和吩咐，藝工隊的演出已提不起我的興趣，但這卻是屬於本身業務的一部分；長官不一定有事，幕僚人員不得不來，這似乎已成了官場上的慣例。除非有重大的事故，要不然，一切由不得你擅自作主。

司令官頒發完壽星禮品後，慶生晚會也正式起開始。我相信多數長官和我有共同的感觸：藝工隊的演出對他們來說不僅沒有新鮮感，也是一種精神上的負擔。但司令官在座，副司令官、參謀長、副參謀長，主任、副主任，第一、二、三處長、副處長，作戰協調中心總協調官、參辦室主任，通信、工兵、兵工、軍醫、運輸、營務組長，政一、二、三、四、五組長，以及砲、後指部的指揮官、副指揮官，參謀長、主任等高級長官，不得不出席來相陪。

倘若有外賓蒞金參訪、上級單位來金督導或視察，司令官也會邀請他們同來觀賞。無論節目的優劣，無論你看過多少遍，既然坐在高級長官的席位上，就得看完全場。因為司令官在演出結束後，依例要頒發一筆演出獎金給藝工隊，在他尚未離席前，誰敢先行離開？雖然亦有因緊急公務而中途離席者，但畢竟是少之又少。

我坐在左邊靠甬道的第一個位子上，雙眼正好對著舞台棗紅色的布幕，節目一個接一個不停地進行著，當別人的掌聲響起，我也附和著他們，跟著拍手鼓掌。然而，我的掌聲竟是那麼地脆弱，是表演者得不到我的認同，還是演唱者的歌聲不能引起我的共鳴？抑或是我已看厭了他們的演出，任何一個節目都讓我缺乏興趣？

當王蘭芬再次唱起〈一朵小花〉時，我的心彷彿有一種受壓迫之感，竟然那麼地沒有風度，伸出手摀住耳朵。但她那高亢嘹喨充滿著感情的聲韻，依然從我的指隙間，一聲聲地溜進我的耳鼓裡，讓我承受著不想聽也得聽的無奈。

我抬起頭，不屑地瞄了舞台一眼，卻看到一個端莊婉約的美少女，穿著一襲白色的晚禮服，左手拿著麥克風，右手拿著一朵不知名的小花，兩道晶瑩的目光正投射在我座位的這一方，深情款款地唱著：「我要和他帶著小花一起回家，和他騎著白馬去到那山上的古樹下，啊—啊—啊—啊—啊啊，同看雨後雲空的片片彩霞，片片彩霞啊……」她唱完後，彎下腰、低著頭，向台下深深的一鞠躬，卻換取觀眾席上如雷的掌聲。

想不到一首唱過幾十遍的歌曲，依然能博取那麼多的掌聲，是她人長得漂亮，還是她把這首歌詮釋得恰到好處？我沒有受過聲樂訓練，因而，不懂得音色之美，只感到她的聲音尖而亮，雖然不難聽，但聽多了難免會厭煩，這是人心自然的反應，並非針對這首歌或她個人有所偏見。

當然，百聽不厭的人大有人在。入場券除了按比例發給各單位外，透過管道、利用關係來索取的也不在少數。或許我的觀點有所偏頗，純以個人的喜好做為批評的藉口，相信有一天會改變的。

再難熬的時間總會過去的，再精湛的歌劇舞曲亦有落幕時。司令官在頒發完演出獎金後，並沒有做任何的指示，擔任值星官的第一處處長喊了「起立」的口令，並向司令官敬過禮後，飄著二顆星旗幟的座車已在第一道門口守候。近二個小時的慶生晚會隨著明亮的燈光而劃下句點，如果沒有台灣的勞軍團或藝工團隊來慰勞，下個月慶生會，勢必又是金防部藝工隊的演出。屆時，王蘭芬百唱不厭的〈一朵小花〉，又將在這個名揚中外的地下堡壘繚繞。或許，有人期待，也有人怕受傷害。

高級長官相繼地走後，我向組長坦誠報告，將送黃鶯回馬山。

「什麼時候交了女朋友，怎麼沒有告訴我？」組長四處張望著說：「坐在哪裡？讓我認識認識。」

我靦腆地笑笑，朝著後方的座位指著說：「她叫黃鶯，馬山播音站的播音員。」

「好了，時間也不早啦，」組長看看腕錶，「你先送她回去，下次再說吧。」

我對著組長笑笑，而後快步跨上石階，朝黃鶯的座位走去，李小姐已陪她站起來迎接我。

「怎麼樣，節目還可以吧？」我問黃鶯。

「他們演出的水準，不亞於台灣來的藝工團隊。」黃鶯興奮地說。

「妳聽過王蘭芬的一朵小花了吧？」

「這首歌唱得真好，」她高興地比畫著，「不僅感情豐富、咬字清晰，音色柔美，更難能可貴的是音韻的拿捏和轉換，已經到了爐火純青的地步，光聽這首歌也不虛此行。」

「真有那麼好聽嗎？」我有些懷疑，「我是摀住耳朵聽完的。」

「那可能是你沒有音樂細胞，不懂得欣賞。」她消遣我說。

「不，我看不盡然，」李小姐搖搖手說：「可能是對她們沒有好感吧？！」

「怎麼說？」黃鶯不解地問。

「每次藝工隊那些小姐找他幫忙，從不給人方便和通融，經常要勞動組長出來說項，讓那些小姐恨得牙癢癢的。」李小姐數落著說。

「難怪她們唱的歌不喜歡聽，跳的舞不喜歡看。」黃鶯看看我，笑著說。

我帶著她們從擎天廳的後門走出來，她們愉悅的心情，讓我也感同身受。但不巧，當我們路過第一道門的叉路口時，卻碰到藝工隊一夥女生從舞台的後門走出來。

「陳大哥，」我聽清楚是王蘭芬的聲音，「帶女朋友來看晚會啊？」她調皮地問。

「來聽妳唱一朵小花呀！」我笑著說。

「早知道的話，我就唱別首。」

「為什麼？」

「你不是說我只會唱這首歌嗎？」

「我什麼時候說過。」我假裝著。

「別耍賴，在慈湖的工地，」她正經地說：「有王中校，還有主任的侍從官可作證，我永遠都會記住。」

「記住有什麼用，」我不屑地看看她，「妳唱來唱去還不是一朵小花。」

「今天我是特地唱給你女朋友聽的，」她說著，走近黃鶯身旁，「我叫王蘭芬，妳貴姓？」

「黃鶯，」她看看她，親切地說：「我在馬山播音站服務，請多指教。」

「黃鶯姐，」她禮貌地，「和陳大哥開玩笑，妳別介意。」

「哪會，」她很有風度地說：「你們同在一個營區服務，說來也是同事，大家開開無傷大雅的玩笑，也是常有的事啊。」

「他哪裡是我們的同事，比我們的長官還凶呢！」她看看李小姐，「不信，妳問問她。」

「她又不是妳娘，告什麼狀啊，」我看了她一眼，笑著說：「真是三八！」

她們一夥都笑了，只有王蘭芬笑不出來。

「陳大哥，」王蘭芬走到我身旁，故作親熱狀，「請我們吃宵夜好不好？」

「妳為什麼不請我？」我反問她，大夥兒都笑出聲來。

「小氣鬼，」她瞪了我一眼，嘟著嘴，「請你就請你嘛，有什麼了不起的。」

「我們可是三位喔！」

「五位我也請得起，別瞧不起人。」

「妳王蘭芬記住這筆帳，」我指著她說：「時候不早了，我得送黃鶯回馬山，下次連本帶利算清楚。」

「有本事來算啊，誰怕誰！」她似乎一點也不懼怕。

「算妳厲害。」我說著，同時示意要黃鶯和李小姐走。

黃鶯走了幾步，情不自禁地轉回頭，頓足揮手，禮貌地向她們說：「再見！」

走出擎天廳，金勤連支援我的吉普車已在停車場等候，距離宵禁時間尚有三十餘分鐘，我是否該請她們和駕駛兵吃宵夜？尤其是在這酷寒冷颼的季節裡，一碗廉價的熱食，不僅能代表我的心意，更能溫暖著她們的心，我何樂而不為。剛才與王蘭芬純粹開玩笑，別讓她們誤認為我真的是小氣鬼。

我告訴駕駛開往新市，在談天樓門口停下。

「下車吧，我請妳們吃酒釀湯圓。」我低聲地說。

她們並沒有說什麼，和駕駛兵一路走進店裡，四人分兩邊，坐在軟綿綿的沙發椅上，當酒釀湯圓端來時，我只要求她們，「快吃，十點一到，憲兵就出來了，免得到時和他們囉嗦。」

「經理，你是強人所難嘛，」李小姐用湯匙翻了翻熱騰騰的湯圓，笑著說：「不被燙死才怪。」

「那麼我幫妳吹涼好了。」我笑著說。

「多謝你的好意，」她看看黃鶯，微微地笑笑，「你還是幫黃小姐吹吧！」

我抬頭看了黃鶯一眼，她也正看著我，當我們雙眼交會的剎那，彼此從心靈的最深處，湧出一股會心的微笑，且也讓我們同感內心的歡愉和溫暖，往後的人生歲月，勢必會把它深藏在自己的記憶裡。

甜甜的湯圓、酸酸的酒釀，雖然吃在肚裡能驅走嚴冬的寒意，溫暖著我們冰冷的心，但馬上要面對的，卻是與黃鶯的再分離。

吉普車已行過沙美市郊，下坡右轉就是直達馬山的柏油路。筆直的馬路兩旁，有颼颼的木麻黃響聲，碼錶上的計速針雖然只在四十上下晃動，但郊外野狗的吠聲卻告訴我們已進入官澳村。不一會兒，馬山連的衛兵擋住我們的去路，我出示夜間通行證，前面微弱的燈光處就是播音站的入口，黃鶯也在衛哨前下車，但卻裹足不前。

「回去吧，見面的機會多著呢。」我輕拍著她的肩，細聲地安慰她說。

她依然站在車旁，雙眼凝視著我，雖然是在這漆黑的第一線，但我卻能感受到一絲愛的光芒。

「黃小姐，時間不早了，妳就回去吧。」李小姐伸出頭，誠懇地說：「妳什麼時候休假打電話告訴我，如果經理忙，就由我來接妳，好不好？」

「謝謝妳，李小姐，再聯絡吧！」她一轉身，神情落寞地看了我一眼，而後沒有揮手，也沒有說再見，緩緩地向那盞暗淡的燈光走去……。

回到太武圓環，我告訴駕駛在路旁下車，好讓他就近把車開回介壽台，李小姐陪我走在幽暗冷颼的太武山谷裡。

「經理，看到黃小姐那依依不捨的情景，的確讓人動容。」李小姐感性地說。

「人嘛，總是有感情的。」我淡淡地說。

「感情有時是很奇怪的。」她低聲地說。

「怎麼講？」我好奇地問。

「這麼簡單的問題都不懂，真笨！」她轉頭看了我一眼。

「連那個臭屁王蘭芬都說我很有學問，只有妳說我笨！」我笑著說。

「如果沒有黃鶯，你會不會愛上王蘭芬？」

「神經病，」我用肩碰了她一下，開玩笑地說：「怎麼不說會不會愛上妳呢？」

「我那有這個福份！」她似乎有些在意。

「跟妳開玩笑啦，」我趕緊說：「可不能變臉喔！」

「我的風度會那麼差嗎？」她也趕緊解釋著，「如果我度量小，會當你們的電燈泡嗎？」

「別忘了，君子有成人之美。」

「那什麼人要成我之美呢？」

「有緣人。」

「王蘭芬沒有說錯，」她語帶諷刺，「你真的很有學問！」

「如果妳敢挖苦我，」我做了一個要推她的手勢，「我就把妳推入明德塘裡餵魚！」

她哈哈大笑，而後正經地說：「站裡除了我之外，幾乎很少人敢和你開玩笑。」

「我們相處的時間較長，彼此間的瞭解也較深，偶爾的開開玩笑也無傷大雅，尤其妳在工作上的努力和敬業，福利單位的員工幾乎沒有一個可以和妳相媲美。」我坦誠地，「站裡龐大的金錢出入和會計帳目，可說都是妳代我把關，我才能組裡、站裡兩頭跑，這是我一直想說而沒說的真心話。」

「原來你也會說真心話，」她好笑地，「還有沒有什麼真心話想對我說呢？」

「多著呢，」我不加思索地，「何止萬千。」

「在這夜深人靜的太武山谷，不妨說出來聽聽。」

「以後再說吧，」我賣著關子，也不忘消遣她，「妳看，我們邊走邊談，又談得那麼興奮，別讓人誤認為我們在談戀愛，那笑話就大了。」

「你實在太有學問了，聯想力竟然那麼豐富。」她取笑我。

「我們同事了那麼多年，從來沒有像今晚，在這個幽靜的山谷裡，那麼愉快地談笑著。」

「今晚是拜黃鶯之賜。」

「她是一個無父無母、從小在育幼院長大的孤兒。」

「你怎麼知道，」她訝異地，「是不是她親口告訴你的？」

我點點頭，也不忘提醒她說：「以後我們對她要多一點關懷。」

「有你的愛還不夠嗎？」

「我給她愛，妳給她友情。」

「那你要給我什麼？」

「妳真的比我還有學問，盡說些廢話。」我直言地反駁她，「難道我也能給妳愛，」而後瞪了她一眼，「真是的！」

她不再回應我，在黑夜中也見不到她的表情，我自信並沒有說錯什麼，內心十分坦然。

我們已走過明德二塘，此刻並非是無聲勝有聲的浪漫情景，而是不知該說什麼來緩和這個尷尬的場面。是否我的玩笑開大了，讓她心裡不舒坦，還是觸景生情，正想著她的情人呢？

我無奈地搖搖頭笑笑，任何的臆測和想像都是不實際的。

營業部的燈光早已熄滅，辦公室的大門亦已深鎖，樹蔭下的寢室讓人有一種無名的淒涼感，但它畢竟是孕育我成長的地方，存在著一份難於割捨的革命情感。

我推開門、捻亮燈，挪開辦公桌上那疊紅白交錯的卷宗，枯坐椅上望著漆黑的窗外出神。腦中沒有任何人的影像，如果說有，那便是明天組裡繁瑣的業務待我去處理。

很久沒有提筆了，難得在文壇奠定的一點小基礎，但願不要因公務的繁忙而荒廢，這是我必須時加警惕的。倘若能在有限的人生歲月裡，留下一些可供人懷念的作品，它的意義或許遠勝於錢財，這也是一般人所疏於思考的。但文壇之路，也並非如我們想像的那麼平坦，如不付出痛苦的代價，焉能得到它甜美的果實。

王蘭芬笑說我很有「學問」，難道是從什麼地方獲知我熱衷於文學的訊息？除此之外，自小失學的我，學問從何來？雖然在報刊雜誌上發表過不少作品，但我始終坦然面對，除了少數同好外，未曾向任何人提起或炫耀過。

門外有短短的輕叩聲響起，我快速地站了起來，這麼晚了還有什麼事，我心裡嘀咕著，順手打開房門，問了一聲：「誰？」

「天氣那麼冷，」李小姐端了一杯牛奶，以一對關懷的眼神看著我說：「看你房裡的燈光還亮著，為你沖了一杯牛奶，趁熱喝了吧。」

我接過牛奶，卻一時說不出話來。

「晚安。」她微微地點了一下頭。

我端著牛奶，竟然連說聲「謝謝」和「晚安」也沒有，眼看她的背影消失在甬道的那一頭，我的心中彷彿被一股無名的寒意侵襲著，是否要飲下這杯熱牛奶，才能恢復心中的暖意？

近三年的相處，從她日常生活、言行舉止、為人處事，的確是一位典型的傳統女性，心中難免會有一份思慕的情懷。

從我們平日的言談中，除了相互關懷外，似乎也隱藏著一份朦朧的情意，但侷限於彼此職務的不同、工作的繁忙，誰也沒有勇氣去傾訴和表明，讓這份即將發酵的感情，平白地從我們青春歲月中逝去。

是該惋惜，還是慶幸？不管時間願不願意給我一個滿意的答案，我會永遠記住這份由關懷和思慕幻化而成的情誼。

然在這個多變的感情世界裡，無論是波濤洶湧的海上，或疾風驟雨的陸地，都不會阻擋我前行的步履，只因為黃鶯的身影已深深嵌入我的心中。對於這位自幼失怙又失恃的異鄉女孩，除了同情她的遭遇外，唯一能做到的，就是給她愛、給她幸福，給他一個溫馨美滿的家。

我是否能做到，還是置身在虛幻的夢境裡，就讓歲月來考驗我的恆心和毅力吧！

第九章

臨近時序的霜降，冬雨卻不放過島嶼的任何一個角落，雨勢之大歷年少見，雖然造成許多不便，但對農人來說，卻是明年春耕的好預兆。但對組裡而言，依然有處理不完的事件，任你年輕力壯、身懷十八般武藝，修得再高的道行，亦有筋疲力竭的時候。

寒氣逼人的雨天，誰不想早一點躲在被窩裡取暖，而當我剛躺下，厚重的棉被尚未暖和我的身軀時，門外急促的敲門聲又把我喚起。

「經理、經理，」是組裡傳令急迫的聲音，「快起來、快起來，山外茶室出事了、出事了！」

我披上外套，趕緊打開房門，「出什麼事啦？」

「山外茶室打死人了，」他依然急促地：「組長在辦公室等你，叫你快點去！」

「什麼？」我驚訝地，「向組長報告，我馬上來！」

我穿上衣服，火速地往組裡跑，卻在坑道口遇見神情慌張的組長，以及組裡的駕駛兵。

「走、走、走，」組長揮著手：「趕快去看看！」

「要不要請福利官一起去？」我請示組長，無論他的辦事能力受到多少質疑，畢竟他的級職是中校福利官，有些公文沒有他的簽章還真不行呢。

「叫他幹什麼，」組長有所不滿地，「讓他吃飯、睡覺、等升官！整個福利業務如果不是你一手撐下來，連我這個組長都幹不成了，他還能升上中校。一天到晚到處關說想當師科長，有一天讓主任發火了，不把他調部屬軍官才怪！」

我不能表示任何的意見，無論我的業務有多麼地繁重，職權有多麼地高漲，畢竟我只是一位聘員，與現役者是有所差異的。唯一自我安慰的是，我在工作上的表現，能充分地獲得長官的授權和信任。

冒雨跟著組長快步走，在他情緒極端低落的此時，我不敢先問明茶室發生事故的原委。

「那些管理員真他媽的沒有用！」組長在車上竟罵了起來，「這一下可好了，出了人命啦，不把這些窩囊廢一個個全開除也不行！」

「先瞭解一下再說吧。」我神情凝重地說。

組長默默無語地凝視著擋風玻璃上不停地左右擺動的雨刷，駕駛也加快了車速，山外茶室士官兵部五號房門口已圍著好些人，我探頭一看，一具滿身是血、頭髮散亂、臉部扭曲的女屍，倒在血跡斑斑的床上。水泥地下是一具雙眼上翻，鬢邊沾血，死狀悽慘的軍人屍體，一把制式手槍滑落在血泊中，靜靜地陪著死去的主人。我驚訝地一轉身，站在木麻黃樹下深吸了一口氣，久久說不出話來。

依我的判斷，這絕對是一樁不折不扣的感情糾紛。一些年紀稍大的侍應生，和那些走遍大江南北的老芋仔博感情，在茶室，可說是屢見不鮮；但為什麼會演變成命案，的確讓人百思不解。

目視如此悲慘的情景，內心不禁打了一個寒顫，一股嗆鼻的血腥味隨風飄來，讓我感到噁心。這也是我平生第一次看過那麼悽慘的場面，尤其在這個冷颼的雨夜裡，更讓人感到無限的驚慌和恐懼。同行的組長，不知有什麼禁忌，始終離現場遠遠的。只見他雙手往背後圈著，神情凝重，不停地在那棵高大的木麻黃樹下，來回地踱步。

「報案了沒有？」我低聲地詢問站在身旁的管理主任。

「福利中心已經向憲兵隊報過案了，也向政戰管制室報備過了。」他心有餘悸地說。

「你跟管理員留下，其他員工生，請他們各自回房，不要出來、不得聲張。」我交代他說：「等一下把侍應生的履歷冊拿來讓我看看。」

他點點頭。

不一會兒，福利中心主任、監察官、福利官陪著軍事檢察官、軍醫，以及憲調人員來了，老士官所屬單位的有關人員也被通知到場。經過初步勘驗的結果，老士官是以四五手槍，對準侍應生的心臟，一槍把她擊斃，然後朝自己的太陽穴射進一槍而斃命。其他有關槍擊案件的細節和原因，必須再做進一步的調查。

軍方迅速地派人把老士官的屍體運走，福利中心也協調救護車連，把侍應生的屍體送尚義醫院暫時冰存，等候調查完畢再做處理。

從茶室的履歷冊上看，該名侍應生名叫何秀子，台灣南投人，三十六歲，來金門服務已滿五年，屬於高齡侍應生，平日票房並不理想。

「五號房間的私人物品不得擅自移動，房內的血跡清洗過後暫時上鎖。」我再次地交代管理主任，「她平常與那些女伴走得較近，為什麼會發生這種不幸的事件？你明天務必要把調查報告書直接送到組裡，不必經過總室和福利中心轉送。」

我說完後，福利中心主任、監察官和福利官陪著組長緩緩地走到我們身邊。

「你們幾點停止賣票？」組長問管理主任。

「報告組長，八點停止賣票，九點清場，加班票十點。」他立正站好向組長報告著說。

「這件事是什麼時候發生的？」組長問。

「聽到槍聲是十點四十分左右。」

「是不是你們沒有徹底的清場，才會發生這種不幸的事件？！」組長氣憤地指責他說：「要是你們按規定清場，再派管理員巡視一遍，客人留在侍應生房裡，怎麼會不知道，這種憾事也就不會發生！」

他低著頭，不敢吭聲。

「有沒有人聽到裡面有爭吵聲或什麼的？」

「外面雨下得很大，我並沒有聽到，也沒有人來向我報告。」

「隔壁的三號、六號呢？」

「三號流產住院，六號在性病防治中心治療。」

「人命關天啊，你們知道不知道？要是司令官追究下來，你們一個個都得捲舖蓋走路！」組長說出重話，又重複了一句，「你們知道不知道？」

回到太武山谷，已是淩晨時分，步上營業部的石階，剛走過女員工宿舍的門口，寒冷加上饑餓，我彷彿又聞到一股嗆鼻難受的血腥味，讓我感到反胃，我竟俯在牆邊猛嘔著。然而，連續嘔了好幾聲，並沒有吐出什麼東西，反而驚醒了熟睡中的女員工。

「怎麼了，」是會計李小姐的關懷聲，「什麼地方不舒服啦？」她說著，竟伸手扶著我，「看你頭上淋了雨，衣服也濕了，不感冒才怪。」

我沒有回應她，又是一陣反胃的嘔聲，因為我聞到一股無名的香味，不管是少女的幽香，還是她的體香，都讓我難以忍受。

她輕輕地攙扶著我的手臂，緩緩地陪我走回寢室，為我捻亮檯燈。

「什麼地方不舒服啦？」她又一次關心地問。

「沒有。」我搖搖頭說。

「天那麼冷，雨那麼大，你三更半夜到哪裡去啦？」

「山外茶室出事了。」我一想到那股嗆鼻的血腥味，又想吐。

「出什麼大事，還要勞你三更半夜去處理？」

「打死人了，」我依然有些驚恐，「一位老班長用手槍把侍應生活活打死了，自己也自殺了。小小的房間，床上是血，地上也是血，看到那種悲慘的場面，聞到那股血腥味，到現在還想吐。」

「怎麼會發生這種事，嚇死人了。」

「可能是感情糾紛吧？詳細情形還在調查。」

「茶室實在太複雜了，」她有些憂心地，「你為什麼不專任福利站經理就好，還要到組裡兼辦那麼多業務。尤其是一個未婚的青年，經常跑茶室，不怕人家說閒話啊！」

「人在江湖，身不由己，」我有些兒感嘆，「只要自己行得正，有什麼好怕的！」

「再這樣下去，你會討不到老婆的！」她笑著說。

「只好聽天由命啦！」

「其實我是多慮了，誰不曉得你名主有花了。還有那個唱一朵小花的王蘭芬，也看上你啦。」她有些心酸地。

「她們個個都看上我，為什麼單單妳沒有看上我？」我有些兒不悅，存心消遣她。

她靦腆地笑笑，一陣美麗的嫣紅，快速地飛過她的臉頰。

「其實緣分這種東西有時是很難講的，」我繼續說：「果真有一天把黃鶯娶回家，她能不能適應我們農家生活，還是一個未知數。隨著感情的進展，有時也讓我憂心。」

「娶回家再說吧，」她輕鬆地，「有時人會隨著環境而改變。」

「那就晚了。」

「那是你自找的，能怨誰、怪誰？」

「老實說，這裡也非我們久留之地，」我苦澀地笑笑，「有一天必須回歸田園。如果不是黃鶯，我倒希望娶一位能適應我們農家生活的老婆，一起上山下海，過著與世無爭的日子。」

「廢話少說！」她不屑地看我一眼，也有些訝異，「你會種田？」

「別忘了我是在鄉村長大的，許多農事都難不倒我。」

「說來輕鬆喲，」她看看我，笑著說：「憑你這副模樣，如果想回家種田，還得好好再鍛鍊鍛鍊。」

「找一天我表演幾招讓妳看看，好讓妳知道我農耕的本事。」

「時間不早了，不跟你抬槓啦，」她站起身，「天氣又濕又冷，我給你沖杯牛奶，喝後好睡覺。」

「妳休息吧，我自己來。」

「你自己來？」她白了我一眼，「早知道你要說這句話，我就不說了。」

「妳怎麼愈看愈不像我的會計。」我笑著說。

「像什麼呢？」她迷惑不解地問。

「我的大姐。」

「是不是我閒事管多了，」她一轉身，丟下一句，「狗咬呂洞賓，不識好人心！」

我坐在沙發上，右手托著頭，微閉著眼，想起茶室那幕悲慘又恐怖的槍殺情景，心裡依然不是滋味，始終難以釋懷。

二條人命，就這麼一霎眼自人間消失。何秀子的家人，再也等不到她以靈肉換取來的金錢，寄回去接濟他們的善行了。而可憐的老班長，反攻大陸的號角尚未響起，歸鄉的美夢尚未達成，卻為情所困，客死異鄉，怎不教人淒然淚下呢？

「牛奶泡好了，趁熱喝了好睡覺。」李小姐把杯子輕輕地放在桌上，而後掩上門，不一會兒，她那婀娜多姿的身影，就被悽涼的雨夜所吞噬，留下一個孤單的我，陪著黑夜等天明。

第二天，依然是冷颼的雨天。

我等不及山外茶室的調查報告，逕自坐著組長的座車，直駛山外茶室。而我卻沒有勇氣走前門，囑咐駕駛從監獄右邊的泥土路前行，把車停在茶室的後門口，而後推開那扇紅色的邊門，直接往管理主任的辦公室走去。

辦公室裡，管理主任正在詢問一位侍應生，管理員坐在一旁做紀錄，他們禮貌地站起，似乎也知道我的來意。

「怎麼樣了？」我走近管理員身旁，順手拿起桌上已寫好的幾張紀錄，仔細地看著。

「快問完了。」管理主任說。

然而，當我看完那幾張紀錄，的確大失所望。歪歪斜斜的字跡，錯字別字連篇，加上答非所問的內容，如何能呈給長官批閱？雖然他倆同是屆齡退伍的軍官，但其文筆之差，簡直不可思議。於是我參照他們詢問的內容，歸納成簡單的幾點，重新詢問士官兵部十二號侍應生林美照。

「林小姐，妳是與何秀子同時來金門服務的嗎？」我問。

「是的，我們以前同在雲林新寶島妓女戶接客，因為不願被那些地痞流氓欺壓，才選擇來金門工作。在金門五年多，我們都維持著很好的姐妹感情。」

「妳認識那位老班長嗎？」

「認識，王班長是廣東人，在金門也很多年了，除了秀子調到小金門外，無論在大金門的任何地方，都會去買她的票。」

「妳聽過何秀子談到王班長嗎？」

「王班長對秀子很好，經常買東西送她，吃的、用的都有，確實在她身上花了不少錢。秀子的母親生病時，還借給她一萬元。王班長也曾經向秀子求過婚，要秀子嫁給他。」

「何秀子答應了嗎？」

「我們在歡場中打滾十幾年了，客人的甜言蜜語聽多了，那會輕易地接受人家的求婚；幾乎沒有人盲目地跟人家走，如果說有，也是極少數。況且，秀子也知道王班長的經濟能力，除了借給她的一萬元外，只剩下幾千元的『國軍同袍儲蓄券』。一個上士班長，一個月又能領取多少餉錢，一旦嫁給他，往後的日子要怎麼過？」

「是不是因為何秀子拒絕王班長的求婚，王班長才會下這個毒手？」

「不，秀子並沒有當場拒絕，還告訴王班長，以後慢慢再說吧。」

「他們曾經爭吵過嗎？妳有沒有聽說過？」

「王班長染上梅毒已有一段時間了，近來似乎更嚴重，心情不僅不好，情緒也有些不穩定。秀子要他戴保險套他不肯，罵秀子變心、不愛他了，發誓以後不再買秀子的票，要秀子還他一萬元借款。」

「何秀子還他錢了嗎？」

「一萬元不是一筆小數目，秀子曾經為這件事傷透了腦筋。本來想做會頭，但卻找不到會腳；想向人家借，偏偏遇到這些一天賣不到幾張票的窮姐妹，所以一直沒有錢還。」

「王班長是不是逼得很緊？」

「看來王班長真的生氣了，不僅不再買她的票，而且經常板著臉來討錢，甚至還說了重話，說秀子騙他的感情，又騙他的錢，如果不快一點解決，有一天要給她好看。但秀子並不在意，以為是王班長一時的氣話，相信不敢對她怎麼樣的，想不到不幸的事件還是發生了……。」林美照紅了眼眶，哽咽地說不下去。

我沒有繼續詢問，內心也倍感沉重。依我的經驗而言，茶室發生十次事故，幾乎九次與感情的糾葛及金錢的牽扯有關，但每件事經過排解後，都能圓滿地解決。此次發生這種難以挽回的不幸事件，的確讓人感到遺憾和驚訝。

侍應生是否會因此而記取這個血淋淋的教訓，還是依然要以感情做幌子，以性命做賭注，以為那些老士官成家心切、善良好欺，想盡各種辦法和手段，詐取他們數年來省吃儉用聚積的革命錢財？

人的耐性是有限的，當那些在金門島上等待反攻大陸回老家的老芋仔，忍無可忍時，勢必會以最激烈的手段加以反撲，而那些可憐的侍應生，剛嚐到甜頭，隨即又嚐到彈頭的苦滋味，心不甘情不願地陪著恩客，一起走上黃泉路。

好不容易把這件棘手的問題處理完，身兼金門戰地政務委員會秘書長的主任，在主持防區某項治安會報，針對縣警局提報的資料中，有一項「杜絕私娼猖獗，以維地區善良風氣」的問題，當場裁示交由政五組研擬處理。

金門地區民風純樸、百姓善良已是眾所皆知的事；加上長期戒嚴軍管，個個成了順民，也是不爭的事實，依常理推測，哪有私娼存在的問題和空間。

在縣警局移送的資料中，以及政四的社會輿情反映，我們發現到一對住在金城的沈氏母女，以住宅做為掩護，私自從事色情交易，其對象不僅是一般民眾，甚至還有公教員工，除了嚴重影響社會風氣外，也成了性病防治上的一個死角。

綜觀主任交辦的原意，除了要我們詳查沈姓母女從事色情的原因外，在不抵觸法令的範疇下，讓沈女進入茶室服務，並嚴禁沈母再從事性交易的工作，還給金門一個純淨沒有色情污染的空間。

經過調查，沈氏以前即為金城茶室的侍應生，並在茶室生下沈女，後從良，嫁給一位在金門定居的退伍軍人。其夫因無固定職業，經濟不穩，生活困頓，不久因病去逝，留下沈姓母女相依為命，為了生活，沈母竟重操舊業。

而不幸，沈女長大後，卻被自己的親生母親拖下海，從此母女自立山頭，靠賣淫為業。雖然屢被警方取締和拘留，但母女依然我行我素，絲毫沒有悔意，不僅敗壞金門純樸的民風，更是三民主義模範縣的一大諷刺。

首先我們請金城總室派人先和她們溝通，並轉達長官的旨意，但無論用什麼方式來勸說或曉以大義，都不被她們接受，甚且還惱羞成怒，臭罵金城總室人員一頓；並放話，誰膽敢再踏進沈家一步，除了潑灑糞便，更要用掃帚把他打出去，任誰聽了也會膽怯。

聽完金城總室報告後，組長氣憤地說：「我偏不信。」

然而，不信並非光說說而已，必須以身去試探和求證。於是，經過參謀作業和協調，第一處憲兵科派了二名武裝憲兵，政三組派出督導「明德班」的監察官，由組長領隊，會同警察局以及鎮、里公所有關人員，再次地來到沈家。

沈氏母女眼見有大軍壓境的情勢，把門閂得緊緊的，任由副里長高聲叫喊，也不願把門打開。一夥人不得其門而入，也不能任意地破壞人家的門窗，而且還要時時加以注意，以防備她真的把糞便潑出來，大事沒有辦成，卻先成了臭人，那是誰也不願見到的情景。

「報告組長，」我突然想出一個小點子，「這裡留下憲兵和警察就好，讓他們站在較隱蔽的地方，只要沈家一開門，馬上衝進去，她想重新關門也來不及了。其他人就近到金城總室，隨時等候通知。」

「這也是一個辦法。」組長看看其他人，並沒有人提出相反的意見。

「副里長也留在這裡好了。」縣警局的保防課長說。

我們一夥人剛到金城總室，馬上接獲沈家大門已開啟的訊息，憲警人員也已進屋待命，這回沈氏母女想重關房門已非易事，除非問題能順利地解決。

見到沈氏母女，的確讓我感到訝異。沈母已人老珠黃，臉上滿佈著滄桑，雖然擦了一些脂粉，但依舊掩飾不了歲月在她臉上烙下的痕跡。如此的一個老女人，為何還能靠出賣靈肉在這個島上討生活，讓我百思莫解。或許是這個戒嚴軍管的小島，沒有一處可供發洩性慾的地方，只要能解決性的需求，似乎也不在意年齡的大小，以及美麗和醜陋。

倒是沈女，長得白白胖胖的，雖然沒有傲人的姿色，但年輕就是本錢，比起庵前茶室軍官部的侍應生毫不遜色，這似乎也是這對母女，能在首善之區的金城，無懼於警方的取締，自立山頭的最大主因。

若依常情來判斷，絕對是有哪一位恩客，或有頭有臉的社會人士和高官，做為她們的靠山，才能讓她們生存下去。但僅憑臆測是沒有說服力的，凡事講求的是證據，只要有一點小小的證據，再羅織一些罪名，在這個以軍領政的戒嚴地區，想辦一個人，簡直易如反掌。

組長、課長、副里長費盡多少唇舌，依然不為沈母接受，監察官要把她送「明德班」管訓，更惱怒了她。

「我脫了半輩子的褲子，再長、再大的都見過，你明德班又算什麼東西！」她氣憤地指著監察官，臉不紅、氣不喘地粗話、髒話一起出口。

「妳再說一遍看看，」監察官也激動地，「妳敢再說一句髒話，不把妳關起來才怪！」

「說就說，」她雙手叉起了腰，「你金防部敢把我怎麼樣！」

「憲兵，」組長大為光火，示意憲兵，「把她押起來！」

二位武裝憲兵走了過去，警察也跟進，沈母剛才理直氣壯的銳氣，竟禁不起考驗，神情凝重地不敢再出聲。

我乘機走近她身旁，示意憲兵、警察往後退，她既然有所懼怕，勢必也會軟化，這也是曉以大義的最好時機。

「沈太太，妳的處境大家都很同情，上級長官的意思是希望妳能好好保重，不要再重操這種有傷身體的舊業……」我還沒有說完。

「不做這種事，我們母女能做什麼？誰給我們飯吃？誰給我們飯吃！」她依然激動地。

「沈小姐已經長大了，她可以養活妳了，」我不亢不卑地說：「如果妳答應我們的請求，不再從事這種有損社會善良風氣的工作。只要沈小姐有意願，我們可以安排她進入金城總室服務，一方面可以賺錢奉養妳，二方面可以就近照顧妳，三方面茶室有完善的工作環境和醫療服務，每週派軍醫做抹片檢查，每季抽血檢查，一旦得了性病，次日就送性病防治中心治療。妳是知道的，從事這種行業賺錢固然重要，萬一染上性病而延遲送醫，那是得不償失的。現在的特約茶室，跟妳以前在茶室時完全不一樣了，請妳相信我的話。」我頓了一下，又繼續說：「如果沈小姐願意從良，不再從事這種工作，那是再好不過了。無論她將來願意赴台習藝或謀生，抑或是留在金門謀取其他的工作，如遇到什麼困難，相信上級長官一定會設法幫她解決的。」

「你這位年輕人說得還有點道理。」她看看我，而後指著組長和監察官，對我說：「這些阿北哥，以為要把我關起來或送明德班管訓，我就會怕他們。二顆梅花、三顆梅花有什麼了不起，我以前接過的客人，現在都是一顆星、二顆星！坦白說，我們阿英沒有讀過什麼書，也沒有一技之長，我想還是讓她到茶室去，先賺幾年錢再說。」她說完，看看一旁的女兒。

「沈小姐，妳有什麼意見嗎？」我轉向她，禮貌地問。

她微微地搖搖頭，用一對無奈的眼神凝視著沈母，彷彿告訴我們說：「一切由母親作主」。

從她羞澀而樸實的表情來看，我們實在難以想像她會是一個私娼。如果我沒猜錯，無論前因或後果，絕對是沈母一手促成，雖然令人痛心，但又能奈何。我們也相信天理昭彰，一個把自己親生骨肉推進火坑的劊子手，絕對會得到應有的報應！

「沈太太，我們就這樣說定了，有關沈小姐到茶室服務的細節，我會請金城總室的劉經理來和妳詳談。但從今天起，妳千萬要記住，絕對不能再做那種事啦！年紀大了，保重身體比什麼都重要，將來一旦沈小姐找到好對象結婚生子，妳就可以當阿嬤了。」

她一掃剛才的陰霾，臉上浮起一抹燦爛的微笑，「話先講好，我女兒年輕又漂亮，要把她安排到軍官部去，說不定將來可以嫁一個軍官。千萬別讓她到士官兵部，去接待那些可以當她爸爸的老北哥。」

「這一點我向妳保證，絕對沒問題。」我肯定地說。

「如果做不到，我就找你這個年輕人算帳！」她嚴正地警告我說。

「放心啦。」我斷然地說。

我們含笑地步出沈家，事情是否真能就此解決？雖然沒有十分把握，但面對這些歷經滄桑的老娼妓，適時曉以大義或許遠勝於用激烈的言辭來恐嚇和施壓。

組長說我有一套，監察官說我比他行，對於他們的讚賞，我並沒有太大的喜悅，只因為它是我承辦的業務之一，豈敢居功。

沈氏母女的事圓滿地解決了，從此之後，這個純淨的小島嶼，又恢復它原先的純樸，三民主義模範縣的旗幟又高高地被舉起，沈家也養了一隻凶惡的大狼狗，經過訓練後，專門咬那些想到這裡尋歡的老豬哥。

從特約茶室的會計報表來看，沈女每月的售票紀錄，已凌駕庵前茶室新進的侍應生，養活一個小家庭已綽綽有餘。

但我們還是冀望年輕的沈小姐，能找到一個好歸宿，早日離開這塊僅供十萬大軍娛樂的園地，過著相夫教子、幸福美滿的家庭生活。畢竟，歲月不饒人，青春年華有盡時，人世間並沒有天生的妓女，倘若她們能重新認定社會的價值觀，敞開心胸、坦然面對，洗淨曾經被污染過的雙手，揚起生命之帆，航向一個光明、燦爛、全新的港灣，人生對她們來說，或許，會更有意義吧……

第十章

轉眼，農曆年已到，忙完了所有的慰勞慰問，緊接著是除夕夜的晚會，以及初一早上，在金門中學運動場舉行的「金防部春節民間遊藝競賽」。雖然許多業務並非由我承辦，但同仁之間相互支援卻是常事，不管分配的工作是輕、是重，但彼此間都有一個共同的信念：那就是發揮團隊精神，把組裡的業務辦好。萬一有任何一點疏失和差錯，長官指責的，不是個人而是單位。無論哪一個組處的參謀人員或處組長，誰也不願意聽到自己的單位，在各種會報中被長官當眾指責或糾正。

儘管工作再繁忙，除夕那晚，組長的座車依然會送我回家與父母團圓，第二天一早又把我接回組裡，而後轉往金城，協助民運官承辦的民間遊藝表演競賽活動。而組裡彷彿有一個不成文的慣例，人人都不想經手的錢，往往都會落到我手中，要我來經管、負責結報。不管是基於什麼理由，信任二字是毋庸置疑的。

我提著一個雙層的提包，裡面裝的是從主計處領來的新鈔票，依我們訂定的競賽規則——甲組第一名一萬二仟元，第二名八仟元，第三名伍仟元；乙組第一名伍仟元，第二名三仟元，第三名二仟元，以及發給幾個不計名次的表演單位團體獎金各二仟元，並分別裝進一個印著「司令官贈」的紅色禮袋裡，跟隨著組長，傻傻地站在司令台的最後面，等待競賽結束後，由司令官來頒獎。

參加競賽和表演的團隊，以及看熱鬧的紅男綠女、婦孺老幼、現役軍人，遠遠望去一片人海，把整個運動場擠得水泄不通。

表演單位相繼出場，除了軍樂隊的演奏外，民間藝術幾乎大同小異，醒獅、舞龍、武術、踩高蹺、划旱船……等等。第一名雖然能得到一萬二仟元的獎金，金額看似龐大，但一條龍、一隻獅的製作成本，投下的人力，如要以金錢來衡量，的確是難以估算。一個團隊在這種場合裡，爭取的是革命軍人至高無上的榮譽，其他的，或許是次之吧。

當所有的節目表演完畢，我把獎金依順序疊好交給組長，俟司儀喊出得獎單位、領獎人出列後，組長再把獎金呈給司令官依名次頒獎，而我必須下台等候領獎單位開給我收據，以便結報。

然而，當表演完畢後，隊伍卻有些混亂，惟恐有所疏失，我不得不分外小心。而就在此時，站裡的會計李小姐卻出現在我身旁，內心掠過一陣喜悅，心裡如此地想著：無論她是來看遊藝表演，或另有他事，此刻終究是我的好幫手。

於是，我沒有經過她的同意，也沒有顧及到今天是年初一，員工正休假中，逕自把提包交給她，「妳拿好，裡面有錢。」」，自己卻穿梭在人群中，尋找領獎單位的領隊。

好不容易等到結束，自己的任務也算完成了大半，組長拍拍我的肩，眼裡流露幾許關懷，但似乎也有些歉意，畢竟今天是大年初一，全體員工都沐浴在年節的喜慶裡，而我並非現役軍人，依然要犧牲假期，投身在工作上，任誰也會有些許怨尤。

「下午沒什麼事了，」組長慈祥的眼神，依然流露出些微歉意，「王中校坐我的車回去就可以了，調來的那部車就交給你使用，不管是看看親戚朋友或回老家，總是方便一些。」

「謝謝組長。」我由衷地感謝著，且也讓我想起遠調小金門湖井頭播音站的黃鶯，如果不是一水之隔，我何嘗不能利用這個機會，陪她到處玩玩。年前一直忙著，竟連打通電話或寫封信與她連絡都沒有，內心的確有一份愧疚，不知要等到什麼時候，她才能再調回大金門？

「李小姐，妳也來幫忙？」組長發現到為我拿提包的李小姐，笑著說。

「組長，新年好。」李小姐笑笑，禮貌地向他一鞠躬，又轉向王中校，「王中校，新年好。」

「新年好。」他們幾乎異口同聲地說。

「李小姐來看舞龍醒獅表演，臨時抓她的公差。」我解釋著說。

組長和王中校先行離去，運動場上的人潮也逐漸地走離，我的腦中則依然有刺耳的鑼鼓聲迴響，模糊的眼裡似乎看到兩位陌生的女子朝著我們站立的方向走來，李小姐迎了過去。

李小姐看看我。

「阿麗，妳走不走？」穿紅外套、黑長褲的那位，對著李小姐說。

「妳什麼時候交了男朋友啦？」另一位妝扮較時髦的小姐，拉拉李小姐的衣袖，笑著說：「怎麼沒告訴過我們。」

「別亂講，」李小姐打了她一下，「他是我們經理。」

「什麼？」她訝異又不好意思地伸伸舌頭。

「新年好。」我禮貌地向她倆點點頭。

「新年快樂！」她們異口同聲地說。

「她是張素霞，」李小姐為我介紹著，「她是楊玲翠，我們不僅是初中同學，也是現在的好朋友。」

「多指教，」我含笑地向她們點點頭說：「妳們準備到哪裡？如果不嫌棄的話，我可以送妳們一程。」

「她們準備到我家玩，」李小姐說：「街上人很多，車子也不好坐，經理如果方便的話，就送我們回古寧頭。」

「沒問題，」我指著停車的方向說：「車子停在金門中學對面的廣場上，我們現在就走。」

她們三人手挽手興奮地走著，不僅有青春玉女般的俏麗，亦有現時代女性的矜持。若以外表來看，李小姐多了幾分端莊和賢淑，從她臉上流露的，似乎不是少女的嬌氣，而是女性的精明能幹。

長久的相處，雖然品不出她那份清純的美，而此時，這份美，卻又不容易在其他女性身上找到。是我的疏忽，還是這份美是不屬於我的？只見她深藍色的窄裙，緊緊地裹著微翹的臀部，白色的高領毛衣，棗紅色的外套，隨風飄逸的髮絲披在肩上，明亮的眼眸有友愛和關懷，薄施脂粉的臉頰，更是明艷動人。這個走在我左前方的女子，就是與我相處千餘個晨昏的李小姐。

吉普車的右擋風玻璃上，清晰地貼著「金防部春節民間遊藝競賽專車」並蓋著關防，車裡有一一〇表和派車單，擔任車長的我亦配有職員證，並不懼怕憲兵攔車檢查。

沿途上她們有說有笑，讓年節歡愉的氣氛，滿佈在她們青春的臉頰。當車子經過安岐，路過慈湖施工部隊的帳蓬，我情不自禁地多看了它一眼，甚至還想在臨近村郊的那棟古厝，看看在安岐機動茶室門口排隊等候買票的尋歡客。

然而，什麼也沒有發現到，畢竟是大年初一，茶室和其他福利單位員工並沒兩樣，除了發給團體加菜金外，並援例休假三天，讓侍應生也能過一個快快樂樂的新年。

吉普車經過林厝村的古寧頭戰場，駕駛在李小姐的指引下，由大馬路轉入一個紅土埕，在一棟一落四櫸頭的古厝前停下。

「到家了，」李小姐興奮地指著，「就是這裡。」

我先下車，打開車門，並禮貌地伸出手，一一扶著她們下車，而後，重新跨上車。

「怎麼啦，」李小姐走到車旁，收起原先的笑容，「哪一點得罪你了，到了家門口，竟連進去坐一會兒、喝杯茶的意願也沒有。」

「組裡還有事。」我順口說。

「我明明聽組長說下午沒事了，你還想騙我！」她依然不悅地。

張素霞拉拉她的衣袖，似乎暗示她不要太激動。

而我卻被她說得啞口無言。基於禮貌，我的確有必要進去向她那位含辛茹苦的寡母拜個年、請個安；倘若連這個最基本的禮節都不懂，讀再多的聖賢書，擁有再大的權勢和職位，依然只是草包一個，又有何格配做人家的上司。

「好，」我和她開玩笑，「妳的誠意我心領了，不僅到妳家喝茶，也順便在妳家吃午飯。」

「張素霞、楊玲翠，我們經理說的話妳們都聽到了吧？」李小姐露出了笑臉。

「聽到了。」她們異口同聲地說。

「跟妳開玩笑啦。」我笑著說。

「開玩笑？」李小姐斜著頭，一副正經狀，「大年初一怎能開玩笑？」

「為什麼不能？」我反問她。

「難道你沒聽過，大年初一，除了小孩子講的話是童言無忌外，大人講的都是一諾千金，沒有什麼開玩笑的。」

張素霞和楊玲翠都抿著嘴笑著，當然，我也能感受到她那份誠意，對於這位相處三年多的同事，我不僅瞭解她的個性，更清楚她凡事的執著，平日蒙受她的關懷，遠超我對她們的照顧。

「好啦，我是恭敬不如從命了，」我笑笑，「喝杯茶再走，總可以了吧？！」

「君子一言，駟馬難追，你自己看著辦吧！」她說著，向張素霞和楊玲翠努努嘴，示意要她們進屋。

我後悔和她開這個玩笑，在我進退兩難的此刻，卻突然想到：人也不必太固執，與其走了讓人生氣，何不留下讓人高興。於是我轉身從車上拿了提包，給了駕駛雙倍的誤餐費以及一點小費。今天畢竟是大年初一，雖然他只是一個上兵駕駛，服從命令是天職，叫他回部隊吃過飯再來接我，也並無不可，但這卻違背了我的良心。

我告訴駕駛說：「這裡距離金城和頂堡都很近，吃過飯後可以先去看場電影，再來接我。」另外我用印著「佳節快樂，司令官贈」的紅禮袋，包了一個很體面的紅包放在口袋裡，準備送給李小姐的母親，以表心意。

她們一夥先進屋了，李小姐深知我會留下來的，並沒有刻意地在門口等著我，但當她聽見駕駛發動汽車引擎聲時，卻慌張地跑出來。

「我以為你要走了呢，」她接過我手中的提包，「為什麼不叫駕駛也留下？」

「我給了他誤餐費，要他吃過飯、看場電影再來接我。」我看看她說。

李小姐引導著我，剛跨進門檻，一股蚵腥味隨即撲鼻而來。院子的右邊擺著一張方形的蚵桌，上面是一堆未經剝開的生蚵，桌旁的竹籃裡，盛著剝過的蚵殼，這就是古樸的蚵村景色。

「媽，」李小姐高聲地喊著，「客人來了。」

張素霞和楊玲翠陪著一位挽著髮髻、穿著簡樸的老婦人，含笑地從大廳裡走出來，她就是李小姐的母親。

「阿姆，新年好。」我走上前，深深地向她一鞠躬。

「新年好，新年好。」她慈祥的笑容裡，蘊含著幾許歲月留下的痕跡。

「一點小意思，」我取出口袋裡的紅包，雙手遞給她說：「祝您身體健康，新年愉快。」

「不、不，」她搖著手，退後了一步，「這怎麼可以、這怎麼可以。」

「怎麼啦，」李小姐走近我，「來發紅包啊？」

「又不是給妳的，妳緊張什麼？」我數落著她，也不忘讓她看看禮袋上的字，「看到沒有，是『司令官贈』，而不是我送的。」

「媽，既然是司令官送的，您就收下吧。」李小姐笑著說。

「這怎麼好意思，」她接過紅包，看看我，「阿麗讓你照顧很多，今天又收你的紅包，真是歹勢啦。」

「其實李小姐……」我還沒說完。

「叫她阿麗就好。」她笑著糾正我。

「這可不行，不僅我們主任、組長，包括全政戰部的官兵都叫她李小姐，」我開玩笑地說：「福利單位的員工都怕我，但我卻怕李小姐。」

「阿麗真那麼凶嗎？」她深知我在開玩笑。

「阿姆，這您就不知道啦，她凶起來就像我姐姐一樣會罵人！」我話一說完，大夥兒都哈哈大笑，李小姐不好意思地白了我一眼，我卻對著她說：「以後不敢再叫我來了吧？」

「經理，你請大廳裡坐，」李小姐比畫了一個「請」的手勢，「以後的事情，以後再說吧，反正我是說不過你的。」

「想不到你那麼隨和又幽默。」伯母誇讚我說。

「阿姆，您千萬別見怪，我和李小姐就好像是兄妹一樣，不僅談得來，她更是我的好幫手。」

「規規矩矩做事是應該的，你要多照顧啊，」她客氣地說，而後問：「以前到過我們村莊沒有？」

「路過很多次，沒什麼事也就沒有到村內走動。」我坦誠地說。

「叫阿麗陪你到處走走看看，我去準備中飯。」

「謝謝阿姆，您忙吧！」

來過多次的張素霞和楊玲翠，並沒有意願和我們同行，她們拿著蚵刀和碗，坐在蚵桌前，熟練地剝著生鮮的海蚵。

在李小姐的陪同下，我們穿梭在蚵村的土埕和小巷，沐浴在淡淡腥味的海風裡。雖然整個村落歷經戰爭的摧殘，但那古厝的原始風貌，依然展現出它樸實的風華。倒塌的屋宇，散落的石塊和磚瓦，無一不是戰爭遺留下來的歷史痕跡。

「陪你來看這些破落的古厝，想想也真無聊。」她有些歉意。

「不，我倒沒有這種感覺，它不僅是歷史的傷痕，也是我們永遠的記憶。」我有感而發地說：「這個村落歷經三次重大的戰役，依然能保有一個完整的風貌，的確是難能可貴。」

我們緩緩地走著，除了遇見許多在村內戲耍的兒童外，也碰到李小姐熟識的村人，甚且還有一位婦人問她說：「阿麗，是不是帶男朋友回家向妳母親拜年啦？」讓我們啼笑皆非、尷尬不已。

在北山村郊的出海口，我們站在風獅爺旁，看退潮後壯觀的蚵田。今天雖然是大年初一，但亦有少數辛勤的村人，無懼於刺骨寒風，不受年節影響，捲起褲管，挑著竹籃，趁著海水退潮時分，趕緊剷收一擔挑回家，再慢慢地剝開，到市場賣個好價錢。

「妳下海剷過蚵嗎？」我雙眼凝視著遠方的海域，低聲地問。

「這還用說，」她伸出手，柔聲地說：「你看看我的手就知道了。」

我真的拉起她的手，內心卻感到前所未有的悸動，在仔細地端詳過後，竟緊緊地把她握住。她並沒有縮回，也沒有拒絕，而我卻沒有看她的勇氣，只感到內心有一股無名的慌亂，男女授受不親，我是否失態也失格？

「走，」她輕輕地掙開被我緊握的手，「我帶你到關帝廟看看，它也是幾次炮戰中，唯一沒有被摧殘過的廟宇。」

「那可能是蒙受關聖帝君的庇護。」

走過蜿蜒的泥土小路，以及散落著蚵殼的小土堆，微風夾著淡淡的蚵腥味，點綴在這個古樸的蚵村裡，讓人有一份無名的親切感。

從古寧國小旁的馬路上緩緩而下，我們頓足停留在一座石塊堆疊的塔前。塔身分三層，上層清晰可見佛、法、僧、寶四個石刻的字蹟。

「它叫水尾塔，」李小姐指著塔身說：「迄今已有二百餘年的歷史，是一個關鎖水口、鎮煞辟邪、聚寶護財的風水塔。」而後又指著右邊波光水影相輝映的水面，「這個湖，就是分隔著南山和北山的雙鯉湖，我們從這裡看去，湖的形狀彷彿是二條鯉魚，雙鯉湖就是因此而得名。」

我微微地點點頭，在起步走向關帝廟的同時，情不自禁地多看了它一會兒，是看那粼粼的湖水，還是漂浮在湖中的水草？我的情緒竟陷入一陣前所未有的低潮。

我們沿著馬路默默無語地往前走，竟踏在「雙鯉古地」而不自知，莊嚴肅穆的關帝廟已在我們的眼前，李小姐並沒有受到我的影響，依然據她所知，為我介紹著。

「聽老一輩的人說，關帝廟的廟址，是一塊有『出水蓮花』之稱的風水寶地，雖然屹立於臨海地帶，但無論狂風巨浪或潮水高漲，都淹沒不了它，的確讓人感到神奇。」

「所謂福地福神居，也只有像關聖帝君這種正氣凜然、忠義之神，才能獲得這塊寶地。」

「我們已轉了一大圈啦，」她看看腕錶，「該回家吃飯了，等一下讓她們誤以為我們走失了呢。」

「李小姐……」我剛啟口。

「你就不能叫我一聲阿麗？」她有些激動，「是你自己喜歡把距離拉長的，以後不要怪我。」

「人，總是有點奇妙，」我笑笑，「叫慣了李小姐，一時想改口叫聲阿麗，我想了很久，不知該從心裡喊，還是從嘴裡叫。」

「既然喊不出來、叫不出來，就用寫的好了。」她有點兒不屑，「真是的！」

「好吧，那我就叫妳一聲親愛的阿麗好了。」我開玩笑地說。

「別假裝親密，」她白了我一眼，卻也露出一絲笑意，「如果有一天，你真的叫我一聲阿麗，那也是托關聖帝君的福。」

「這麼簡單的一聲阿麗，還要托神明之福，未免太小題大作了吧。」我消遣她說。

「那麼你現在叫一聲讓我聽聽看？」她有些兒期待。

「無緣無故在這塊莊嚴神聖的出水蓮花寶地裡亂叫，關聖帝君不笑我們瘋才怪。」

「王蘭芬說你很有學問，果然是名不虛傳。」她話中帶刺，「今天在這大年初一的雙鯉湖畔，更是表露無疑。」

「我一直在想……」我試著轉換話題。

「想什麼？」她打斷我的話。

「如果有一天，有人願意陪我坐在水尾塔的基座上，面對雙鯉湖美麗的景緻，寫出我內心自然的悸動，那勢必是一篇動人的好作品。」

「或許黃鶯才有這個福份。」

「那倒也未必。」

「為什麼？」

「因為在我內心裡，有一份無名的情誼，凌駕熾熱的愛情。」

「騙鬼！」

「我騙過妳嗎？」

她低著頭，默不作聲，我們肩並肩緩緩地步上回家的小路。

李小姐的母親已備好許多佳餚，張素霞和楊玲翠也幫忙擺碗筷，我倒成了李家真正的客人。而忙了一上午的李伯母，卻藉故要我們先吃，這似乎也是許多家庭常見的現象，更是老一輩的父老，展現他們的愛心，留給年輕人一個無拘無束的自主空間。

「經理，你別客氣」張素霞親切地說：「來到這裡，就不是外人了……」她還沒有說完，李小姐搶著說：「不是外人，難道是妳家的人？」

「阿麗，妳真是狗咬呂洞賓，不識好人心。」張素霞不好意思地說。

「剛才有一位婦人問妳媽說，煮那麼多菜是不是要請『子婿』。」楊玲翠笑著對李小姐說。

「別胡扯好不好，」李小姐白了她一眼，「又不是初二。」

「妳媽笑得很開心呢。」張素霞補上一句。

「妳倆都把嘴張開，」李小姐夾了一塊蚵仔煎，笑著說：「非把妳們的嘴都堵起來不可。」

「如果真把我們的嘴堵起來，這麼多的菜你倆吃得完嗎？」楊玲翠說。

「怎麼會吃不完，」張素霞笑著，「人家手牽手，南山、北山走了好幾回，肚子正餓著呢。」

「張素霞、楊玲翠，妳們好好給我聽著，」李小姐雖然板著臉，但卻難掩心中的喜悅，「廢話少說，想吃什麼儘管吃，別惹我大年初一也罵人。」

「看妳說在嘴裡，笑在心裡的俏模樣，想叫人家不疼妳也難啊！」楊玲翠笑著說。

「妳們好心點，」李小姐終於忍不住地說：「別亂點鴛鴦譜好不好，」而後，看了我一眼，對著她們說：「妳們到過馬山播音站沒有？」

「沒有。」她們幾乎異口同聲地說。

「這就難怪了。」李小姐神秘地。

「什麼意思？」張素霞不解地問。

「以後叫經理帶妳們去看看就曉得了。」李小姐得意地笑笑，「哪裡除了風景秀美、茂林蒼鬱、花木扶疏，又可以清晰地看到大陸河山以及對岸的漁舟帆影，更有一隻美麗的黃鶯，她不僅音色甜美、羽毛亮麗，還有一顆善解人意的心，不知迷倒多少人，可不像我們雙鯉湖的野鴨呢。」

「阿麗，想不到妳的文采竟然那麼地豐沛，好像不是在說話，而是在作文章。」楊玲翠笑著說：「跟誰學的啊？」

「當然是與她朝夕相處的經理囉。」張素霞意有所指地說。

然而，李小姐並沒有因此而閉口，竟繼續地說：「還有武揚台的一朵小花，花蕊雖小，卻芬芳無比，雖無明艷照人，但卻人見人愛。」李小姐竟哼起：「我要和他帶著小花一起回家，陪他騎著白馬去到那山上的古樹下，同看雨後雲空裡的片片彩霞。這雖然只是一段歌詞，卻是那位小美人的夢想。」她手舞足蹈地說：「妳們看看，那麼美、那麼綺麗的故事，教人不感動也難啊！」

「阿麗，妳很神呢，」楊玲翠不解地，「說了老半天，講了一個自己知道，別人聽不懂的故事，真讓我們丈二金剛摸不著頭腦。」

「既然摸不著頭腦，妳們就廢話少說，」李小姐用筷子指指她們，「難得我們經理肯賞光，妳們就多為他夾夾菜，免得他餓著肚子回家去。」

「李小姐，妳說完了沒？」我好笑地看著她，「妳的故事不夠精彩，也沒有說服力，所以不能引起大家的共鳴。我看還是快點吃，別忘了阿姆還餓著肚子呢。」

「你放心，我媽是九點吃早餐，二點吃午餐，七點吃晚飯，現在請她來吃她也吃不下。」李小姐解釋著說。

「我媽也一樣。」張素霞說。

「我媽也差不多。」楊玲翠附和著。

「我爸媽也沒兩樣。」我索性接著說。

大家都開心極了，這似乎也是農家自然的景象，誰也不怕被取笑。

「阿麗，妳到過經理家嗎？」張素霞問。

李小姐看了我一眼，搖搖頭。

「那我們等一下就順便坐他的車去玩玩吧。」張素霞說後轉向我，「經理，怎麼樣？」

我能說聲「不」嗎？無論有多大的困難和不便處，也不得不為自己以及李小姐留下一點顏面。然而，並非我小氣，貿然地帶著朋友回家，勢必也會為父母親增添一些小小的困擾，現在倒有點兒後悔留在李家吃午飯，更後悔認識她們兩位。

「當然歡迎，」我強裝笑顏，「只是鄉下地方，如果諸位不嫌棄的話，待會兒大家就一起去走走看看。」

李小姐久久地凝視著我，是看我有沒有那份誠意，還是虛假的應對？然而，她能看出什麼呢？我的思想隱藏在腦裡，我的心隔著一層肚皮，她能看到的，或許只是一個與她朝夕相處近三年多的同鄉。雖然相互仰慕，但在愛的世界裡，卻沒有更深一層的交集，也沒有所謂「近水樓台先得月」的浪漫情調。

況且，我已有黃鶯，除了她，我實在難於想像將來會有什麼重大的改變，想必，李小姐是很清楚的。只是有時候，基於彼此的相識相知，難免會開開玩笑，但願我們都不要當真。或許，我的想法簡單了一點，人是有感情的，尤其是一對朝夕相處的青年男女，我們是否有毅力，讓理智克制情感？抑或是任由它自然地發酵。

「你家是鄉下，難道我們家是城市，」楊玲翠坦誠地說著，卻話鋒一轉，「能陪好友去見公婆也是美事一樁啊！」

「楊玲翠，」李小姐含笑地指著她，「妳膽敢再胡說，我可要罵人了！」

「我又不是說妳，妳緊張什麼？」楊玲翠頂了她一句，卻也不忘消遣她，「誰沒挨過妳的罵，妳會罵人早已不是新聞了。」

「經理，你挨過阿麗的罵沒有？」張素霞笑著問。

「剛才我已經向她母親告過狀，難道妳們都忘了？」我說。

「有，」楊玲翠拍著手，「你說阿麗凶起來就像你姐一樣會罵人。」

「沒錯。」我看看李小姐，她也正看著我，彼此會心地一笑。

「哇，這樣也不錯，」張素霞竟也拍了一下手，「將來一旦有緣，那便是人人羨慕的『某大姐』了。」

「好了，玩笑到此為止，」我的頰上有些熾熱，但也不能讓場面太尷尬，勉強做了一個輕鬆狀，「妳們看到沒有，李小姐臉紅了呢。」

「我臉紅？」她摸了一下臉頰，竟無所顧忌地走到我身旁，把頭貼在我的臉上，「張素霞、楊玲翠，妳們仔細地給我看清楚，是我臉紅？還是他臉紅？」

想不到我的用意，卻適得其反，讓我的臉更紅、更熱了。

「妳們憑良心說說啊！」她轉了一下頭，竟把右臉貼近我的左臉頰，「到底誰的臉紅？」

張素霞和楊玲翠拍手叫好，而我卻尷尬萬分、無地自容，這與我在辦公室一板一眼的行事風格是有差異的。我能生氣嗎？我能那麼地沒有風度嗎？若以公務來說，彼此的職務有所差距，必須受到應有的尊重。但今天的場合卻有所不同，年輕人聚在一起，怎能再以職務來分釐，尤其男未婚女未嫁，彼此之間又有一份無名的情誼存在著，何必計較太多，況且，它原本就是一個玩笑，任誰也拉不下那個臉。

「哇塞，真是郎才女貌，讓人不羨慕也難啊！」張素霞有感而發。

「除了郎才女貌外，」楊玲翠退到大廳的門檻前，仔細地打量著，「無論遠看近看，都有一對夫妻臉。」

「要妳們看看誰的臉紅，妳們管那麼多幹什麼！」李小姐雖然聲音大了點，卻掩不住興奮的神情。

但在我的感覺中，她們似乎愈說愈離譜，愈鬧愈不像話，和三位大小姐在一起，或許，只有被她們聯手消遣的份，那有我存在的空間。倘若真的和李小姐是一對情侶，此時被她們戲弄，心裡或許是甜蜜的，也要感謝她們敲邊鼓，讓我們的愛情溫升到最高峰。

而今天卻有不一樣的情景，我並無意擺出一副臭面孔來凸顯自己的職務，雖然和她們兩人是第一次見面，在短短的時間裡能和她們打成一片也是緣分，但一切動作和語言必須恰如其分，如果有所逾越，萬一有一方不能接受，雖不致於變臉，卻易於把原本歡樂的氣氛弄僵，這是她們這群好朋友所疏忽的地方。

「生氣了是不是？」李小姐看我面無表情，低聲地問。

「哪有，」我勉強地笑笑，「大年初一能分享妳們的歡樂，不僅是我的榮幸，彷彿也讓我年輕了許多。」

「你本來就不老嘛。」張素霞說。

「張素霞，妳會錯他的原意了。」楊玲翠神秘地說。

「什麼意思？」張素霞不解地問。

「他似乎在暗示一個人，要嫁他趁早，免得蹉跎歲月，讓他老去。」楊玲翠意有所指地說。

「妳們的聯想力實在太豐富了，」我好笑又好氣地，「如果我有妳們的一半，那就太好了，相信妳們一個個都會成為我筆下的主角。」話剛說完，卻又後悔起來，我為什麼要以此作比喻。

「你筆下的主角？」張素霞沉思了一會，「你又不是作家。」

「當然不是，我哪有那麼厲害，」我趕緊否認，「我只是做一個簡單的比喻。」

李小姐抿著嘴，偷偷地笑著。

在她們的嘻笑中吃完這頓豐盛的午餐，駕駛也把車子開回來了。我找不到不讓她們到我家玩玩的理由，話既然說出口，就必須信守承諾，這何嘗不是做人的基本原則。當我向李伯母辭行時，她慈祥的臉龐似乎有一份期許，雖然不善於言辭，但卻句句肺腑之言。

「你看這些女孩，一見面就是大吼大叫，整天嘻嘻哈哈的，就沒有把你當客人，你千萬不要見怪啊。」李伯母說。

「阿姆，您別客氣，」我禮貌地說：「這種輕鬆歡樂的場面，可說是我歷年僅見的，我很高興過了一個不一樣的年初一，將來有機會一定要再來。尤其吃了一頓您親手烹飪的午餐，讓我畢生難忘，蚵仔煎的美味迄今還在我的口中留香呢。」

「隨時歡迎你來玩，」李伯母興奮而又有些謙虛地說：「阿麗書讀不多，如果有不懂的地方，你要多多指導她。」

「不，她書讀得比我還多，」我坦誠地說：「有時我還要向她請教呢！」

「少來這一套，」李小姐插著嘴，「誰不知道你很有學問！」

「你看、你看，多沒禮貌，」李伯母有些不好意思，「都怪我沒把她教好，都怪我沒有把她教好。」

「我們相處三年多了，彼此都很瞭解，」我解釋著說：「她做事勤勞認真，為人處事更不在話下，主任、組長都很賞識她，而且還要幫她介紹男朋友呢！」

李伯母樂得哈哈大笑，李小姐卻紅了雙頰。

「阿姆，」楊玲翠未說先笑，「阿麗的男朋友就在您身邊啦！」

「妳這個查某囝仔，」李伯母面帶笑容指著她，尷尬地說：「不要亂講話，我們怎麼高攀得起。」

「阿姆，想當年阿麗是我們學校的校花，現在也是美人一個，想追她的人一籮筐，還有什麼高攀得起、高攀不起的。」張素霞笑著說。

「羞羞喲，」李伯母用食指在臉頰上劃了好幾下，幽默地說：「不要往自己臉上貼金，說出來也不怕人家笑。」

李伯母說完，大家都情不自禁地笑出聲來，也可以看出她們三位的交情有多麼地深厚，唯一讓人遺憾的是：亂點鴛鴦譜，讓人不敢苟同的是不怕生，這些不知是她們的優點還是缺點？我全然不知。

李小姐提了一袋鮮蚵，至少也有三斤重，我並沒有拒絕她的盛情。當車子進入我們村莊時，她們幾乎都被那一棟棟古色古香的大宅院吸引住。歷經幾次炮戰，蒙受神明的保佑，所有的古厝和居民，都能平安地躲過災難，這是最值得慶幸的地方。

車子停在古厝右側的空曠地，三位小姐下車後，我低調地引導她們穿過窄巷，由大門進入屋內，恰巧，母親正好在大廳。

「媽，」我快步地走上前，拉著母親的手，為她們介紹著，「這位是李小姐，我們站裡的會計，這兩位是李小姐的同學，張小姐，楊小姐。」

「阿姆，新年好！」她們幾乎異口同聲地說，並向母親深深地一鞠躬。

「新年好，」母親含笑地向她們點點頭，並從神桌上拿來糖果，「來，先吃顆糖，討個吉利好彩頭。」

「謝謝阿姆。」她們每人從母親手上的糖果盤裡，拿了一顆糖果。

「你陪她們坐坐，」母親對我說：「我去泡茶。」

「阿姆，不必客氣啦，我們不渴。」李小姐說著，並順手把帶來的鮮蚵提起，「給您帶來一點海蚵，請阿姆您不要嫌棄。」

「這怎麼好意思，」母親接過裝了海蚵的提袋，「讓妳破費了。」

「這是我們古寧頭的土產，不成敬意。」李小姐客氣地說。

「真是謝謝妳啦，」母親說著，看了一下，「這麼又鮮、又大、又肥的海蚵，在市場上還真少見。」

不一會兒，母親煮來五碗「甜蛋湯」，每碗有二顆蛋，並加了冰糖，若依地方的習俗來說，它代表著一份崇高的禮儀。我並沒有問明原委，只想一心一意地陪她們快吃，而後在村子裡逛逛，再送她們回家。當我請她們就坐，卻發現多出了一碗，原以為母親要陪我們一起吃。

「駕駛兵呢？」母親提醒我說：「同樣是你的同僚，千萬不要忘了人家。」她催促我，「快請他進來一起吃。」

母親的細心，讓我倍感敬佩。但我也發現到，原本在李家嘻嘻哈哈，口無遮攔的張素霞和楊玲翠，此刻卻中規中矩地吃著母親煮的甜蛋。她們手中一邊湯匙、一邊筷子，彷彿蛋裡有骨頭似的，那麼小小心心地細嚼慢嚥著，竟沒有發出一點聲音，其動作之伶俐與輕巧，的確讓人感到訝異，與在李家戲鬧的情景完全不一樣。人的變化果真那麼快？我不禁在心裡打了一個問號。

我與駕駛很快就把蛋與湯全部吃完喝完，她們的碗中卻各留下一個蛋以及少量的湯，並同時用筷子把完整的蛋夾成二半，而後，放下筷子，輕輕地用手帕擦擦嘴。

「怎麼了，」我深知這是一種禮數，但現時代的青年又有誰會懂得，「不好吃是不是，為什麼不吃完？」

她們沒有說話，只相視地笑笑。

母親適時走進來，慈祥的笑容裡，盈滿著喜悅。

「妳們三位怎麼沒吃完？」母親也深知她們懂得禮數，「時代不一樣了，現在沒人再留碗底啦，乖，把它吃完吧！」

「阿姆，您用這麼大的禮數來招待我們，實在讓我們擔當不起。」李小姐禮貌地說。

「沒什麼啦，」母親輕輕地拍拍她的肩，「鄉下地方，難得妳們來玩。」

吃完雞蛋湯後，我帶著她們直接往東邊的側門左轉，並指著前方一棟古樸典雅的廟宇，為她們介紹著說：

「這裡是昭靈宮，供奉著田府元帥，村民也尊稱祂為大相江公，廟裡同時供奉：二相江公、三相江公、金王爺、福德正神以及註生娘娘等神明，香火鼎盛，是村民精神寄託和信仰的中心。每年農曆九月十五，為田府元帥誕辰日，村民除了作醮酬神外，並以三牲粿粽敬拜諸神，而後田府元帥偕同二相江公、金王爺，乘坐神轎出巡並鎮五方，以保合境平安。」

她們頻頻地點著頭，張素霞突然說：

「那我們先講好，今年九月十五一起來，除了看熱鬧，也來吃拜拜。」

「今天才正月初一，距離九月十五還有八個月又十四天，妳緊張什麼？」楊玲翠消遣她說。

「惟恐到時人家只請阿麗一人，不請我們啊！」張素霞又說。

我笑笑，沒有理會她們，李小姐也沒有說話。

「好，我們順著旁邊這條土路走，」我催促著她們，「廟後的斜坡上，有二株百年黃蓮樹，它一年四季，枝葉茂盛，是屬於喬木的一種，像這種百年樹齡的黃蓮樹，在金門是很少見到的。」我又指著前方，「這裡是陳氏家廟，它是一棟二落的古厝，我們的堂號叫潁川，燈號叫給事中，村內除了一戶姓黃、一戶姓張外，其他清一色姓陳。」我邊說邊走，卻也不忘告訴她們，「妳們之中，誰若有緣嫁做陳家媳婦，更應牢牢地記住陳氏的堂號和燈號。」

「阿麗，妳記好了沒有？」楊玲翠調皮地對她說。

「記妳的大頭！」李小姐做了一個要挺她的手勢。

「別那麼凶嘛，」楊玲翠閃了一下，「陳氏列祖列宗都在看，像妳這麼赤爬爬的媳婦，祂們是不能接受的。」

「妳乖、妳美，妳今天就留在這裡做陳家媳婦好了。」李小姐笑著對楊玲翠說。

「別忘了，陳家阿姆是以最大的禮數，來款待妳這位未來的媳婦喲！」張素霞幫起了腔。

「阿姆款待我，怎麼妳們也吃了？」李小姐反問她，「難道妳們也是陳家未來的媳婦？」

「我們是沾妳的光！」楊玲翠說。

「好，玩笑到此暫停。」我笑著替她們解圍。

我們從相思樹旁那條山路往上走，這裡也是村郊的最高點，我低聲地告訴她們說：

「我們左邊的樹林裡，有一門威力強大的高射炮，右邊有一個超炬光的探照燈，記住，不能太靠近。」我說後，指著前方茫茫的山巒，「海的那一邊就是對岸的圍頭，哪裡有好幾艘帆船在航行，妳們看到了沒有？據說，先祖在七百年前，就是從晉江的深滬來金門拓荒的。妳們再仔細地看看我們的海岸，它有潔白的沙灘，清澈的海水，石縫裡有海螺，潭內有魚蝦。右邊凸出的礁石叫垵口，左方是許白灣，我們也可以看到田浦城以及那一片翠綠蒼鬱的防風林。」

「想不到金門還有這麼美的地方，」李小姐有些感嘆，也有些惋惜地對我說：「我們同事那麼多年，從來就沒有聽你提起過，如果不是她們厚著臉皮提議要到你家來，真不知要等到何年、何月、何日，才能站在這個迷人的小山頭。」

「我們厚臉皮？」張素霞指著李小姐，「說話要憑良心，妳說說看，我們是為誰辛苦為誰忙？」

「妳們鐵定是白忙了！」李小姐肯定地說。

我依然沒有介入她們的爭辯，今天一整天，除了在母親面前外，耳根幾乎沒有清靜過。上午聽的是咚咚鏘鏘的鑼鼓聲，此時此刻聽的是她們的「鬥嘴鼓聲」，這個異樣的大年初一，的確讓我印象深刻、畢生難忘。

繼而地，我們來到番仔樓的圍牆外，我為她們介紹著：

「這棟洋樓和成功村的陳景蘭洋樓，同時被譽為金門最大的洋樓，由旅星華僑陳清吉先生所建。」我指著大樓說：「它的規格是二層半，屋頂是閣樓，整個格局是三凹壽另加後落，前有圍牆，庭院種有龍眼果樹以及雞蛋花等，佔地遼闊，氣勢雄偉。小時候我們也常在這裡玩各種遊戲。據長輩們說：清吉先生少年時，由父親之結拜兄弟，帶往星加坡當學徒，因年少無知，屢犯過錯，復經長輩嚴加教訓，始徹底醒悟，從此奮發圖強，經營和通商號致富。於民國二十年返鄉籌建這棟大樓，歷經三年餘始完工落成。現由駐軍幹訓班使用。平輩的鄉人稱他為和通吉仔，我們則依輩分尊稱他為和通叔公。」

順著村內的泥土路走，我們頓足停留在「睿友學校」前面空曠的土地上。

「你小時候是不是在這裡讀書？」李小姐問我說。

「從一年級的：來來來，來上學；去去去，去遊戲。一直讀到八二三炮戰那年小學畢業為止，這裡可說是我童年最美好的回憶。」我有感而發地說，也不忘向她們介紹，「若依輩分我要尊稱陳睿友為叔公祖，據長輩們說：睿友高叔祖幼時隨舅父遠赴南洋謀生，初時在舅父經營的東盛商號習商，平日克勤克儉、熱誠待人，深獲長輩與商界賞識。爾後經營金和美商號致富，有感於自幼家貧失學，多數鄉人亦屬如此，難有出頭之機會。因而，在其晚年亟思如有餘力，將在故鄉興辦教育，以啟迪後進。後因積勞成疾，不幸病逝僑鄉，子孫繼承其志，於民國二十三年之間，提撥銀元二萬元，委由同宗華僑德幸叔公返鄉籌建睿友學校，以嘉惠本村子弟、培養鄉里人才。

睿友學校的主體工程於民國二十五年完成，雖然它是一棟仿西式建築，但所有的木料和石材，則分別從南洋或內地選購而來。尤其走廊前、後端的石柱，更是粗壯有力，支撐著二樓的主體建築，展現出中國傳統建築的力與美。

正面彷彿是一座高大的山頭，頂端有一個象徵著光明和希望的泥球置放在中間，並由國徽襯托著，下方有泥塑的國旗、黨旗、警察、號兵、花草、鳳凰和仙鶴，更有一隻躍起的駿馬，許是要子弟們一馬當先、躍馬中原吧?!

睿友學校四字，是由能顯叔公與陽宅陳延謙先生共題，后浦許允之先生所書。學校竣工後，遴聘王國禎先生擔任校長，隨即招收本村學童就讀。爾後歷經抗戰、國共內戰而中輟，迄國軍進駐後，始由金門縣政府接辦，僑匯贊助，並易名為碧山國校，除本村外，並招收田浦、大地、東珩、東店、西吳、陽宅，東、西山前，山西、山后等鄰村高年級的學童就讀。學校規模雖不大，但作育人才卻無數。睿友高叔祖積德行善，造福桑梓之精神，著實令人敬佩。」

「每個村落都有屬於自己的文化，但現時代的年輕人很少主動地去接觸它、瞭解它。想不到你長久在外工作，對自己家鄉的歷史文化，竟瞭解得那麼深刻。」李小姐有感而發地說。

「不，僅僅知道它的皮毛而已，我們村莊以前也叫著後山，」我說著，卻突然想起，

「曾經有人用閩南語，寫過一首詩叫〈阮的家鄉是碧山〉，如果妳們願意，我現在就唸給妳們聽。」

「當然願意。」她們高興地說。

於是我用閩南母語，低聲而感性地念著：

「車過陽宅埔／遠遠著看見碧山路／正面是溪仔墘／左爿是要去山后的路途／經過象叔仔的雙落厝／走過德幸叔公的番仔樓／睿友學校是阮細漢讀書的好場所／徐先生　對待學生像子弟／人人講伊教學認真閣嚴格／啥若毋聽話　籐條舉佇手／罵阮：細漢毋讀冊　大漢著放牛／幾十年來這句話／攏嘛深深放佇阮的心肝內

村內的這條路／東有東祖厝　西有前廳祖／一片一片的石頭壁／一間一間的古早厝／鄉親善良擱忠厚／無怨無嘆來打拚／田內種的安薯芋／阿爸輾的安脯糊／共阮飼大漢／予阮毋免飫腹肚

白沙崙　紅墩頂／番花跤　牛車路／有阮細漢迌迌的跤步／樹林內的杜麗吱吱叫／露稅田的蟬仔會唱歌／網加追　抓加令／掘土蚓　灌土猴／嘛捉蟋蟀來相咬／想起

彼時陣／親像佇眠夢

昭靈宮　田府元帥香火真興旺／穎川堂　陳氏列祖列宗來保庇／男丁一個一個真爭氣／詩禮傳家排第一／孝順父母列優先／規規矩矩來打拚／上山落海攏毋驚／娶著後山某／眾人攏阿佬／相夫教子會顧家／勤儉賢慧無塊比／予阮碧山無落氣　無落氣

倚佇後山頭　看著許白礁／田浦港仔　大地溪／攏嘛佇院目睭內／樹尾綠綠　草青青／海水藍藍　沙白白／潭內有魚蝦　垵口邊仔有水路／對面就是阮的原鄉叫深滬／對面就是阮的原鄉叫深滬」

她們聚精會神地聽我把這首詩唸完，李小姐走到我身旁，扯扯我的袖子，把我拉到一邊，低聲地說：

「這首詩是你寫的，對不對？」

我笑笑，沒有答覆她。

「如果不是在這塊土地長大的，絕對寫不出對這個村落的感情。」李小姐有所感觸地說。

「我知道妳的聯想力很豐富，」我伸出手指，往自己嘴上一比，「別張揚。」

「這又不是一件見不得人的事，」李小姐埋怨著，「老是喜歡遮遮掩掩的。」

「個人的觀點不同，」我坦誠地說：「總認為自己的作品尚未達到應有的水準。」

「過分自謙，便是虛偽，」她淡淡地笑笑，「誰不曉得你很有學問。」

「我看妳是吃了王蘭芬的口水。」我笑著說。

「王蘭芬的口水，或許只有一個人才能吃到。」

「誰？」

「那麼簡單的問題，用膝蓋想也可以想出來，還用得著問嗎？」

「天才兒童！」我不屑地看了她一眼。

「大年初一難得來到貴村，兩位主人卻跑到一旁說悄悄話，未免太不近人情了。」張素霞指著我們高聲地說，卻也不忘來點柔性的，「剛才那首詩唸起來還蠻有韻味的，想不到詩人透過他的筆，竟能把這個聚落，詮釋得那麼完美。」

「這就是詩人厲害的地方，」楊玲翠附和著說：「尤其『網加追　抓加令／掘土蚓灌土猴／嘛捉蟋蟀來相咬』，更是我們童年的記憶。」

「詩本身的意境是很深奧的，剛才雖然有人唸給我們聽，讓我們意會到整個聚落的人文歷史和原始風貌，如果有一天能請出這首詩的原作者，讓他一句句、一段段親自來為我們解說，那不知有多美。」李小姐滿佈著笑容，並用一對期望的眼神看著我說。

「這也沒什麼啦，它只是讓我們更深一層地去瞭解整個村落的風貌，不要把那位不入流的詩人想像得那麼偉大。」我不在乎地說。

張素霞和楊玲翠睜大眼睛看著我，或許是看我用辭太尖銳，怎麼能用這種字眼來批評詩人，李小姐雖然知道內情，但並沒有出聲。

「好啦，我們也該回去了，」李小姐對著她們說：「可別耽誤人家上馬山，要不然那就罪過了。」

「廢話少說，」我有點兒生氣，一整天的時間明明都被她們佔光，現在還要用這種語氣激我。但我依然以笑臉相對，「黃鶯在小金門，馬山早已日落，現在鐵定是上不去了，如果妳們不嫌棄的話，在我家吃過晚飯再走。」

「明年再來吧，」張素霞笑著說：「到時下廚烹飪的，說不定就是阿麗了。」

「張素霞，妳最好閉嘴，不要愈說愈離譜。」李小姐提出警告，「這個地方不是想來就能來得了，想嫁就有人要的。不信妳倆試試看，看看有誰願意娶妳們？」

「只要有人願意娶妳就好，」楊玲翠挖苦她說：「妳就省省力氣，不必替我們擔憂啦！」

在她們的嘻笑聲中，度過此生最浪漫的年初一，是得？是失？對我來說已無關緊要。

唯一讓我感嘆的是那無情的冬陽，已滑過蒼鬱的木麻黃樹梢，緩緩地往西移動，夜的情愫勢必很快降臨人間。

張素霞與楊玲翠雖然是基於一番好意，但這種撮合方式似乎有些膚淺，為了李小姐的自尊，我始終不願做任何無謂的辯白。然而，從李小姐的言談中，隱隱約約地浮現出許多令人難解的問題，王蘭芬和黃鶯更是她消遣我的藉口。她是基於什麼呢？是同事間相互關懷，還是男女間的微妙因素？無論是什麼理由，我哪有本事周旋在三位女子之間。

對黃鶯，我情有獨鍾。靠著書信的往返與數次貼身的言談，感情不僅與日俱增，彼此也有更深一層的瞭解；但如果要談論婚嫁，八字都還沒一撇。若依常情而言，今天來到這個古樸的村落者應該是黃鶯，然卻適得其反，來者竟然是李小姐和她的同學，世間事不僅充滿著變數，更讓我們難於預料。

而王蘭芬更不用說，儘管她麗質天生、能言善道，卻置身在藝工隊複雜的環境裡，是否真能出污泥而不染？還是早已成為情場上的老千？並非是我們金門青年能輕易地去碰觸的。況且，彼此只是相識而已，距離相知、相愛，還在遙遠的深邃裡，李小姐的神經是否太敏感了點。

倘若真有「近水樓台先得月」的浪漫情事，和李小姐相處的時間是黃鶯加王蘭芬的總和；與數十位女性員工和藝工隊的女性隊員相處的時間也不短，這又該如何解釋呢？前任組長也暗示過，李小姐是不錯的人選，她具備古中國傳統女性的美德，絕對是一個勤儉持家、相夫教子的女性。

長久以來，蒙受她的關懷遠勝彼此間的交集，我似乎只是利用她，為我擔負更重大的責任，並沒有在她純潔的心靈裡，投入我的情感，是否要等到有一天她離開我時才感到惋惜？當黃鶯的身影貼近我的心靈時，我竟被她的愛迷昏了頭，始終感覺不出李小姐那份情誼的可貴。如果說有，也只是口頭上的撫慰、工作上的要求，以及三不五時開開玩笑，難道我真是一個寡情薄義的男人？

窗外風聲沙沙作響，室內也有些冷意，在這個大年初一的深夜裡，我躺在老家古厝尾間仔的眠床上，竟然會想起這些比公務還難理的問題。我是自作自受，還是行為有了差池？又有誰能瞭解我此時的心情……

第十一章

年前的執行，年後的結報，我又投身在繁忙的公務中，儘管忙得不可開交，但往往會有一些料想不到的事來干擾你。

無論我怎麼思、怎麼想，依然想不到副主任的駕駛王班長，會把小徑茶室一名叫鍾美琴的侍應生，帶到組裡來，這也是我承辦福利業務那麼多年來的頭一遭。

辦公室一陣嘩然和騷動，更讓我感到前所未有的驚訝。

王班長帶她在我的辦公桌前停下，把一封電報放在我的桌上。

「鍾美琴她爸爸死了，你快點幫她辦出境，好讓她回去奔喪。」王班長以命令的口吻說。

我沒有說話，忍住一肚子的火氣，以一對不屑的眼光看著他，怎麼可以把侍應生帶進辦公室來，這成什麼體統。倘若要辦出入境，也必須按規定填寫申請書，附照片和工本費，由福利中心轉報來組，經會政四組查無安全顧慮後，方能移請第一處辦理出入境手續。不管是「先電」出境，或送「警總」辦理，都需具備完整的手續，並非只憑一封電報就可以辦理的。

「請你幫幫忙。」鍾美琴見我無回應，竟紅著眼眶，懇求著說。

「鍾小姐，妳的遭遇大家都很同情，但手續必須完整……」我還沒說完，王班長搶著說：「你老小子故意找麻煩是不是，這封電報不是手續是什麼！」

「報告副主任，」我站了起來，故意挖苦他，「如果這封電報叫手續的話，請副主任您來辦辦看。」我話一說完，惹得其他參謀哈哈大笑。

「你他媽的就是喜歡吹毛求疵，難怪茶室那些人，恨你恨得牙癢癢的！」王班長說著、說著，嘴角冒出許多白色的口沫。

我依然沒有理會他，按住隨時會爆發的火氣，但也毋忘要整整他、讓他在侍應生面前出出洋相。於是我禮貌地對鍾美琴說：

「王班長成天沒什麼事，妳就請他幫幫忙，先送妳回小徑茶室填申請書，再到金城總室寫公文，請福利中心發文轉呈，等公文送到組裡後，我會馬上簽會政四組，然後送第一處為妳辦理『先電』出境手續。」

「我哪裡有時間，」王班長看看腕錶，「等一下還要送老闆去開會呢。」

「開什麼會？」我不屑地，「難道會比鍾小姐的出境手續重要？」而後又故意地說：「政戰部哪一位不怕你，叫老闆走路去開會不就成了嗎！」

「你老小子就是喜歡吃我的豆腐。」他露出一絲得意的微笑。

「鍾小姐，妳是曉得的，王班長為人不僅熱忱也熱心，他不但關心茶室的業務，對妳們這些出外謀生的小姐更是照顧有加。今天妳總算找對人了，雖然他是副主任的駕駛兵，但每句話，都代表著副主任的權勢，在座的參謀，誰膽敢不服從、不聽他的。」我諷刺他說。

鍾小姐或許已意會到我話中的含意，低著頭，不敢出聲。

「你不要指桑罵槐好不好。」王班長雖然有些不高興，但依然陪著笑臉。

「我是實話實說，如果你想讓鍾小姐趕上這班船，就快一點載她回去辦手續。」我說完後，站起身，把他拉到一旁，也毫不客氣地警告他，「老實告訴你，你是第一個以高官的車子避開哨兵的檢查，再矇騙衛兵，把侍應生載到組裡來的駕駛兵，萬一被政四組查到，你絕對是吃不完兜著走，別真以為你官大，還不快點把她送回去！」

他不好意思地摸摸頭，想必也知道事情的嚴重性，只不過是逞一時之勇，要耍自己的威風，好讓侍應生看看他的權勢，知道他的厲害。

然而，他會收斂嗎？那是不可能的，說他「狗仗人勢」或「狗改不了吃屎」一點也不為過。在侍應生面前，依然會拍著胸脯，展現無與倫比的權勢，這是不折不扣的官場文化，高官的駕駛和傳令，彷彿就是他們的分身；囂張、跋扈，不可一世。

送走了一個瘟神，又來了一個搗蛋鬼，她就是李小姐的眼中釘——王蘭芬。

「陳大哥，恭喜發財，紅包拿來。」她一進辦公室，就嚷了起來。輕盈的腳步，活像一隻雀躍的小鳥。

「大年初四才來拜年，別挨揍就好了，還想要紅包。」坐在我前面的梁中校笑著說。

「陳大哥，你捨得揍我嗎？」她來到我的桌前，竟俯在我的耳旁，嬌滴滴地說，這也是她常有的舉動。看她那副可愛的模樣，有時想數落她幾句也捨不得。

「這疊報表幫我統計一下，」我順手拿起桌上的算盤，「如果沒有差錯的話，非但不揍妳，還要犒賞妳。」

「先講好，要犒賞我什麼？」她斜著頭，調皮地問。

「擎天廳的電影票一張，文康中心的陽春麵一碗，絕不食言。」我說後，大家都笑了。

「小氣鬼，」她嘟著嘴，「一張電影票才二元，一碗陽春麵只三元，這種話也說得出口；你對我特別小氣對不對？」

「妳以為我家開銀行啊，這是特別留給妳的機會，如果妳自願放棄，可別怪我。」我笑著說：「我們福利站的李小姐珠算可是上段，這疊報表如果交給她，不出十分鐘就能算好，而且不必用算盤，只要用手指在桌上撥弄撥弄，數字馬上出來，既快又準，我又可以省下五塊錢。」

「別小看人，」她白了我一眼，「我在學校可是讀商科的。」

「光吹牛有什麼用，」我把整疊報表遞給她，「妳們老闆康樂官不在，妳就坐到他的位置去算，如果算錯了被主計處挑出來，妳王蘭芬給我小心。」

「你凶什麼凶，」她拿起算盤和報表，瞪了我一眼，「要人家幫你做事，還那麼凶，歹死人！」

「誰教你貪圖一張電影票和一碗陽春麵？」我開玩笑地說。

「那是本姑娘故意要試試你這個小氣鬼的，」她得意洋洋地指著我說：「如果你不實踐諾言的話，這筆帳是不能用算盤算清楚的！」

「二加三不就等於五嗎，」我站了起來，從口袋掏出五塊錢遞給她，「不管妳統計出來的數字是對、是錯，都無關緊要。先付妳酬勞，展現我的誠意，以免日後算盤算不清。」

「別以為我是乞丐，」她並沒有接受我的錢，緩緩走到康樂官的位置上，卻對著眾參謀說：「大家都聽到，陳大哥不僅要請我看電影，也要請我吃陽春麵，對不對。」

「別在這裡大吼大叫的，」我提醒她，「等一下被組長聽見不罵人才怪。」

「人家王蘭芬是司令官的乾女兒，組長怎麼敢罵她。」梁中校笑著說。

「是你做的媒對不對？」王蘭芬走到梁中校的面前，笑得合不攏嘴，「聽說我乾爹包了二千元媒人錢給你，如果不拿出來請客，當心到政三組檢舉你！」

王蘭芬一說完，全辦公室的人，都笑得人仰馬翻。

「王蘭芬，從現在起，不准妳再說話，好好算妳的帳，別影響別人辦公。」我再次提出警告，「如果不聽話，不僅電影看不成，陽春麵吃不到，還要把妳趕出去！」

「歹死人，誰敢嫁給你！」她又瞪了我一眼。

「羞羞喲，」梁中校打趣她，「明明知道政五組十二張辦公桌裡有十一個老骨頭，卻偏偏有人經常來走動走動。」

「你長官可別會錯意，經常在這裡走動的女生多著呢，並非只我一人。」王蘭芬說。

「司馬昭之心，路人皆知，」梁中校慢條斯理地說：「妳王蘭芬心裡最清楚。」

「不跟你講了，待會兒又要挨罵。」王蘭芬看了我一眼，攤開報表，低著頭，熟練地撥弄著算盤珠子。人，真的不可貌相。

辦公室雖然恢復往常的寧靜，但來洽公的官兵依然沒有間斷，電話接了又響，響了又接，一般瑣事往往凌駕於正常業務，這也是一般參謀人員最苦惱的地方。

不一會兒，站裡的會計李小姐，拿了一個紅色卷宗站在我的面前。

「經理，上個月『免稅福利品會計報表』和『第一季福利品進貨單』馬上要送福利中心，請你先批一下。」李小姐說著，把卷宗放在我的桌上，卻逕自走向王蘭芬，「王小姐，什麼時候調到組裡當參謀啦，我還以為是誰呢？」

「我哪有這個資格，被妳們老闆抓公差啦！」王蘭芬坦誠地說。

「原來如此，」李小姐瞄了我一眼，心酸酸地說：「看妳算盤打得嗄嗄叫，我們老闆還真找對人了。」

「妳們老闆說妳珠算已經上段，只要用手指在桌上撥弄撥弄，就能把數字統計出來，根本不必用算盤。」王蘭芬轉述我剛才的話。

「別聽我們老闆在『臭彈』。」她說後，又來到我桌旁，雙眼久久地凝視著我。

「年過了，一般福利品不要進太多的貨。」我把卷宗遞還給她，順便叮嚀著。

她點點頭，看了我一眼，當走近王蘭芬身旁時，卻又停了下來。

「王小姐，什麼時候沒有演出或彩排，也來幫幫我的忙。」

「幫忙可以，但是要有代價。」

「什麼代價？」

「妳們老闆是擎天廳電影票一張，文康中心陽春麵一碗。」

李小姐禁不住地笑出聲來，「妳來幫我忙，我僑聲戲院電影票一張，山東酒樓肉絲麵一碗。」

「我知道妳們老闆最小氣了。」她轉頭看看我。

「其實有時候，醉翁之意不在酒啊！王小姐，妳說對不對？」李小姐笑著說，而後快步走出辦公室。

「王蘭芬，妳聽到沒有，」梁中校又捉到消遣她的機會，「妳這個醉翁啊，肉絲麵不吃，偏偏想吃陽春麵，人家福利站小姐吃醋啦！」

「管她的！」她不在意地說。

很快地，王蘭芬已把那疊報表統計完畢，雖然我尚未複核，但從她娟秀的阿拉伯字，以及有條不紊的整理順序，如果沒有一點專業基礎，是難以完成這個任務的。

「總算完成你所付託的任務啦，」王蘭芬把那疊報表放在我的桌上，「雖然沒有李小姐的動作快，但她會的我也會，我會的她不一定會。」

「別臭美好不好，」我看了她一眼，不屑地說：「一點小本事，有什麼好炫耀的！人家李小姐唱的歌也不難聽啊。」

「我不是在眾長官面前吹牛，」她抬起頭，雙眼巡視埋首辦公的參謀們，「放眼當今，又有幾位演唱者，能把一朵小花這首歌曲，詮釋得像我那麼完美的。難道你沒發現，擎天廳的晚會，如果少了我王蘭芬的一朵小花，整場晚會不僅失色，觀眾也會敗興而歸。」

厭。」

「這點倒是真的。」後座的首席參謀官坦誠地說：「司令官和主任幾乎是百聽不

「王蘭芬唱起這首歌，的確有不一樣的韻味。」張少校也附和著說。

「她的音色之美，簡直如出谷黃鶯。」梁中校似乎也說出了真心話。

「你聽到沒有，」王蘭芬指著我，「我的歌聲人人讚賞，只有你瞧不起我。」她說著、說著，竟低聲地唱起「負心的人」歌曲裡的二句歌詞：「難道說你是草木，不能夠叫你動心。」

她一唱完，博得滿堂的笑聲。

「還有下一句啊，」參謀官展露出他那沙啞的歌喉，開心地唱著：「愛你也深，恨你也深……」

參謀官唱後又是一陣笑聲。

「王蘭芬，我還是勸妳趕快回隊上去，好讓我們安安靜靜辦公。」我催促她說：「別真要挨罵才甘心。」

「你未免太現實了，」她皺了一下鼻子，「剛幫你統計完報表，茶都沒喝一口，你就想趕我走！」

「好啦、好啦，廢話少說，」我向她揮揮手，「等我有空，再請妳吃陽春麵。」

「還有看電影。」

「看電影？」我頭一抬，看了她一眼，「那要看大哥我，有沒有那份雅興。」

「你想黃牛？」

「我可沒說，是妳自己講的。」

「老弟，你也真是的，」參謀官笑著說：「年已經過了，你還窮忙些什麼？你就陪她去看場電影、吃碗麵，不就了得了嗎。區區五塊錢，還要人家痴痴的等啊！」

「王蘭芬，陳大哥不願陪妳去，我來陪，」梁中校自告奮勇，「看完電影後，再請妳吃大餐，怎麼樣？」

「我—不—要，」她嘟著嘴，一字一字慢慢地唸著，「謝—謝—你—的—雞—婆！」

一陣笑聲過後，組長適時走進辦公室，王蘭芬見狀，趕緊向他深深地一鞠躬。

「組長，恭喜發財。」王蘭芬笑咪咪地，卻不敢放肆地說「紅包拿來」。

「王蘭芬，」組長輕輕地拍拍她的肩，「組長幹了半輩子軍人，永遠也發不了財。」

組長說後，移動著腳步，「來，跟我來，組長送妳一個紅包。」

王蘭芬伸伸舌頭，皺皺鼻子，興奮地跟著組長走。

「老弟啊，」參謀官鼓勵著說：「王蘭芬是一個不錯的女孩，對你也有點意思，多加加油吧！」

「老實說，藝工隊這些女生，嫁給有錢人或當官的較適合，以後就是人人侍候的夫人和太太了。」我有些兒自卑地，「以我們金門人的條件來說，誰敢娶她？！」

「那也不見得，愛情有時是與金錢和官階沒有關聯的。」梁中校說。

「除非她瞎了眼、自討苦吃。」我冷冷地說。

「王蘭芬看來還蠻純樸的，就是孩子氣太重了點。」參謀官吸了一口煙，淡淡地說。

「陳大哥的少年老成，加上王蘭芬的孩子氣，簡直是絕配。」張少校笑著說。

「諸位長官請別開玩笑了，我剛做過體檢，自己幾斤重清清楚楚，別像副主任那位駕駛，忘了自己是誰，那就糟了。」我坦誠地說。

王蘭芬笑嘻嘻地從組長辦公室走出來，手裡拿著一個紅包，一把糖果，從後座的參謀官起，分送每人一顆。

「陳大哥，給你二顆。」她把二顆糖放在我的桌上。

我趁她不注意時，一把把她手中的紅包搶過來。

「糖還給妳，紅包我沒收了。」我笑著說。

「休想！」她又從我手中搶走，「請我吃麵看電影的諾言，不知要等到何年、何月、何日才能兌現，竟想沒收我的紅包。」

「現在妳紅包在手，是一個不折不扣的小富婆了，就由妳來請我吃麵看電影，怎麼樣？」我開玩笑地說。

「請就請嘛，誰像你那麼小氣。」她不在乎地，也說出重話，「有膽量現在就走！」

「你幫我向組長請請假。」我用大拇指比著組長的辦公室，存心為難她。

「你以為本姑娘不敢？」她說著轉頭就走。

我見狀，一把拉住她的衣袖。

「你幹麼拉我？」她笑著問。

「好，算妳厲害，」我不得不認輸，也不得不安撫她，「妳先回去，等我忙完了再請妳吃麵看電影，這樣總可以了吧？」

「可不能黃牛。」她依然不放心地。

「不會啦，」我向她提出保證，「我的信用向來很好。」

她滿意地笑笑，而後踏著輕快的步履走了，留下一個美麗的倩影在我腦裡迴盪著。

誠然我不致於欺騙一個純潔的女孩，但勢必會在我繁忙的公務中，增添一樁不必要的負擔。而這個女孩心想的是什麼，絕不是一場電影或一碗廉價的陽春麵，是否會有更多的冀求，我是否有能力來化解和應付？

或許，是我的神經太過於敏感，把單純的友誼複雜化，自以為了不起，被一堆漂亮的女生深愛著，我的想法竟是那麼地幼稚、膚淺和愚蠢。

為了實踐諾言，次日，我真的約了王蘭芬，準備請她吃麵看電影，因為從初六起，她們將恢復彩排，以後的時間較難控制。然而，她卻捨擘天廳、金城、金聲、僑聲、中正堂等幾家設備較新穎的電影院，選擇到設備陳舊、地點偏僻的「南雄戲院」；從廣告上看，南雄放映的是一部打打殺殺的武俠片，的確讓我感到不可思議。但為了不願掃她的興，我展現出相當大的誠意，在山外一家小館子，點了幾道菜，外加一盤炒麵，還有三鮮湯，預定餐後，再到南雄看電影。

「陳大哥，你不是說請我吃陽春麵嗎，怎麼點了那麼多菜？」她有點兒訝異。

「妳不是說我對妳特別小氣嗎？今天我要展現我們金門人的誠意和肚量，不僅要讓妳吃得飽，也要讓妳吃得好。」我神氣地說。

「我是跟你開玩笑啦，」她有些兒不好意思，「你點那麼多菜，吃不完的。」

「吃不完也得吃，」我笑著警告她，也順便和她開玩笑，「多吃一點，快快長大好嫁人。」

「我已經二十一歲啦，不必再長大也可以嫁人了，只是沒人要而已。」她幽默地說。

「像妳這麼漂亮的女孩沒人要，那妳們隊上那些女孩子，將來不都要成為老姑婆啦！」

「那也未必，很多人都有了男朋友。」

「只有妳沒有男朋友是不是？」我取笑她說：「愈漂亮的女孩愈不中用，是人家看妳太搶眼不敢追妳？還是妳的眼睛長在頭頂上？」

「你說我像那種女孩嗎？」

「跟妳開玩笑啦，其實愛情這種東西是很微妙的，有時必須靠緣分。緣分一到，門板都擋不住；緣分未來，求菩薩也沒有用。」

「這套理論是誰告訴你的？」

「是我長久領悟出來的。」

「陳大哥，你很有學問對不對？」她興奮地笑著，「我們隊長說，你經常在報上發表文章，我沒說錯吧？！」

「妳不要笑死人好不好，妳們隊長隨便說說，妳王蘭芬隨便聽聽，我的學問就是這樣來的。」

「騙人！」她不相信。

「如果我真有本事，早就在妳面前炫耀了。」我好笑地說。

「正因為你不會炫耀，沒有浮誇，才能得到人家的尊敬。」

「那是妳王蘭芬說的。」我笑笑，順機轉變了話題，「快吃吧，待會兒趕不上電影。」

「其實我不想看電影。」她正經地說。

「我剛才就有點兒懷疑，妳是吃錯什麼藥，為什麼會選擇南雄那部爛片子。」我看看她說：「如果不想看，吃過飯後我就送妳回隊上。」

「不，」她睜著一對水汪汪的大眼睛凝視著我，「我們到太湖走走好不好？」

「天氣那麼冷，又沒有月亮，到太湖幹什麼？」

「隨便走走，我們就回去。」

「黑漆漆的有什麼好走的，萬一不小心讓妳掉進湖裡，那就糟了。」

「那麼你牽著我走，就不會有什麼萬一了。」

「妳有這份勇氣嗎？」

「為什麼沒有！」

我笑笑，沒有回應她。誠然她有勇氣讓我牽著，我是否有牽著她的膽量？或許，真正懦弱的是我，而不是她。況且，我哪有本錢，在這茫茫的情海裡，橫生波瀾。

飯後，我們緩緩地走在人潮擁擠的新市街道，在這封閉的小島上，引來一些奇異的眼光在所難免。王蘭芬雖然不在意，但我還是有些顧慮，因為自幼在這塊島嶼成長，過的是純樸的農家生活，今天貿然地帶著一位漂亮而時髦的女孩逛街，的確與我的出身是極不搭調的。

於是我刻意地和她保持著一大步的距離，但不一會兒，她又主動地靠近我，而且還輕輕地拉著我的手。我並不能那麼沒有風度地把她甩開，心想：這可能是屬於社交禮儀的一種吧？王蘭芬的見識或許比我廣，我必須坦然面對，展現一個金門青年人應有的禮數，更不能傷了一個少女的自尊。

雖然遇到幾位行色匆匆的熟人，但並沒有為我們製造什麼困擾。看她歡愉的神色，輕盈的腳步，美麗端莊的姿態，我始終想為彼此的身分尋找一個合乎常情的定位；無論左思右想，依然不能從我心靈深處，尋找出一個標準的答案，讓我在這街燈閃爍的新市街道，感到有些茫然。

走出新市街道，迎著我們的是初春冷颼的寒風，以及漆黑的山外溪畔。

「陳大哥，真的有點冷呢。」王蘭芬說著，更靠近我一步。

「不聽老人言，吃虧在眼前。」我冷冷地說。

「你有多老？」她調皮地問，「為什麼老了還不討老婆？」

「剛才妳不是說，妳已二十一歲，可以嫁人了，只是沒有人要，」我開玩笑地說：「我已經老了，可以討老婆了，就是沒人願意嫁給我。王蘭芬，我們的遭遇不僅相同，簡直是同病相憐啊！」

「騙人！」她拍了我一下，「李小姐不是對你很好嗎，還有黃鶯。」

「對我好並不一定願意嫁給我！」我笑著說：「對我好的人太多了，妳王蘭芬對我也不錯啊。」

「你對誰比較有意思，要向她表明、向她求婚啊！」她有些激動地。

「好，我對妳王蘭芬有意思，妳來教教我，怎麼向妳表明，怎麼向妳求婚呢？」我笑著，聲音稍為大了點，也存心和她開玩笑。

「真笨！」她重重地捏了我一下，「原以為你滿腦子都是學問，想不到竟是一個草包！」

「考倒妳了是不是？」我有些兒得意，「如果妳王蘭芬不教我的話，我勢必會錯過許多好機會，萬一將來討不到老婆，妳便是罪魁禍首的千古罪人。」

「你是真不知，還是裝不懂？你在小說中不僅能替你筆下的人物製造問題，也可以幫他們解決問題，為什麼你本身的問題還要別人來教。」

「妳看過我什麼小說啦？」

「新文藝副刊的『冤家』。」

「妳怎麼知道是我寫的？」

「別以為只有你有學問，其他人都是文盲和白痴。」

「有學問也是妳說的，沒學問也是妳講的，妳王蘭芬真的太有學問了，聯想力竟然那麼地豐富。」

「誰像你那麼假，明明知道人家……」她沒有把這一句說完，頓了一下又說：「我看你要假到幾時。」

「什麼意思？」我有些迷惑，「我什麼地方假啦？」

「明明知道……」她依然沒有說完。

「為什麼總是把話說一半，」我有一點不悅，「真是的！」

她沒有再作任何的回應。我們默默地走在漆黑的馬路上，左邊有一盞明亮的燈光，那是營業中的山外茶室。

「前幾個月這裡打死人了，」我指著茶室說：「一位侍應生，被老班長用手槍活活打死，後來老班長也舉槍自殺了，現場流了很多血，迄今想起，依舊讓人膽顫心驚、毛骨悚然。」

「別在這個漆黑的晚上，談這些嚇人的事好不好。」她說著、說著，竟將手環過我的腰，左半身靠得我緊緊的。

「既然膽小，為什麼還想到這裡來。」我微微地推了她一下，她不僅沒有鬆手，反而摟得我更緊。

「陳大哥，你歡迎不歡迎我留在金門？」

「金門雖然是一個小小的島嶼，但民風純樸，百姓善良；四面環海，茂林蒼翠，如果能在這裡長期定居，的確是一個明智的選擇。」

「住到你家去好不好？」

「好啊，」我不在意地說：「我家是一棟一落四櫸頭的古厝，座北朝南，冬暖夏涼，空氣清新；村後有山、有海，有我們祖先留下的田地，有我們家養的牛羊，想起那幽雅的農村景緻，簡直會讓人流連忘返。」

「陳大哥，如果李小姐和黃鶯讓你選擇的話，你會選誰呢？」

「妳怎麼會問起這個莫名其妙的問題呢？」

「我只是問一問而已，你告訴我好不好？」

「在緣分未到前，時時刻刻都充滿著變數，不能做任何的臆測。」我嚴肅地說：「況且，這只是妳王蘭芬的假設，李小姐和黃鶯是否真的對我好，還是基於同事和朋友之間的情誼，或許只有她們心裡最明白。」

「你牽過她們的手沒有？」

「妳簡直是愈來愈三八，」我試圖把她的手推開，但並未成功，「只有妳這個三八婆才會黏著人不放，萬一讓人家看見，我看妳以後怎麼嫁人。」

「你不是同意我住到你家去嗎？我為什麼非要嫁人不可。」

「妳是想做我們家的下女、還是長工？」

「只要能和你在一起，什麼都喜歡。」

「妳這個不知天高地厚的傻丫頭，滿口胡言亂語，到底是中了什麼邪？！」

「我清醒得很。」

「睜大妳的眼睛，看看這個美麗的世界，想想妳未來的前程，」我開導她說：「以妳的聲韻以及在音樂上的造詣，只要稍加努力，假以時日勢必能在演藝圈佔一席之地。」

「你真的對我有那麼大的期望和信心嗎？」

「當然。」

「陳大哥，」她突然拉著我的手，加快腳步走到湖畔的木麻黃樹下，雙手勾著我的脖子說：「我愛你。」而後快速地把頭伸過來，在我還來不及反應時，她那滾燙的舌尖，已在我嘴裡上下左右蠕動著、吸吮著。

我愈想把她推開，她抱得我愈緊，我竟在那短短的一瞬間，被一個失去理性的弱女子所同化。

我的理智不斷地遭受到感情的侵蝕，已無法控制住自己的情緒，在難以抗拒的同時，我竟以一顆青春熾熱的處男心來迎合她。於是，我們相互擁抱、相互吮吸，雙手不停地在彼此的身上揉搓著。久久，久久，始終感覺不出有一絲兒倦意，依然沈醉在那柔情蜜意的黑夜裡不能自持。

我的內心感到前所未有的舒暢和愉悅，我品嚐到愛情汁液的甘醇和濃郁，我未曾在其他女性的身軀享受過如此甜蜜和歡愉，我醉倒在坎坷的人生旅途裡，是誰以蜜糖般的唾液潤濕著我乾涸的雙唇？讓我繼續沉睡，讓我永不甦醒……。

太湖的寒風終於讓兩顆青春熾熱的心冷卻。我們無語地坐在湖邊木麻黃樹下的鐵椅上，當激情過後重新面對美麗新世界，那短暫的歡愉是我們永恆的回憶？還是充滿著罪惡？誰該承擔這個責任？誰該為這件事負責？是我，還是王蘭芬？抑或是歸咎於這個漆黑的湖畔、凜冽的寒風？

我雙眼凝視著碧波盪漾的湖水，在漆黑的夜空裡，它只現出一絲微光，王蘭芬把手輕輕地放在我的手背上，手指在上面有規律地彈動著。

「陳大哥，對不起，我不該要你陪我到這裡來。」

「別說對不起，」我微嘆了一口氣，「黑夜有時會讓人迷失方向而不自知。」

「你會不會怪我？」

「不，我怪自己不能自持。」

「我留在金門，跟你回家好不好？」

「如果我們有緣，家中的大門永遠會為妳開著；如果無緣，強求也沒用。」

「但願我們共同珍惜那份即將到來的姻緣。」

「或許，黑夜過後就是日光明，我會永遠記住這個漆黑的湖畔，它是我青春歲月難忘的回憶。」

「陳大哥，你愛我嗎？」

「王蘭芬，妳知道愛的定義是什麼嗎？它是不能用嘴說的，而是心與心的契合。」

「你真的很有學問。」

「有學問的人，被沒學問的人同化；真正有學問的人，到底是誰呢？」

她捏捏我的手，是同意我的觀點，還是不認同我的想法？在黑夜中，我並不能看到她的表情，更摸不透她的心，如果說有，那便是歡愉過後的懊惱。

在我二十餘年的青春歲月裡，儘管我和李小姐較親近，也深愛著黃鶯，但我們始終保持著一段愛的距離，從未逾越。

而今夜，我怎麼會和一位情深不如她們的女孩，漫步在這漆黑的湖畔，竟然還相擁相吻，把一顆彌足珍貴的處男心也輕易地付出，留下一個差池的行為在人間。

如果有一天，我真能與她結為夫妻，這些顧慮和自責或許是不存在的。但那畢竟是一個遙不可及的夢想，此刻我該用什麼來遮掩這份醜陋，始能再見李小姐和黃鶯。

如果我是一個玩世不恭的青年人，勢必會滿意今晚的行為，說不定王蘭芬還會失身於我，讓我佔盡男人的優勢和便宜。然而，我的人性並未泯滅，理智終於克制住即將崩潰的情感，讓我們守住最後一道防線，免於留下一段可悲的憾事。倘若有緣結成夫妻，也不能逞一時之興，在婚前偷嚐愛的禁果，何不等到，那春宵一刻值千金的新婚之夜，為燦爛的人生歲月，留下一個甜蜜的回憶……

第十二章

年度福利單位業務檢查又將開始，烈嶼地區依然是我們行程的第一站，無論時間多麼緊迫，我絕對要抽空到湖井頭播音站看看黃鶯。雖然常藉著書信的往返來孕育我們的感情，但長久的分離，卻有一種無形的疏離感，並非能用書信來彌補的。

烈嶼守備區政戰主任剛到職不久，他是政三組長調升的，我們同在武揚營區相處過一段很長的時間，彼此不僅熟稔，互動也頻繁。因為我兼任「金一德」區分部的書記，組長是常委；在一般業務上更有密切的關係，政三負責的是監察，大部分福利業務必須知會他們。

主任會同政二科長以及相關業務人員，親自到九宮碼頭迎接我們。他一見面就交代我說：

「老弟，如果有什麼缺失，多多包涵和通融，只要告訴我一聲，我一定要求他們改進，千萬不要樣樣做成記錄，讓老大哥面子掛不住。」

「報告主任，」我含笑地向他敬了一個舉手禮，「一切遵照主任的指示辦理。」

「少跟老大哥來這一套，誰不知道你一板一眼，筆下不留情。」他拍拍我的肩說。

「不，只要你老長官在位一天，絕對遵照你的指示，全心全意配合，讓你早日掛星星。」我話完，他笑得合不攏嘴。

「怎麼，」他看我手上提了一個提袋，「是不是順便來看人？」

「等一下利用空檔，到湖井頭播音站看一位朋友。」我坦誠地說。

「誰？」他關心地問：「是不是女朋友？」

「她叫黃鶯，」我淡淡地說：「以前在馬山播音站服務。」

「黃鶯！」他想了一下，「這個女孩我見過，長得蠻清秀的，待人也很和氣，中午我派車接她來一起吃飯。」

「謝謝主任。」我由衷地說。

整個上午，我們依然按照原先排定的時程，針對守備區的福利單位和業務，做例行性的檢查。但我並沒有受到主任的影響，也並非不為他留情面，所有的優缺點，都必須做一個完整的記錄，好為賦予我們重責大任的長官負責。

臨近中午，我們來到龍蟠山的虎風山莊休息，主任早已派車把黃鶯接來，我興奮的程度不言可喻。

「黃鶯，」我迎了過去，「好久不見，好嗎？」

「還好，陳大哥。」她含笑地點點頭，興奮的神情和我沒兩樣。

我簡單地向在座的每一位長官和同僚介紹，黃鶯的氣質和親和力不在話下，說話的聲音和有條不紊的表達能力，更讓人留下深刻的印象。

她端莊地坐在我身旁，在眾人目光炯炯下，我們只輕聲地談些日常瑣事，不一會就開始用餐。

虎風山莊彷佛是守備區一個小型的招待所，師長、主任邀宴外賓或請上級單位、視察人員便餐，幾乎都在這裡舉行。它雖無華麗的裝潢，但卻窗明几淨、幽雅清新，一般官兵、百姓更不得進入。若依黃鶯職務，勢必也上不了龍蟠山，這是一個極端現實的情境。

用餐時，似乎也墨守著軍中「吃飯不說話」的規矩，雖然菜色不錯，卻沒有家的溫暖，整張桌上，彷佛一個個都是陌生人，我也不好意思為黃鶯夾菜，只偶而地聽到主任以主人的身分，親切地招呼她的聲音。坦白說，這種「官式」的吃法，假如官階低或膽量小的人，絕對無法適應，我雖然歷經無數，但還是不習慣。

飯後，主任似乎也了解到我的心意，要駕駛開車載我們到處轉轉，然後送黃鶯回播音站。我當然樂意接受主任這份盛情，況且，現在是各單位午休的時刻，距離我們排定的時程表還有一個多小時，這何嘗不是我們獨處的最好機會。

我們無心欣賞烈嶼的景緻，也不想在東林街頭上溜達，初春的小島雖然有點冷意，我還是請駕駛把車開往陵水湖。

陵水湖位於上庫和上歧之間，它原本是一個低窪的地帶，每當漲潮時，更是汪洋一片，不僅造成居民的困擾，更是軍事防守上的一個缺口。駐守的「虎軍部隊」有鑑於此，官兵胼手胝足、克服萬難，歷經年餘築堤三道，完成攔水成湖的使命。

駕駛把車停在路旁，我們緩緩地走到由韓卓環將軍題誌的紀念碑前，坐在湖畔一株翠綠的柳樹下，面對碧波無痕的陵水湖，面對那一望無際的湖水，竟不知要從何談起。

「為妳帶來幾本書，還有奶粉和肉鬆，全放在車上，等一下不要忘了。」我雙眼凝視著粼粼湖水，淡淡地說。

「老是讓你破費，倒教我心難安。」她轉頭看了我一眼，幽幽地說。

「書是我看過的，奶粉和肉鬆是免稅品，一點心意，談不上破費。」

「好吧，」她微嘆了一口氣，「我會記住這份盛情的。」

「最近是不是較忙？」我轉身面對著她，「看來清瘦了些。」

「樣板工作，談不上忙，」她把手輕輕地放在我的手背上，「想你倒是真的。」她說著，卻突然想起，「年前我在國光戲院看到王蘭芬。」

「她們到這裡演出啦？」我冷漠地笑笑，「是不是又唱一朵小花？」

「沒有，」她神情愉悅地說：「她唱白光的懷念、雪華的西湖春，唱崔萍的相思河畔最後禁不起台下熱烈的掌聲，又唱起姚蘇蓉負心的人，她的神韻不亞於姚蘇蓉，最後眼裡還閃爍著淚光呢。一連唱了四首，還不能滿足觀眾的要求，她會唱的歌還真不少。」

「那個三八王蘭芬，真那麼受歡迎嗎？」

「她不僅咬字清晰、歌聲甜美，神韻也拿捏得恰到好處，難怪會得到那麼多的掌聲。」她肯定地說：「她的確有唱歌的天份，人也長得漂亮，看來也蠻隨和的。」

「妳有沒有和她打招呼？」

「整個戲院坐得滿滿的，兩旁的走道也站滿著人，想和她打聲招呼並非易事。」

「她看見妳嗎？」

「人那麼多，怎麼會注意到我。」

「她看來真有點三八。」我不屑地說：「經常往組裡跑，盡說些沒有營養的廢話。」

「你這個大男人主義的心態需要改一改，」她笑著說：「人家隨和，你說她三八；人家正經，你說她高傲。你理想中的女人，到底要具備什麼條件啊？」

「像黃鶯般端莊婉約、美麗善良。」我誠心地說。

「少在我面前耍嘴皮。」她興奮地笑著，「是不是有人暗中愛上你，而你卻不自知？」

「在我的感覺裡，不管明的或暗的，那個愛我的女人絕對是黃鶯。」

「小心，這個社會處處是陷阱，」她提醒著我，「要把持住自己的方向，知道嗎？」

「是的，大姐！」

她白了我一眼，又輕輕地擰了我一下大腿，難道她心中已有了感應？知道我在那個漆黑的夜晚，陪著王蘭芬，漫步在太湖的柔情蜜意裡。或許，這只是我心虛所做的臆測而已，黃鶯並非是神話中的「千里眼」或「順風耳」，她不可能知道的。

然而，這個差池的行為我必須加以遮掩，絕對不能讓它曝光，絕對不能讓黃鶯和李小姐知道。而王蘭芬是否也能做得像我那麼隱密？還是繼續和我糾纏不清，彼此撕破臉，把單純的事情搞砸了才甘心。

如果要把事情單純化，我必須和王蘭芬劃清一道界線，但能嗎？除非我辭職回老家，避她遠遠的，不再和她見面；抑或是她回台灣，永遠不要再到金門來。

對李小姐，我卻可以擺出一副上司的姿態和威嚴，公事公辦，不再接受她私下的關懷。把我心中所有的愛，全數集中在黃鶯的身上，一起為未來的人生歲月犧牲奉獻，創造一個幸福美滿的家庭。但能嗎？在我的感受中，似乎一切苦難才開始，凡事亦非如我們想像的那麼單純和順遂，尤其是男女間的感情，處理得宜，蒙受其福；處理不好，蒙受其苦。倘若我是後者，屆時勢必無顏面對鄉親父老以及關懷我的長官和朋友，這是一個極端現實的問題，豈能不慎。

「怎麼了，說二句就不高興啦？」她輕輕地搖晃著我的腿。

「不，」我微微地搖搖頭，「我在想，要如何才能把妳的話，深記在我的腦海裡。」

「別想像得那麼嚴重，我信得過你。」她凝視著前方的湖面，「再過一段時間就可以調回大金門，到時見面的機會也較多，我們又能天南地北胡扯一番了。」

「閒聊不僅能增加彼此間的瞭解，也是感情進展的基石。」

「我很珍惜我們相處的每一分鐘，更珍惜我們說過的每一句話。」

「我經常在思考，有一天，我是否真有那份能力，帶妳入家門。」

「雖然距離這個日子尚遠，但你有如此的想法，絕對是對感情負責任的表現。陳大哥，我會放心地跟你在一起的。」

「只要妳明瞭我的心意就好，其他的就讓歲月來考驗吧！」

「坦白說：人，是沒有十全十美的，」她有些兒感嘆，「我們必須以一顆包容的心來面對週遭的人們。尤其男女間的感情，它的包容度或許會小了點，但還是要坦然以對，不是情人便是朋友，這也是做人的基本原則。」

「如果真能做到不是情人便是朋友，那實在太可貴了。」我隱藏自己差池的行為，附和著說：「但人卻有記恨如仇的本性，往往一翻臉，就彷彿有深仇大恨似地，恨不得把對方打入十八層地獄才甘心。」

「其實人對感情的拿捏，有時也無法掌握得恰到好處，」她意有所指地說：「如果碰到多情或自作多情的人，苦頭永遠吃不盡。」

「那就要靠智慧了。」

「智慧往往會被感情矇蔽。」

「為什麼？」

「因為感情是盲目的。」

「想不到妳對感情的體認，竟是那麼地深刻，」我拉起她的手，緊緊地握住，「黃鶯，我會深深地記住妳說過的每一句話。」

「這樣我就更放心了。」她得意地拍拍我的手背。

我們相繼地站起，穿過風沙飄揚的黃土路，站在湖畔高大挺拔的木麻黃樹下，堤旁枯萎的草地，雖未長出翠綠的新芽，但那陣陣和風，卻已有了春意。看那低垂的柳樹迎風搖曳，成群的野鴨在湖中遊蕩，幾株水草在湖中浮沉，讓我們感受到前所未有的愜意。

「時間不早了，我們也該走啦，」我看看她，緩緩地走著，「下午檢查的是茶室業務，那個骯髒的地方問題最多，不去又不行。」

「既然不去不行，就不要把它定位是一個骯髒的地方，別忘了那是你的職責。」她開導我說。

「這幾年來，茶室出的狀況特別多，幾乎可以把它寫成一本小說。」我心有餘悸地說：「尤其是山外茶室老班長打死侍應生的案件，更讓我怵目驚心。」

「最近常寫嗎？」

「寫了一篇評論，〈人性與獸性間的距離〉——評胡德根的〈凌工書記〉，剛在報上刊載，可能妳沒有注意到。」我繼續說：「胡德根曾經在妳們心戰大隊服務過，他那篇小說寫得不錯。」

「如果工作太忙，可千萬不能熬夜，以免傷身，」她關心地，「以後想寫的機會多得很。」

「寫作有時必須依賴靈感，一旦失去，腦裡就是空白的一片。」我看看她笑笑，「如果是我們的故事，就可以留到年老才動筆。」

「從認識到現在，我們的感情，幾乎都是在相知恨晚的情境下自然地成長，其中並沒有什麼重大的曲折，如果真的把它寫下來，勢必也是平淡乏味，沒有賣點。」

「我倒不認為。」

「為什麼？」

「對我來說，別具意義。」

「那是必然的，」她改變了先前的語調，「你小說中的人物不僅是我們，還有李小姐和王蘭芬，這樣才熱鬧對不對？」

我沒有回應她。

「如果我沒說錯，一旦這篇小說寫成，絕對感人。」她繼續說。

我依然沒有回應她，內心有點兒懊惱，和她談這些幹什麼！

「生氣了是不是？」她拉起我的手，笑著說，「跟你開玩笑啦，其實同事間相互關懷和照顧，也是正常的事，別一下子板著臉孔，把一張俊俏的臉給遮掩住了。」她停住腳步，竟像哄小孩般地說：「來，笑笑，笑一個。」

我情不自禁地牽著她的手哈哈大笑，笑聲在清澈的湖水中迴響。

「黃鶯，我愛妳！」我低聲而興奮地說。

「廢話，」她捏了我一下手，臉上充滿著燦爛的笑靨，「難道我就不愛你！」

吉普車疾駛在塵土飛揚的馬路上，不一會兒已到了東坑村。前方那座迷彩的碉堡，清晰地寫著「湖井頭」三個大字，頂端是城堡式的建築，似乎也刻意地預留作戰時的射口，這是工兵弟兄細密的地方。

駕駛把車停在播音站的大門口，我輕扶黃鶯下車，把帶來的東西交給她。

「要不要坐一會兒再走？」她柔聲地問。

「不了，」我看看腕錶，「時間也差不多了，讓他們等久了就不好意思啦。」

她提著提袋站在車旁，雙眼凝視著我，是否又感染了那份離別時的愁滋味，還是心中有話對我說？

車子的引擎並未熄火，駕駛在車上等候，大門口的衛兵緊盯著我們，但她依然沒有移動腳步的意思，眼裡閃爍著一絲晶瑩的淚光。

「你什麼時候還會再來呢？」她哽咽地問。

「如果沒有什麼急迫的事，下次再來時，妳可能已調回大金門了。」我淡淡地說。

「陳大哥，我心中還有許許多多的話想對你說呢。」終於，兩顆豆大的淚珠滾落在她的臉龐。

「在信上不是也可以說嗎？」

「那是不一樣的。」

我無視於駕駛和衛兵的眼光，輕輕地牽著她的手，緩緩地走到一旁，掏出手帕，為她拭去臉上的淚痕。

「我好想你，你知道嗎？」她依然哽咽著，一顆顆的淚珠在瞬間終成行。

「我也一樣，」我再次地為她拭去淚水，「短暫的分離，相信我們的感情會更牢固。」

「但願如此。」她含情脈脈地看了我一眼，而後轉身快步走，悲傷的哭泣聲清晰可聽，讓我感同身受那離別時的愁滋味。

我舉頭看看這島外島上的藍天白雲，望望對岸茫茫的山巒和漁舟，整顆心彷彿沉沒在波濤洶湧的金廈海域裡。

我無語地跨上車，就在駕駛腳踩油門準備起步時，黃鶯又從站裡奔跑出來，我趕緊下車迎向她，她竟伏在我的肩上哭泣著。

「陳大哥，我要跟你回去。」

「妳向來不是很堅強嗎，怎麼一下子變脆弱了？」

我說完，她啜泣得更厲害。而就在此時，一位身穿軍服的女子適時走近她身旁，輕輕地拍拍她的肩，她頭一抬，擦了一下眼，為我介紹著：

「我的同事，蔡瑞娟。」

「陳大哥，你好，常聽黃鶯提起你。」

「妳好，蔡小姐，謝謝妳對黃鶯的關懷和照顧。」我禮貌地向她點點頭，「有機會歡迎妳到太武山玩，我們辦公室和妳們心戰大隊部同屬武揚營區。」

「謝謝陳大哥，有機會再去拜訪你。」她含笑地說。

「好啦，妳們進去吧，」我深情地看看黃鶯，同時看看腕錶，「不走不行了。」我說後，跨上車，輕聲地叮嚀著：「珍重！」並禮貌地向蔡小姐揮手說再見。

而當車子右轉時，我清楚地看見黃鶯和蔡小姐還站在那裡，雙眼正隨著車身移動，我情不自禁地向她們揮揮手，也揮下我幾許落寞和心酸。

整個下午，我的心彷彿在大海裡浮沉，面對茶室裡的管理幹部，我的語詞強烈、要求嚴苛，侍應生提出的建言，我不僅沒有為她們解決，甚至還當場發飆，絲毫沒為她們留下一點情面，簡直與我平日的行事風格，判若兩人。來到這個骯髒的地方，我感到懊惱、厭惡，恨不得馬上離開！

在回程的船上，政三組郭監察官笑問：「老弟，你今天是不是吃錯藥啦？好像每條神經都不對勁。」

當「武昌一號」交通船緩緩前行時，主計處的馬中校笑說：「可能是女朋友少了一點溫柔。」

我無言以對。雙眼凝望著遼闊的金烈海域，看那一簇簇流浪的雲從我頭上飄過，看那浪拍船身濺起的水花潤濕了我的衣裳。而我不知身受什麼感染，喉頭有些哽咽、眼眶有些微濕、視線有些模糊，分不清是鹹鹹的海水、還是苦澀的淚水？我想著黃鶯，就猶如她思念著我一樣……

回到組裡，文書隨即抱來一大堆公文要我簽收，會完稿的卷宗，長官批閱過的公文，成疊地堆放在我的辦公桌上，看到如此的景象，猶如看到那個骯髒的地方一樣地讓我感到厭煩。

我打開鐵櫃，管它是速件、最速件，密、機密或者是極機密，看也不看它一眼，連同今天的檢查紀錄，全部把它鎖進鐵櫃裡，而後轉身就走。

回到站裡，辦公桌上又是一堆待我批閱的公文，我用力地把它挪到一邊。人的體力畢竟是有限的，除了組裡、站裡的業務外，又要辦理區分部的黨務工作，任你年輕力壯，亦有被它擊倒的一刻。

晚餐的鈴聲已響，我把手托在偏頭，枯坐在那張老舊的籐椅上，一點餓意也沒有，更別說是食慾。

部份在站裡搭伙的員工正準備吃飯，李小姐推開紗門探頭一看，訝異地問：

「經理，你沒聽到晚餐的鈴聲嗎？」她關心地，「如果不到餐廳吃，就在站裡隨便吃一點吧！」

「妳們吃吧，我不餓。」我說著，索性把眼睛閉起來。

「不舒服嗎？」她依然關心地。

「沒有。」我簡短地答。

「見到黃鶯嗎？」

「見到了。」

「吵架了？」

「沒有。」

「會完情人回來應該高興才對，怎麼板著一副難看的臉孔對人。」

「桌上那些是什麼？」我睜開眼睛，指著問。

「公文啊。」她不解地看看我。

「難道妳沒看到我成天忙得昏頭昏腦的，我的職章不是在妳那裡嗎？妳就不能代我批一批、蓋蓋章？」我不悅地，「講過多少次了，老是不改！」

「寫個可、寫個閱、寫個如擬、寫個發，對我來說，那是輕而易舉之事，」她激動地說：「但這些並非是例行公文，牽扯的都是數目龐大的金錢，以及準備調動的人事案件，還有福利總處檢查的缺失事項檢討表，那麼重要的公文，我有什麼資格代你批閱！」

「妳代我批過後，再口頭告訴我不就成了嗎？」我強辯著。

「那麼重要的公文，能這樣處理嗎？」她不屑地，「等一下我就把職章還給你，從今以後權責分明，我幹我的會計，你做你的經理！」她猛力地把紗門一關，氣憤地說：「你忙得昏頭昏腦，卻能老遠地去會情人，我這個雞婆管的事未免太多了！」

我萬萬沒想到會把小小的事情弄得那麼僵，也萬萬沒想到一向對我關懷有加、全心全意協助我的李小姐，會發那麼大的脾氣，一切都在我的意料之外。監察官沒說錯，我今天是吃錯藥了，神經線不僅沒拴緊，甚且還嚴重地錯亂，我的心情惡劣到了極點……

我關上房門，打開櫃子，取出那瓶擺放多時的蔣公誕辰紀念酒，倒了半杯，輕啜了一口，也順勢吐出一口鬱悶的怨氣。今天見到久別的黃鶯，彼此談得很愉快，理應高興才對，為什麼和她別離後，竟彷彿失去魂魄似地感到前所未有的沮喪和懊惱。

我飲下一口酒，滿嘴的辛辣讓我鎖緊眉頭，一股無名的熱流開始在胃裡亂竄。於是我閉上眼睛，想起組裡那疊待辦的公文，我啜了一口；想起生氣的李小姐，我又飲下一小口。儘管我輕啜慢飲，半杯酒還是很快地消失在我的口中，酒精溶入我的血液。然而，那一點酒是醉不倒我的，只不過是頭有點昏、胃有點不舒服而已。

我又倒下半杯酒，當我吞下最後一口時，彷彿看見一隻美麗的黃鶯在我身旁跳躍，彷彿看見王蘭芬雙手勾著我的脖子、吻著我不放。我的頭開始不聽指揮，時而搖晃、時而旋轉，雙眼開始模糊，胃裡開始翻騰。

我想吐，但吐出來的卻是酸水和口沫。我的偏頭開始劇烈地疼痛，我冀望李小姐能在此刻出現，推開房門來噓寒問暖。但沒有，我一直枯坐在那張老舊的籐椅上，忍受著偏頭疼痛、胃裡翻騰、口乾舌燥的苦楚，直到深夜，依然沒有一絲兒動靜，依然不見她關懷的聲音在我耳旁響起。

她生氣了、她生氣了，她真的生氣了，我心裡如此地想著。

第十三章

我沒有猜錯，李小姐真的生氣了。

從此之後，除了公務外，她很少和我說話。所有的公文，只在她的權責處審核蓋章，其他的一概不管，我頓時彷彿失去了左右手。白天在組裡拚命，晚上在站裡賣命，當夜深人靜、精疲力竭時，再也沒人會為我端來一杯牛奶，或說句窩心的話，讓我深深地感受到人情的冷暖。當然，這也是我咎由自取、罪有應得，怨得了誰。

更讓我訝異的是：她在做完第二季會計報表後，竟然提出辭呈，這份突如其來的辭職書，簡直讓我措手不及。並非怕找不到合適的人選，而是我們之間，除了多年的同事外，還有一份無名的情誼隱藏在彼此的深心中。不管是否能隨著歲月成長，但凡走過的必留下痕跡，我們沒有不珍惜的理由。

那天晚餐後，我叫工友請她到我的辦公室，她故意地在門外喊著：

「報告。」

「請進。」我順口回應她。

「請問經理，有事嗎？」她的神情，近乎冷漠。

「請坐。」我沒有笑容，但禮貌地說。

「謝謝。」她的臉更冷，並沒有坐下。

我們的距離，彷彿是在一個陌生的境界裡，讓我倍感難受。

我取出她的辭職書，放在桌上，低聲而誠懇地說：

「李小姐，打開天窗說亮話，我們相處的時間也不算短，彼此合作也十分融洽，如果有什麼地方得罪妳的話，請妳多多包容。」

「經理你言重了，這幾年來蒙受你的照顧很多，的確是感激不盡。我的能力有限，做得不盡人意的地方很多，不得不辭職、以示負責，請你快一點批准。」

「人總是有感情的……」我還未說完。

「不，我是一個寡情薄義的人。」她搶著說。

「如果我說錯或做錯什麼，請妳原諒。」我依然低調地。

「你官大，有權又有勢，怎麼會做錯或說錯什麼呢？」

「不要用這種話激我。」

「我是實話實說。」

「今天無論妳用什麼劇烈的言詞來數落我，我全然接受。但要我在這份辭職書上批可，卻很難！」

「為什麼？為什麼？」她近乎咆哮，「如果你不批，我直接找組長！」

「找誰都沒有用，」我有點兒氣憤，「誰願意走，我不在乎、也無所謂，惟獨獨妳不能走！」

「不能走，也得走，」她高聲地說：「我不會在這裡繼續浪費我的青春！」

霎時，我無言以對。內心感到無比的難受，是誰浪費她的青春？是誰蒙受她的關懷和照顧？是誰捨不得她離開？一連串的問號激盪著我的心靈，讓我恥於面對眼前這個女子。

或許，一切已晚，任我左思右想，依然想不出一個兩全其美的辦法來挽留她。倘若是待遇低，我可以幫她調薪；如果是工作繁重，我可以幫她調整，但我能用什麼奇招妙計，始能留住她的青春？

「再冷靜思考幾天好不好？」我又回復剛才的低調。

「我已經夠冷靜了！」她不屑地。

「看在過去的情分上，妳就不能留下來幫幫我的忙嗎？」

「和你這個不知情為何物的人，能夠講情嗎？」

「三年多來，我們相處得那麼融洽，合作得那麼愉快，談得那麼投緣，那不是情是什麼？」

「我不想和你談這些，過去的事也沒有什麼好談的！」

「難道妳一點也不珍惜？」

「我珍惜的是太武山谷這片綺麗的風光，其他的，不值得我去珍惜！」

「那妳就不能為這片綺麗的風光留下。」

「風光雖然綺麗，但人心已變、面目已非，這種令人痛心的景緻，值得我留下來嗎？」

「變的或許是他的表徵，一顆誠摯的心並沒變。」

「如果不能表裡合一，靠一堆美麗的謊言來為自己辯白，只有你這個有學問的人，才說得出口！」

「如果對我有什麼不滿的地方，妳今天可以盡情地抒發，無論言詞多麼地激烈、犀利，我都會坦然接受；但唯一的希望，是妳能留下來繼續幫我的忙。」

「你只顧及到自己，可曾想過我？請問：我有多少青春可耗在這裡？我後悔做了三年多的雞婆！」

「別忘了，我們也有歡樂的時光。」

「過去的，請你不要再提！」

「難道沒有轉圜的餘地？」

「我沒有黃鶯的善良，也沒有王蘭芬的熱情，我記得的是現在的憤懣！」她咬牙切齒地提出警告，「請你快一點批准我的辭呈，好讓我快一點走，如果再積壓下去的話，我移交也不辦了，明天就走，到時若有什麼差錯，可別怪我！」

我已做了多方面的讓步，但依然不能平復她憤懣的情緒，依然得不到她的諒解，依然不能和她取得共識，依然沒有轉圜的餘地，彼此之間彷彿有什麼深仇大恨似的。

我做夢也想不到，一樁小小的事，竟會演變成這個不可收拾的局面。或許，事情的原委並非如此，如果沒有黃鶯和王蘭芬的出現，任憑她受到再大的工作壓力和挫折，絕對不會有辭職的念頭，絕對不會輕易地離開這個歡樂多於憂愁的地方，以及朝夕相處的同事們。

我的內心有一股無名的失落感，心頭彷彿被一塊巨石壓著，任我能力再強、權勢再大，在福利單位呼風喚雨，數百萬的預算由我編列、負責決算，二百餘位員工生由我簽請任免升調，但卻不能留住一個想走的員工，如此的能力，又能受到什麼人的肯定，我感到納悶、懊惱，難以置信。

「如果妳不願意留在這裡，我也不能勉強，」我試圖說服她，「妳看看什麼單位較適合妳，把妳們對調一下，何必說走就走。」

「謝謝你的好意，」她仍舊不領情，「我回家剝蚵賣錢，準備嫁粧好嫁人！」

「不要那麼絕情好不好！」我氣憤地從椅上站起，「有什麼對不起妳的地方明說，大家好聚好散！」

「不錯，我絕情，我無情；天下的男人只有你多情、有情；但你可知道，情為何物？一個濫情的男人，他不配談情！」

我忍下她對我的指責，不想以激烈的言詞來傷害一個女子的自尊，所有的過錯由我一人來承受。雖然我不能忍受她「濫情」的指責，但她如此說並非沒有理由，有了一個相知相惜的好同事，為什麼還要有黃鶯？有了黃鶯，為什麼還要和王蘭芬牽扯不清？我的行為的確有了差池，倘若繼續下去，人格勢必破滅，聲名蕩然無存，女人的記恨更是可怕。

「妳所有的指責我全然接受，但並非如妳想像中的濫情；情字的定義很廣泛，它融合著親情、友情和愛情。雖然妳的年紀比我小，但三年多來，妳對我的關懷和照顧，就如同大姐般地，因此，從妳身上，我感受到親情的溫暖。王蘭芬是一個熱心熱情的女子，彼此間相互鼓勵和關心，從她身上，我感受到友情的馨香。誠然，黃鶯給我愛情，但一直保持著理性的交往，沒有逾越分寸，沒有背離傳統，如要談未來，一切還在遙遠的夢境裡，隨時都有變化的可能，將來的事任誰也無法預知。今天在妳眼裡，我的行為是有差池，但我會有所檢點，雖然沒有能力來挽留妳，卻必須向妳講清楚、說明白，以後在這個小島上，有見面的機會很多，不要忘了我們曾經同事一場，更不要忘了，在這個純樸的小島上，有我們歡樂的笑聲，有我們走過的足跡，甚至還有一個不欲人知的夢想！」我說後，喉頭哽咽，眼眶微濕，悲從心中來，但我依然強忍著。

我紅著眼眶拿起筆，顫抖著手，在李小姐的辭職書寫下：「勉予同意」四個字，順手遞給她。

她伸手接過辭職書，兩滴淚水淒然而下。我寧信人間無義，不信世間無情，雖然內心充滿著不捨，但既然不能挽回，只有坦然面對。倘若有緣，人生路上再相逢，記得也好，忘記也罷，沒人能勉強和左右，這畢竟是一個現實的社會。

我破例地為李小姐簽了一筆離職獎金，雖然費了不少唇舌才說服政三和主計，但我自認為沒有白費苦心。三年多來承蒙她的協助和關照，組裡和站裡的業務才能順利地推展。在冷颼的冬天，我享受熱牛奶的香醇；在炎熱的夏季裡，我享受冰開水的清爽，古寧頭的鮮蚵，更讓我牢記在心頭。

在她與新到任的會計許小姐辦好交接手續後的那晚，站裡全體同仁在文康中心聚餐，主要的目的當然是為了歡送李小姐。

我特別交待掌廚的劉班長，除了經濟實惠外，也必須做到色香味美，把拿手絕活搬出來，好讓同仁們大快朵頤。他當然不會令我失望的，因為文康中心也是我的下屬單位之一。

「諸位同仁：今天我們以薄酒簡餐來歡送為本站犧牲奉獻長達三年多的李小姐。對於一位這麼優秀的員工，因有她自己的人生規劃而辭職，本人感到相當的不捨；雖然極力慰留，但李小姐辭意甚堅，這是我感到遺憾的地方。

俗語說：天下沒有不散的筵席，李小姐明天即將離開太武山谷，雖有滿懷不捨，卻又不得不讓她離開。諸位請一起舉杯，祝福我們的好伙伴李小姐，願她前程似錦、諸事順心……」說到這裡，我再也說不下去，只感到有一份無名的失落感盤據在心頭。然而，我卻不能不繼續地說下去，「酒量好的同仁多喝點，其他同仁請盡興。」我說後，雙眼凝視著坐在對面的李小姐，勉強擠出一絲笑容，「我乾杯，妳請隨意。」我一口飲下，飲下滿滿一杯苦澀的美酒。

「謝謝經理。」她竟然也一口飲下。

同仁們雖然拍手叫好，但如此的喝法，我卻有點擔心。但願她下一杯酒是輕嚐，而不是乾杯，以免過量。倘若讓她喝醉了，勢必會把今晚的誠意變惡意，這是我必須特別留心的地方。

「經理，我敬妳，」她舉起杯，「三年多來承蒙你的照顧，讓我學到很多為人處事的道理，除了感謝之外，其他的我不知該說什麼才好……」她有些哽咽。

「別客氣，或許是我的能力有限，不能面面俱到，才留不住妳，」我舉起杯，勉強地笑笑，「來，我們隨意，」我輕啜了一口，而後說：「先吃點菜再喝，空腹容易喝醉。」

然而，她並沒有接受我的勸告，又爽快地飲下一杯。不一會，兩朵美麗的紅玫瑰已在她白皙的臉龐綻放，在柔和的燈光映照下，更顯現出她的嬌艷。

李小姐興奮地周旋在每一張桌上，從她愉悅的表情，似乎一點也沒有離別時的愁滋味。或許，這個地方真的不值得她留戀，三年多來朝夕相處所衍生出的那份情誼，就在轉瞬間化成山谷的薄霧或山嵐，隨時都有消失的可能，怎不教人感嘆。

人的感情難道真是那麼地淡薄，歡樂美好的時光早已忘記，銘記在心頭的是誤解時所衍生的不愉快，三年多的情誼在霎時化為烏有，這是一件多麼令人惋惜的事啊！

或許，去的畢竟要去，除非雙方能拋棄己見、坦誠面對，始能彌補那道龜裂的鴻溝。但可能嗎？彼此誤解已深，她憤而辭職已成定局，明天即將離開這個青蒼翠綠的太武山谷。雖然還有數十位員工和我共同奮鬥，她的職缺也有人遞補，而又有誰能取代她在我心中，融合著親情、友情的崇高地位？我感到茫然、感到難過。

員工相繼地來敬我，我深知「猛虎敵不過猴群」這個簡單的道理，但我沒有虛應他們。今晚喝再多，也不會有那晚飲後的痛苦，因為我知道有一個不能挽回的事實就擺在眼前，人家早已忘掉那份情誼，我為什麼還要牢記在心頭，熱臉貼著人家的冷屁股，何苦？

在嘻笑和愉悅的氣氛下結束餐會。今晚的菜色不遜於山外或金城的大館子，所有的員工勢必都有酒足飯飽的興奮感，身為主人的我，當然也樂在其中。如果是在往日，李小姐必然會為我添湯夾菜或勸我少喝點酒，她對我的關懷，不知羨慕多少員工。而今，所有的一切已改觀，關懷之聲已不復見，就任由我在這個防區的最高政戰單位，孤軍奮鬥、自生自滅。

他們三五成群地走了，女性員工不好意思陪我，男性員工有懼於我，在未來的職場上，知音已零落，我必須仰賴自己的毅力向前邁進，始能抵達理想中的終點。

我順便在文康中心的閱覽室轉了一圈，而後經過那排高大挺拔的尤加利樹，緩緩地走進武揚坑道。迎我的是微微的春風，潮濕的空氣，而我的腳步沉重，終於領悟到友情的珍貴。在我心靈最空虛的時刻，愛情在哪裡？黃鶯在哪裡？那個不知天高地厚的王蘭芬又在哪裡？我多麼希望能和李小姐繼續維持著那份融合著親情、友情和淡淡愛情的情緣啊。

此刻，我的夢想已破滅，過了今夜，那個美麗的倩影勢必從我的眼簾中消失，再也沒人會來關心我；任憑是一杯水，也必須自己來倒，又有誰會為我端來一杯熱茶，讓我解解酒，聆聽我酒後的真言。

回到站裡，我枯坐在那張老舊的籐椅上，忍受著酒後口中的乾燥，胃裡的不適，竟沒有為自己倒杯水，來滋潤口舌的意願。

我冀求的已不是黃鶯的甜言蜜語，也不是王蘭芬熱情的擁吻，而是李小姐給我一杯白開水，但可能嗎？一點小小的心願，一個小小的夢想，竟是那麼地遙不可及、難以達成。無論我得到長官多少肯定，無論我得到黃鶯多少愛，無論王蘭芬如何地熱情，依然抵不過李小姐一句輕聲的慰語和一杯白開水。

我閉上眼睛，屋後的蟲聲吱吱，員工宿舍的燈光尚未熄滅，時而還傳來興奮的談笑聲。

在朦朧中，彷彿聽到幾聲輕輕的叩門聲，我睜開眼，順口說了一聲：

「請進。」

「給你一杯熱茶。」

推門進來的竟是李小姐，想不到我的夢想和心願，會那麼快地達成。我訝異地從椅上站起，揉揉雙眼，定神一看，她果然是與我朝夕共處多年的李小姐。酒後的微紅，依然清晰地印在她的雙頰上，失而復得的笑靨，依舊親切迷人，我好想、好想一把摟住她不放，但並沒有輕舉妄動。我害怕因此而失去這份珍貴的情誼，無論是親情、友情或愛情，都不容許我有任何的差錯。

我接過盈滿著友情馨香和茶香的瓷杯，久久說不出話來，眼裡彷彿有無數的水珠在蠕動，我極力地強忍著。

「怎麼啦，給你送茶也有錯？」話中有幾許深情，亦有幾分故意，到底是基於什麼，或許只有她自己知道。

「明天真要走啦？」我沒頭沒腦似地問。

「不走行嗎？」她苦澀地笑笑。

「我有滿懷的不捨，妳知道嗎？我的心裡承受著前所未有的煎熬，妳知道嗎？」我放下茶杯，搖晃著她的雙臂，「我可以不要愛情，不能沒有妳！」

「難道我真捨得走，」她竟伏在我的肩上，低聲地哭泣著，「如果我不走，只會增添你的困擾。」

「有妳在身邊，我永遠不會有困擾，」我激動地說：「一旦妳走了，才是我困擾的開始。」

「儘管你的辦事能力受到長官的肯定，你的文章受到讀者的喜愛，但在這個變化莫測的愛情園地裡，你依然只是一個小學生。」她柔聲地開導著我，「在黃鶯和王蘭芬之間，只能選一個，你就不會有困擾啦，知道嗎？」

「不，」我再次搖晃著她的臂，「我要選你！」

「你喝醉了是不是？」她輕輕地抬起頭，看著我。

「我沒有醉。」

「既然沒有醉，就不要說醉話。」

「我說的都是真心話。」

「既然是真心話，為什麼早不說、晚不說，要留到今天才說？」她不悅也不屑地，「別當我是三歲小孩！」

我一時無言以對。

「我明天就走了，三年前來得清清白白，三年後走得瀟瀟灑灑，絕對不會再與太武山谷的一花、一草、一木，有所糾葛。」她瀟灑地說。

「無論妳的選擇是對、是錯，相信歲月會給我們答案。」我依然有些傷感。

「好了，多說無益，」她微嘆了一口氣，而後提議著說：「如果你願意，我們就在這怡人的太武山谷走一圈吧，往後想來也不容易了。」

「別這麼說好不好，只要妳想來，我隨時都願意去接妳。」我坦誠地說。

「隨時？」她冷冷地笑笑，「為什麼不說隨時會來看我。」

「這是必然的，用不著說，」我看看她，「儘管有一陣子得不到妳的諒解，但我一直深信妳阿麗不是一個絕情的人。」

我們相偕步出房門，心中的懊惱逐漸地被春風吹落，沿著空曠的明德廣場，我們漫步在夜深人靜的山谷裡。

「三年多來，聽慣了李小姐，在即將離開的今晚，終於聽到一聲阿麗了，的確別有一番滋味在心頭。」她興奮地說。

「李小姐喊在我口中，阿麗則深記在我心中。」

「別裝有學問好不好，」她看了我一眼，「有學問的人往往口是心非。」

「我會從此得到教訓，也冀望沒學問的人，得饒人處且饒人，別把三年多來，好不容易建立起來的情誼，讓它在一瞬間消失。」

「我在考驗和試探你的學問，到底是真是假。」

「人在福中不知福啊，或許，這是人類的通病。」我自我檢討，「這段時間才讓我深深地感到對妳的依賴。」

「我走了，你以後要依賴誰呢？」

「自己。」我果斷地說。

「不經一事，不長一智，你沒說錯。」她指指我，「坦白說，人是有感情的，但我一直在想，三年多來，我們之間所衍生的到底是一份什麼式樣的情感？似友情又似親情，似親情又似愛情，似愛情又太沉重，且又彼此地依賴著。這段時間，我內心裡的煎熬和你沒兩樣。」她說著說著，竟然用手指，輕輕地勾著我的手指頭。

「妳該不是回家去嫁人吧？」

「你怎麼會問起這個問題？」

「我彷彿有預感似的。」

「如果我要嫁人的話，也會先告訴你一聲。」她說著，緊緊地勾住我的手指頭。

「阿麗，」我低聲地喚著，「人的心裡有時是很奇怪的，我不僅捨不得妳走，也捨不得妳嫁人；但妳明天卻要走了，說不定後天就會嫁人。」

「滿腦子的歪理論，」她甩甩我的手，「我回去幫我媽剝蚵！」

「妳不是說，要回家剝蚵賣錢準備嫁粧嗎？」

「故意氣你的。」

「如果把我氣死了，妳會不會哭？」

「神經病！」她猛力捏了我一下手。

「妳怎麼可以罵長官呢？」我和她開玩笑。

「我的辭呈早已生效，現在我們已不具長官與部屬的關係，憑藉的是三年多來，那份令人難忘的情誼。」她誠摯地說。

「妳終於說出真心話……」我還未說完。

「難道三年多來我說的都是謊言？」她打斷我的話。

「不，今晚的話特別真。」

「為什麼？」她不解地問。

「因為我們不受長官與部屬的侷限，可以暢所欲言。」

「說來也是，」她轉頭看看我，「實際上我們心裡都有許多話想說而說不出口，可是到了想說而可以說的時候，卻又不知該從何說起。」

「這是正常的現象，」我輕輕地捏了她一下手，「坦白說，我擔心的倒不是這些，雖然妳離開這裡，但依然是在家鄉的土地上，往後見面的機會多得是，東南西北可以扯不完。如果妳不顧三年多來，我們在這個深山幽谷裡，所衍生出來的那份感情，對我不理不睬的，這才是我此生最大的遺憾和損失。」

「對於自己承辦的業務，你不僅嫻熟也一清二楚，但對於一個女孩子的心，卻只一知半解，永遠摸不透。」她意有所指地說：「你不認為嗎？」

「上一任組長曾經對我說，李小姐是一個不錯的女孩，雖然自己也深有同感，但因為職務的不同，深恐蜚短流長，造成彼此間的困擾，也就沒有刻意地去營造和追尋。想不到卻竄出了黃鶯，加上王蘭芬那個搗蛋鬼，把整個局面變成複雜化，這是我料想不到的。」

「坦白說，黃鶯和王蘭芬雖然是兩個不同典型的女孩，但都有一顆善良的心，以及一張標緻而人見人愛的臉孔，這是她們的共同處。黃鶯賢淑端莊，王蘭芬活潑可愛，那像我這個土包子。」

「不，」我坦誠地說：「今天當我們沒有僚屬關係而又走得那麼親近時，我所聞到的，是一位盈滿著濃濃家鄉氣息的女子，看來雖不起眼，但她純潔樸實、克苦耐勞，絕對是典型的現時代女性。」

「緣分似乎是天註定的，任誰也無法強求，做不成夫妻，做一個知心的朋友也不錯。」

「妳看開了一切？」

「這是我這段時間來的領悟，你不認為人生就是如此嗎？」她淡然地說：「這輩子註定和什麼人吃飯，跑也跑不掉，一切要認命，日子才過得下去，活得才能快樂。我不怕你取笑，對你，我和黃鶯和王蘭芬沒兩樣，依然懷抱著一顆私心，儘管有人替我敲邊鼓，但你卻不明白我的心意。老實說，我並未曾計較什麼，除了分擔站裡大部分業務外，一顆關懷你的心始終沒改變。我的付出並非要得到圖報，更沒有非分的要求，但你卻一而再、再而三地讓我感到失望和傷心。」

「那天從小金門回來，我的情緒的確是低落到了極點，雖然和黃鶯談了很多，當我們要分離時，她那種依依不捨的情懷，著實令人鼻酸。」

「就因為這樣，所以你心情不好啦，怪人家沒幫你批公文啦，說你幾句就不高興啦！」她數落著我說：「明天我走後，你身邊就少了一個令你討厭的雞婆了！」

「不，我身邊少了一個關懷我、協助我的阿麗姐。」

「別把我想像得那麼偉大。」

「人在福中不知福啊，」我感嘆著說：「這或許是我此生最值得檢討的地方。」

「你也不必自責，過去的就讓它過去吧，今天我們不是又和好如初了嗎？但站在朋友的立場，有一點我不得不提醒你：黃鶯她願意留在金門嗎？王蘭芬的活潑外向，是否適合在地生活？這些都是值得你深思熟慮的。當你想通後，也要做一個選擇，別見到漂亮女人都是寶，以後吃虧的勢必是自己。」她說後，再三地強調，「你千萬別誤會我，想從中破壞你們，為自己爭取什麼的。」

「怎麼會呢，」我肯定地說：「我知道妳用心良苦，但我也必須坦誠地告訴妳：對任何女性，我絕對沒有懷抱著一種玩弄的心理，但有一次卻被王蘭芬的熱情所同化。」我毫不避諱地說。

「怎麼個同化法？」她不解地問。

「她吻了我。」

「要死啦，」她訝異地，「這怎麼能講！」

「對妳，我必須坦誠，沒有隱瞞的必要。」

「在黃鶯面前可千萬不能說，」她提醒我，「女人是可以騙的，一旦你說了真話，反而壞了事。」

「從那次以後，我不想再理她，但她還是經常到組裡糾纏我，簡直讓我難以招架。如果我是一個玩世不恭的男人，她王蘭芬早就倒楣了，像這種女人，怎麼能娶回家做老婆。」

「話也不能這麼說，」她開導我，「如果她對你專情，而你也鍾情於她，這種事也就沒什麼大驚小怪啦。其實王蘭芬在她們隊上的風評蠻不錯的，不僅人長得漂亮，歌唱得好，音樂素養、為人處事、品德操守更不在話下，可說是藝工隊的指標人物。如果我沒猜錯，她絕對投下很深的感情，才會用這種方式來表達對你的愛。」

「這種事必須出自雙方的意願，尤其她是一個女人，怎麼能先吻男人。」我理直氣壯地說。

「你是說女人先吻男人是錯的，男人先吻女人才是對的囉？」她伸手搥了我一下，「你這個大男人主義者！」

「三年多來，我們朝夕相處在一起，為什麼從來就沒發生這種事？」

「那麼簡單的問題，還要問為什麼嗎？」她轉頭看看我，竟笑出聲來，「因為我們沒有相愛過啊！別忘了，王蘭芬愛你才會吻你。」

「這個三八查某，難道她不知道我已經有了黃鶯。」

「不要罵人家三八，」她不屑地說：「男未婚、女未嫁，王蘭芬為什麼不能愛她所愛，和黃鶯公平競爭？況且，她吻你，你吻她了沒有？一個銅錢是響不起來的，自己也要檢討檢討，別自認為清高，把所有的過錯都往別人身上推。」

「經妳怎麼一說，我倒有點兒難為情，」我摸摸自己的臉，「以一個男人的力氣，足可輕易地把她推開，但我卻沒有，不僅和她相互摟抱和擁吻，甚至還迎合著她，讓她的舌尖在我的舌上舌下不停地蠕動和吮吸。」

「別那麼噁心好不好，」她輕輕地擰了我一下，「這種話也說得出口，一點也不害臊！」

「我不是說過嗎，對妳，我沒有什麼好隱瞞的。」我坦誠地說，也不忘和她開玩笑，「如果有一天妳吻我的話，我絕對不會告訴別人的。」

「噁心喔，」她又擰了我一下，「別佔盡人家的便宜，那會得到報應的。」

「姻緣天註定，只是時辰未到而已，什麼話都不要說絕了。」

「真是這樣嗎，我看未必，」她疑惑地說：「如果姻緣真的是天註定，男女間就不會有那麼多糾葛了。」

「倘若時光能回轉，我寧願不到馬山去，也就不會認識黃鶯。」

「認識黃鶯，對你並沒有壞處。」

「為什麼？」

「假如沒有黃鶯的約束，說不定你早已被王蘭芬的熱情解放掉了。」

「不會的，」我肯定地說：「我的理智勝過情感，同時我的身邊還有一位關懷我的人，她的約束力絕對凌駕於其他女人，黃鶯最欽佩的是她，王蘭芬最怕的就是她。如果沒有認識她們兩位，我敢保證她明天不會走。」

「你說的就是那位讓你討厭的『雞婆』對不對？」她意有所指地說：「從明天起，你自由了，耳根也清靜了，可以公然地把王蘭芬帶回站裡，所有的員工誰敢干涉，若依王蘭芬的熱情以及對你的賞識和愛，什麼事都做得出來的；到時，就任由她解放吧！」

「放心吧，一切不會如妳想像的那麼沒格調；什麼事能做，什麼事不該做，我會自己拿捏的。」我淡淡地說：「尤其妳走後，再也沒人能分擔我在站裡的工作，勢必要投入更多的心神嚴加審核和把關，以防差錯。」

「你可以找新來的許小姐幫忙啊。」她為我出主意。

「除妳之外，我不想再依賴任何人，」我微嘆了一口氣，「求人不如求己，過於依賴人家，才會淪落成今天這種下場。」

「你怪我？」

「沒有，」我雙眼凝視著前方幽暗的水泥路，「當我們敞開心胸漫步在這個景緻悅人的山谷時，我們沒有多餘的時間再做無謂的爭論，所有的對錯全讓它沉沒在黑夜裡，好好珍惜今晚的最後一刻，談談我們想談的。」我輕輕地掙開被她勾住的手指頭，轉而緊緊地牽著她，而後低聲地問：「這樣好嗎？」

她點點頭，捏捏我的手，是默認我的說法，還是認同我的觀點，相信我們心中的感應一樣。

從明德廣場沿著那條高級的水泥路緩緩地走著、談著，雖然沒有情人般的羅曼蒂克，但卻是此生的最後一夜。儘管李小姐能透過關係重臨太武山谷，然她已不是擎天部隊的員工，何能在這個禁區裡夜遊，除非她重回工作崗位，但這似乎是不可能的事。

經過水上餐廳旁的小花圃，迎面而來的是一陣撲鼻的玫瑰花香，不知是否該說的話已經說完了，還是明日即將離別的情愁上心頭，我們竟默默無語地走著。

「我們這樣像不像一對情侶？」我晃動著她的手，笑著問。

「你的經驗不是比我更豐富嗎？」她也笑著，「你是怎麼牽著黃鶯和王蘭芬的，應該說出來聽聽才對，現在倒問起我來了。」

「難道妳真沒被男人牽著走的經驗？」我有些不信。

「當然有。」她明快地答。

「跟誰？」

「你管不著！」

「我非管不可。」

「你管得了你自己嗎？」她白了我一眼，「呆頭呆腦的。」

「阿麗，我是第一個牽著妳的男人對不對？」

「對、對、對，你有學問！」

「妳的手既柔又軟……」

「少噁心好不好，」她甩開讓我牽著的手，「明天回家後，不是下海剷蚵，就是在家裡剝蚵，將來那雙粗糙又有蚵腥味的手，你還會想牽嗎？」

「當然想。」

「好，我就等你來牽！」她不屑地，「我就不信你會放著一雙手拿廣播稿，嘴唸親愛的大陸同胞們，以及一雙手持麥克風，口唱一朵小花的柔軟小手不牽，而牽我這雙粗糙的手！」

「我願意接受妳的考驗。」

「如果你現在想收回這句話還來得及，一旦過了明德一塘，舉頭三尺必有神明，低頭腳下也有鬼神，想逃、想跑都沒那麼容易。」

「堂堂男子漢……」

「好，」她搖搖手，「什麼也不必說了，我倒要看看你是男子漢，還是負心人！誠然你對得起王蘭芬，也對不起黃鶯！別在我面前忘了她們，在她們面前忘了我！」

我被說得啞口無言，一時不知要如何來回答她。

「怎麼樣，我沒說錯吧？」她得意地笑笑，「別把學問都用在業務上或寫作上，如果沒有把愛情這門學問搞通、弄懂，以後寫出來的小說，絕對不會感人。」

「士別三日，刮目相看，什麼時候竟成了專家啦？」我挖苦她說。

「在冷戰時期領悟到的，」她笑著說：「早知如此的話，就應該早一點發動戰爭。對敵人，不必講情義，也不能用感化的教育，它雖然在兵法裡不能構成一種戰略，但用在人身上，卻能達到預期的效果，這是我料想不到的。」

「我一定要設法破解妳這個戰略，以後絕不讓妳再得逞。」我信心十足地說。

「好了，別再胡扯啦，我們也該回去了，你明天還要上班呢。」

「不，我們再逛一會兒，錯過了今晚，以後哪來的機會。」我一把牽起她的手，不停地晃動著，她並沒有拒絕。

然而，濃濃的春霧已深鎖整個山頭，山谷更是白茫茫的一片，太武山房巍峨的建築，團籬旁青蒼翠綠的林木，已全然被濃霧所吞噬。

我們坐在明德塘的堤畔，斜靠在一株粗壯的木麻黃樹上，週遭有悅耳的蛙聲咯咯作響，微風夾著霧氛輕輕地飄落在我們的臉龐。我默默，她也默默，我們是否又感染了明日即將離別的愁滋味？

我凝視著前方漆黑的岸邊，輕輕地拍著她的手背，低聲而感傷地唱起：

讓我牽著妳的手
讓我輕吻妳的臉龐
朋友珍重
朋友再會
天下沒有不散的筵席
低頭望著流水
匆匆地流走
只有友情是永恆
歲月無情不停留
匆匆太匆匆
只有友情停留在心中

「別唱了、別唱了！」她說著、說著，竟突然地摟住我，緊緊地摟住我不放，淚水早已盈滿著眼眶。

我低下頭，輕輕地撫摸她標緻細嫩的面頰，輕輕地拂拂她烏黑光澤的髮絲，我不敢有所逾越，我不能用這張被王蘭芬吻過的嘴唇來吻她，除非我的承諾能禁得起歲月的考驗，除非我能娶她為妻，要不，我絕對不能傷害一個純潔的女子。

儘管我全身上下充滿著青春的熱血，亦有凡人的七情六慾，想擁抱她、擁吻她的衝動不言可喻，但我必須以理智來克服即將崩潰的情感。

我猛然地驚醒，輕輕地推開一個軟綿綿的身軀，她仰起頭，以一對飢渴的眼神凝視著我，她企求什麼？她想得到的又是什麼？是霎時的歡愉？還是永恆的戀曲？無數的問號在我零亂的心中盤旋，我不能做對不起她的事，我心裡如此地想著……

山谷的夜已深沉，濃霧依然深鎖山頭，我輕輕地扶起她，緊握她的手，緩緩走向燈光閃爍處。

第十四章

自從李小姐辭職後，我的業務雖然更加地繁重，但久而久之，習慣也就成了自然，對我並沒有造成太大的影響和衝擊。我亦未刻意地請新進的許小姐越級代我處理，任憑是一些例行上的公文，從不假手他人，全由自己批閱。

許小姐高商畢業，因係科班出身，很快就全盤進入狀況，所有會計業務，也處理得有條不紊，但她卻有點高傲，沒有李小姐的隨和，經常為了小事，和營業部的女員工爭論不休，造成我相當大的困擾。可是，她們都是我的屬下，是非只問對錯，我並未刻意地袒護任何一方。

有一天，我接到她打進組裡的電話：

「經理，有一個康樂隊的女人要找你。」她的言詞隱含著一絲鄙視。

「康樂隊的女人要找我？」當然，我很快就意會到是怎麼一回事，但我做夢也沒想到，一位受過中等教育的會計小姐，竟然會用那麼粗俗的言詞說話。「許小姐，說話文雅一點好不好。」我有些兒不悅地糾正她。

「她本來就是康樂隊的女人嘛。」她辯解著。

「同樣的一句話，妳就不能說是藝工隊的小姐嗎？」我說完，氣憤地掛斷電話。

回到站裡，王蘭芬已站在門口等我。

「陳大哥，你要我沒事時不能到組裡去，我再也沒去過是不是？」她嬌聲地說。

「本來就是這樣嘛！」我順手推開紗門，讓她進去。

「這位新來的許小姐比以前那位李小姐還凶。」她低聲地說。

「管人家那麼多幹什麼，」我冷冷地說：「找我有事？」

「我與隊上的合約快到期了，」她淡淡地說：「我決定不再續約了。」

「不續約，」我訝異地，「不續約妳打算做什麼？」

「嫁人。」她露出一絲興奮的微笑，「陳大哥，我嫁給你好不好？」

「別老是跟我開這種無聊的玩笑！」我不屑地看看她，「正經一點好不好。」

「我說的都是正經的啊，」她由興奮轉為嚴肅，「如果你答應要娶我，我就留在金門，我願意拋棄所有的風華和掌聲，做一個專職的家庭主婦。如果你不答應，我就回台灣進修，重新出發。我未來的人生規劃，只有這兩條簡單的路，陳大哥，我很想聽聽你的意見。」

「我知道妳今天不是來跟我開玩笑的，」我嚴肅地說：「這方島嶼雖然是妳夢想中的仙境，妳也是一個人見人愛的小公主，但老實告訴妳：我不是王子。今天妳貿然地提起這個問題，如果我是一個玩世不恭、不負責任的男人，聽到有一位那麼標緻的小美人要嫁給我，心中一定暗爽半天，不僅要謝天，也要謝地。一旦結了婚，才發現彼此間的家境落差那麼大，生活習慣也不同，最後倒楣的、受傷害的，必定是妳。」

「我們相識、相知，已有好長一段時間了，我自信不會看錯人！」她信心滿滿地說。

「光看人的外表有什麼用，就像一首歌，我們聽的不僅是它的聲韻，更是它的內涵。」

「陳大哥，不知怎麼的，看到你就像看到這塊純淨古樸的島嶼一樣，總是那麼地迷人，讓人想盡快地投入他的懷抱。」

「因為妳看盡了繁華、聽多了掌聲，想回復到平淡和寧靜，才會對這片純淨的土地衍生出一份特別的感情。但王蘭芬，妳要記住：婚姻不僅不能當兒戲，也必須靠緣分。倘使妳與這片土地有緣，不必急於一時；倘若無緣，強求也沒用，相信妳懂得這個道理。」我指著她，嚴肅而不客氣地說。

「或許我太急躁了，但我熱愛這片土地的心永遠不會改變。陳大哥，如果我回台灣進修，你願意等我回來嗎？」

「社會是現實的，人心是善變的，過多的承諾，反而是庸俗，一切順其自然吧！」

「就這樣決定了，我和隊上的合約不簽了，」她爽快地，「實際上音樂的領域很廣泛，不只是唱唱歌而已，想學的東西還很多。」

「既然有音樂的興趣和細胞，趁著年輕多學點東西是對的；一旦結婚生子，就像休止符，所有的樂聲必須停止。」我頓了一下，又說：「不過凡事也要三思，別像小孩子似地，想什麼做什麼，最後是什麼也沒做成。」

「我已經想過很久了，現在想嫁給你，你也不想要，唯一的就是找老師再進修，希望能多學點東西。」

「這點才是正途，其他的都是廢話！」

「有一天你來做詞，我來譜曲，好不好？」

「妳真以為我有那麼高超的學問啊？」

「我是說有一天，不是現在，看你那副窮緊張的模樣，不覺得好笑嗎？」

「看妳那副三八樣子，才覺得好笑呢！」我笑著說。

「這就怪啦，」她有些懷疑，「隊上所有的人，都說我王蘭芬最正經，只有你說我三八！」她從椅上站了起來，轉了一圈，笑著說：「你仔細看看，從頭到腳、前後左右，我王蘭芬那一點三八？」

「我知道妳長得漂亮，歌又唱得好，是一個人見人愛的小美人，但這種動作，就叫三八，知道不知道？」

「那你就教教我吧？！別因我的三八，讓你也丟人。」

「妳熱情有餘，端莊不足。」

「那是因你而起。」

「還有一個最嚴重的問題。」

「什麼問題？」

「人小鬼大。」我意有所指地說。

「別用那麼尖銳的字眼好不好？」她低著頭，有點兒羞怯地，「人家把初吻都獻給你了，還怪我，」她突然把頭抬起，瞪了我一眼，「你以為我那麼隨便啊？」

「只有妳的初吻最珍貴，別人都是老千、色狼。」我取笑她說：「以後給我學乖點，知道嗎？」

「別那麼凶好不好？」

「除非妳不叫我陳大哥，要不，我是管定妳了！」

她抿著嘴笑笑，笑得很燦爛、很愜意、很真實，倒也聞不出一絲兒三八味。

「如果決定不與隊上續約，要先向隊長報告，千萬別像小孩子似地，說走就走。」我吩咐著說：「人嘛！總是有感情的，要懂得好聚好散的道理。」

「我認同你的說法，」她看著我，「雖然決定不續約，一旦要離開，還是蠻不捨的，尤其是不能經常見到你。」

「坦白說，這裡只是我們暫時工作的地方，有一天勢必都要因自己的前途和理想而離開。妳我都沒有本錢把一生的青春耗在這裡，尤其藝工隊的環境更是複雜，如果自己不能自持，墮落就在一霎時。雖然我目前在這個單位的職位不低，但依然只是一個軍中聘員而已，又有什麼前途可言。」

「我們一起回台灣好不好？」

「那是不可能的，畢竟這裡是我的家鄉，早已和這片土地衍生出一份難以割捨的鄉土情懷。」

「如果有一天我走後，你會不會到台灣來看我？」

「身處在這個戒嚴軍管地區，想到台灣去並非易事，妳想到金門來也雷同；當然，有很多情形是例外的。」

「嫁給你也不能來？」

「不，那是例外。」

「陳大哥，就讓我們共同等待那個例外吧！」

「妳又在說三八話了，是不是？」

「不，那是我的真心話。」

「我倒要看看妳有多少真心。」我淡淡地笑笑，「置身在這個現實的社會，人，往往是健忘的、善變的。」

「我永遠不會變的，更不會忘記一個接受我初吻的男人！」

「三八話說多了，當心咬到舌頭。」

「心中有愛也犯法？我偏不信！」

「不信妳試試看，」我指著她，笑著說：「妳膽敢再說一句，不咬到舌頭才怪！到時唱不出一朵小花，可別怪我沒提醒妳。」

「如果真唱不出一朵小花，我一定要唱負心的人。」她說後，哈哈大笑。

「坦白說，金門人重情重義，絕對不會做一個負心的人，我倒有點兒擔心……」我還未說完。

「擔心什麼？」她搶著問。

「沒什麼啦，」我未說先笑，「我是說妳應該唱……」

「唱什麼？」她又急著問。

「唱、唱、唱，唱一首『表錯情』！」

「什麼啊，」她搥了我一下肩膀，而後指著自己的鼻子，笑著說：「我表錯情，你有沒有良心啊？還說金門人重情重義！」

「我是要妳唱表錯情，不是說妳表錯情，真沒學問！」

「反正說來說去都是你的理由，如果你敢說我表錯情，你一定是負心的人！」

「好了，別再開玩笑啦，」我從椅上站起，「關於續約的問題，回去後好好想一想，不能意氣用事。」

「你以為我會反反覆覆啊，」她也站了起來，「說到做到是我王蘭芬的個性，絕不會後悔。」

「好，」我拍了一下手，「率真、性格，如果少點三八，那就更可愛啦！」

「陳大哥，」她跺了一下腳，扭動了一下身軀，撒著嬌，「別老是說人家三八嘛！」

「好啦！以後不說就是了。」

「謝謝你，陳大哥！」她說後，竟快速地在我臉頰親了一下。

「妳看、妳看，」我順手摸了一下臉，「又來了、又來了，不罵妳三八行嗎？」

「你儘管罵，」她不在乎地，「只要我高興就好！」

「再說就揍妳！」我舉起手，在她面前比畫了一下。

「你捨得嗎？」她頑皮地扮著鬼臉，靠近我一步，「你打呀，」再靠近一步，「你打呀！」又靠近一步，幾乎貼近我的身軀，「我知道你捨不得，對不對？」

「好、好、好，算妳王蘭芬厲害，這樣總可以了吧！」我無奈地退後一大步。

她皺皺鼻子，得意地笑笑。

「好啦，別鬧了，」我收起了笑容，指著桌上說：「那顆蘋果妳帶回去吃，還有那包牛肉乾也一起帶走。」

「你買的？」

「我那有錢買這些東西，人家送的。」

「我吃蘋果好了，牛肉乾你留著吃。」

「叫妳帶走就帶走，還囉嗦什麼！」我順手取下，放在她的手上。

「陳大哥……」她睜大眼睛，用一對感激的目光凝視著我。

「沒事回去吧！我還忙著呢。」

她點點頭，緩緩地走出去。我望著她那青春俏麗的背影出神，這個美麗婀娜的身影，勢必會記錄在我生命的扉頁裡，我衷心地期待，卻又怕受傷害。

王蘭芬堅持不續約，似乎讓各級長官感到訝異，她不僅唱跳俱佳，敬業的態度也不容置疑。隊長幾乎發動所有與她較接近的朋友加以勸說，或以加薪為誘因，極力慰留，希望她能繼續在藝工隊服務。當然，他也知道我們平日互動頻繁，不得不找上我。

「老弟，你就幫幫大哥的忙，勸勸王蘭芬，她這一走，隊上就彷彿失去一根柱子，雖然不會倒塌，但會傾斜、失去平衡啊。」

「站在朋友的立場，當然希望她留下，」我應付他說：「但她也有自己的理想和堅持，凡事並非說說就算，這是我最瞭解她的地方。」

「聽說她想嫁給金門人，得不到結果才想走？」隊長以試探的口吻說。

「不會吧？！金門人誰敢娶她！」我看看他說：「她想回台灣多學點東西倒是真的，說不定學成後又會回到金門來。」

「真是這樣嗎？」隊長疑惑地，「為什麼很多人都說只有你才能留住她？」

「我又不是她什麼人，真有那麼大的本事嗎？」我反問他。

「王蘭芬這個孩子既乖巧又懂事，音樂的造詣和素養也很高，平常很少到處閒逛，也從來沒有為我製造事端、增添麻煩；有空就看看書，或往你這裡跑，這樣一個好女孩，我怎麼捨得她離開！」他頓了一下，看看我，又繼續說：「既然她那麼喜歡你，為什麼不把她留下？你要知道，台灣沒有金門的單純，你讓她這麼一走，可能永遠不會回來了。」

「隊長，人各有志，凡事不能強求。王蘭芬今年已二十幾歲了，不再是一個少不更事的小孩，我們雖然是無所不談的朋友，但我向來尊重她的選擇，至於她會不會回來，那是她的事，我那有權利去干涉。」

「難道你一點也不珍惜？」

「當然珍惜。」

「既然珍惜，就要讓她留下呀！」

我冷冷地笑笑，沒有回應他。

「那我請組長跟你說好了。」他見我沒回應，內心有點不悅。

「應該去說服王蘭芬才對，跟我說有什麼用，我做得了主嗎？」我不屑地看看他。

王蘭芬的不續約，竟然驚動許多長官，我也成為罪魁禍首。長官似乎都相信，只有我才能把她留住，除了勸我去遊說外，也紛紛以職權加以施壓。然而，我依然不為所動，我一直相信：她有選擇自己理想和方向的自由，是好是壞必須由她自己來承擔，我又算得了什麼！

她的堅持，藝工隊彷彿失去了支柱，隊長的無奈，全寫在蒼老的臉龐，長官對我雖有微詞，但終究也無可奈何。我只不過是她眾多友人其中的一個，誠然我能留住她，但卻不希望她留在金門，她的癡情，讓我消受不起，我何能把一朵眾所矚目的花朵，自私地插在自家的地瓜田裡，任風吹、雨打、太陽曬。

長久以來，我始終認為她的活潑、大方和熱情，是三八、不正經的象徵，但多數人卻肯定她的專業和敬業，從各方的慰留聲浪中，足可認定是我誤解她了。

她婉謝所有的餐會，竟連組長請她吃飯，由我作陪，她也不願意，幾乎不近人情，這或許是她個性的使然吧？

臨走的前一天，我告訴她說：

「晚上我請妳吃飯。」

「好啊！」她爽快地答應。

「金城、山外任何一家餐館都可以，由妳選、任妳挑。」

「我們到文康中心吃陽春麵。」她興奮地說。

「妳不是說，我對妳特別小氣嗎？今天想請妳吃大餐，妳卻偏偏要吃陽春麵，真是的！」

「以前是激你，現在已明瞭你的心意。陳大哥，只要你的心意到，喝白開水也感到甜啊！你不認為嗎？」

「不，陽春麵留到以後吃，今晚別到文康中心去。」

「為什麼？」

「那麼多人想請妳吃飯，妳一個也不接受，如果我們一起在文康中心吃麵，對他們也不好交代。」

「你怕人家說閒話是不是？」

「不是！」

「既然不是，我們就大大方方進去吃麵，又有什麼好顧慮的！」

「用一碗廉價的陽春麵替妳送行，那太不公平了。」

「這世界不公平的事太多了。」她有些感慨。

「怎麼講？」

「就譬如：我愛你七分，你愛我不到三分那樣的不公平。」

「怎麼老是把我的話給忘了呢，」我數落她說：「看在這個航次妳就要回台灣的份上，不想罵妳。」

「我寧願說出真心話，再挨罵也甘心。」

「好，既然妳想跟我吵架，我們就吃完麵再吵吧！」

「為什麼還要等吃完麵？」

「吃飽才有力氣啊！」

「好，陳大哥，我跟你拚了！」她說後，想了想，「不過吵歸吵，誰也不能變臉哦。」

「當然，看誰的風度好。」我信心滿滿地說。

晚餐時，大部分官兵都在武揚餐廳用餐，文康中心的小吃部並沒有太多的人潮，我簡單地吩咐後，掌廚的劉班長，給我十足的面子，除了陽春麵外，又做了幾道拿手好菜，兩人盡情地吃著、聊著。

「或許，這頓飯是我倆在武揚最後的晚餐，」她停下筷子看看我，低聲而感性地說：「但願來日重回金門時，我能親手為你煮飯。」

「妳願意當我家的下女啊？」

「服侍你一輩子也甘心。」

「王蘭芬，別忘了，妳是明日歌壇一顆閃亮的彗星，不能兌現的諾言最好少說。」

「如果你膽敢說一句：『王蘭芬我願意娶妳』，我不留在金門，就跟你同姓！」

「好，吃飽飯後，我們一起到廚房，如果妳王蘭芬能挑得起一擔水，我不娶妳跟妳同姓！」我有些激動。

「一擔水分二次挑，難道就不行！」她辯解著，「世間有天生的大力士嗎？」她的聲音略為高點，許多人都轉頭看著我們。

「好，真想吵的話，吃飽後找一個空曠的地方吵個痛快。」我低聲地說。

「本姑娘奉陪到底，別以為你有學問！」她不甘示弱地。

我為她夾菜，勸她吃菜，讓她感受到我的盛情和心意。

「多吃點吧，王蘭芬。」我為她夾了一塊肉，卻也有滿懷的感慨，「不知何年、何月、何日，始能同桌再相聚？」

「對我，你一向不是很冷漠嗎，什麼時候竟動起了真情啦？」她斜著頭笑著問。

「人非草木啊，真正到了要離別時，才知道它的可貴！」我坦誠地說。

「我原以為你是一個頑固不化、麻木不仁的人呢。」

「不，妳什麼都好，如果少點三八，那就更完美了。」

「你很在意我先吻你，」她低聲地說：「對不對？」

「妳張開嘴，」我夾了一塊排骨，「我要用這塊排骨堵住妳的嘴，看妳還敢不敢胡說！」

她伸伸舌頭，笑笑，卻突然說：「陳大哥，我們快點吃，你不是說吃飽了要吵架嗎？」

我被她突如其來的話，笑出了聲音。

「笑什麼？」她看看我，沒有笑容，「坦白告訴你，我有滿腹的委屈要發洩，想跟你吵個痛快！」

「委屈？」我不解地，「誰欺負妳了，妳受到什麼委屈啦？」

「吵過後，你就知道！」

雖然以簡單的菜餚為她餞行，但她在意的並非大魚大肉或排場，而是我的一番誠心和真意。

飯後，我們相偕穿過武揚坑道，因為是下班時刻，碰到的同僚並不多；實際上我們相識已有一段時日，一旦走在一起，似乎也是極其自然的事，並沒有引來一些奇異的眼光和不必要的困擾，這是我們感到心安的地方。

回到站裡，王蘭芬又一次地遇見許小姐，她禮貌地說：

「許小姐，吃過飯了吧？」

「廢話，現在幾點了還不吃飯，難道要被餓死！」她不屑地看了她一眼。

王蘭芬自討沒趣地看看我，我用力地推開紗門讓她進去，心裡想：我是不是瞎了眼，才會錄用這種人當會計？

「碰」地一聲，我又使力地把門關上。

「別和這種人計較。」她柔情地安慰我說。

「生的是一張清秀的臉，講起話來既尖酸又刻薄，和李小姐比起來，真是天壤之別！」我氣憤地說。

「好了，別生氣啦，想帶好這種員工，就必須靠你的智慧了。」她順手為我倒了一杯水，「先喝點水，潤潤喉，我們的架還沒吵呢！」

「老實告訴妳，王蘭芬，」我指著她，「我現在是一肚子火氣還未消，找我吵架是自討苦吃！」

「真理是愈辯愈明，不要辯輸了惱羞成怒就好。」她喝了一口水，「在我臨走時，有些問題必須問一個清楚，倘若在回程的路途中，不幸船沉海底，我也會無憾。」

「少說那些五四三的話好不好，」我瞪了她一眼，「在這裡吵，等一下驚動了員工，說不定還會有人向組長告密，我們就到太武山房去，坐在旁邊那塊大石頭上，任妳再大聲，鬼神也聽不見。」

剛走出房門，王蘭芬的手又主動地挽著我。

「把手放下！」我輕輕地把她撥開。

「怎麼了，是金手臂啊？挽一下也不行，妨礙你走路啦？」

「妳沒看見這裡有幾十對眼睛望著我們。」

「和我王蘭芬在一起，彷彿有失你的面子、有失你的身分，會讓你抬不起頭來似的，你自己不覺得好笑嗎？」

「妳走遍金門的大街小巷，有沒有看見挽著手走路的人？」

「那是他們不懂得情調。」

「難道妳忘了入鄉隨俗這句話。」

「老頑固！」

「這裡還有我的員工，他們會用什麼眼光來看妳？！」

「在藝工隊唱歌跳舞的，她的人格比人矮了一截，你的意思是這樣嗎？」

「那是妳自己說的。」

「要不然你怕什麼？」

「我怕人家說妳三八。」

「這些都是你自己想的，」她有些激動，「你不妨到隊上打聽打聽，是我王蘭芬三八，還是說我三八的那個人三八。在隊上那麼久了，你聽過我吃過、喝過人家一口嗎？想認我做乾女兒、乾妹妹的一大堆，我有沒有去拉攏那層關係？我有那麼幼稚地上過當、受過騙嗎？從司令官、主任、組長到隊長，有那一位長官說我王蘭芬三八或不正經的？只有你，只有和你在一起的時候，才會聽到這句讓我不能認同的三八話！坦白告訴你，我靠的是自己的本事，做我該做的、愛我想愛的，這點你懂了嗎？」

我一時答不上話來，看她那得理不饒人的神情，是否以前只在意她的舉止，今天才真正領略到她的伶牙俐齒？我感到懊惱。

步上明德圖書館的階梯，必須順著左邊的石階而上，始可抵達太武山房。但那陡峭的石板階梯，走來卻倍感吃力，我情不自禁地伸出手，想拉她一把。

「你幹麼拉我？！」她甩開我的手，「挽你一下都不行，你為什麼可以拉我的手？」

「怕妳走不動。」

「你不是怕讓人家說我三八嗎？怎麼一霎眼，你竟也三八起來了。」

「走在這個陡坡上，不想跟妳說大聲話，」我有些微氣喘，「所有的帳等上了山房再一起算！」

「算就算，誰怕誰？」她喘的比我還厲害，竟然不再嘴硬，「不過我還是希望你拉我一把。」

我一把拉住她，她竟軟綿綿地斜靠在我身旁，不一會，她的手竟環過我的腰，把我摟得緊緊的，讓我聞到一股淡淡的少女幽香。

而此時，我能把她推開嗎？把一位少女的自尊推落山谷，換取自身的清高；把所有的過錯全歸咎於這個熱情的女子，而自己卻不必承擔任何的責任，如此的思維，是否妥當、是否公平？倘若說她三八，我便是一個不知廉恥為何物的男人。

我們在太武山房旁邊那塊巨巖坐下。夏夜漫漫，蟲聲吱吱，微風輕輕地吹在我們的臉龐，更增添幾許怡人的氣息。面對如此的情景，我們是否還有吵架的興緻，還是該珍惜這夏夜裡的情愫。

「坐在這塊巨石上，仰望寂靜的太武山谷，不知怎麼的，剛才滿肚子火氣，就在一瞬間全消了。」我淡淡地說。

「你氣全消，我還在冒火，別想四兩撥千金，就此了斷！」她以強硬的語氣說。

「有什麼深仇大恨，妳儘管講。」我不在意地說。

「上從司令官、主任、組長到隊長，幾乎都以最大的誠意想挽留我，為什麼獨獨你連一句慰留的話都沒講？」

「尊重妳的選擇。」

「你有沒有愛過我？」

「我的愛隱藏在內心裡，不是用嘴說的。」

「為什麼我想留在金門和你共同生活，你始終不答應？」

「其一、因為妳挑不動一擔水。」

「我可以鍛鍊，我可以分次挑滿水缸！」她激動地說。

「其二、我家的大廳堆滿著五穀雜糧，一只美麗的花瓶，沒處擺。」

「美麗是你自己說的，我只是一個庸俗的凡人，我需要你的愛，我需要你的關懷！」她大聲地。

「其三、我家的田地種滿著農作物，沒有空閒地可做舞台。」

「一旦嫁給你，我絕對不再唱歌跳舞，我不僅會做一個賢妻良母，也會做一個稱職的家庭主婦！」她的聲音震耳。

「其四、妳煮不熟大鍋飯。其五、妳不會餵豬。其六、妳不懂牧牛。其七、……」

「好了、好了，別把我想像成一個白痴！」她依然高聲地，「這些不成理由的理由都是你自己想的。或許，你心中只有黃鶯，但我王蘭芬哪一點比不上她？難道黃鶯她挑得動一擔水？難道你家的大廳能作為她的播音室？難道她真能幫你煮飯、餵豬、牧牛？你未免太偏心了！」

「黃鶯並沒有提出這個問題。」我辯解著。

「如果有一天她提出來呢？」

「我依然會以我的家庭為優先考量。」

「別忘了，女人為了愛，絕對能犧牲所有、牽就一切！」她感性地說：「如果你願意給我這個機會，我不會離開金門一步，我有信心在最短的時間內適應環境。」

「妳甘心放棄如日中天的演藝事業就此落居金門，成為一個沒有掌聲喝采的金門媳婦？王蘭芬，妳想像的太完美了，迄今我仍然沒有改變我的想法……」

「什麼想法？」她急促地問。

「愛妳就不能害妳！」

「你終於承認愛我了，對不對？」

「我愛的人太多了，包括我的父母，兄弟姐妹、親朋好友、長官同僚，還有……」

「還有黃鶯，是不是？」

「為什麼不說是妳！」我有些不悅，「老愛牽扯別人！」

「怎麼一提起黃鶯，你的神經線就大條啦，總是那麼敏感！」

「妳就不能同情一個自幼失恃又失怙的女子？」

「我同情她，誰來同情我？為什麼我想在這塊島嶼落腳的機會竟是那麼地渺茫？」

「上蒼絕對會把機會賜予熱愛這片土地的人們，只是時間未到而已。暫時的失望，並非永恆的絕望，別忘了人生無常，這個世界時時刻刻都充滿著變數。」

「只要你願意等我，我隨時會回到這裡來。我冀求的不是榮華、亦非掌聲，而是要在這塊純淨的土地上，尋找我心靈上的伴侶。」

「王蘭芬，一切順應自然吧？一旦妳回到那片生妳、育妳的土地上，想必又會有不一樣的想法。」

「不，我的想法永遠不會改變，怕的是我重回這塊土地時，人事已非、美夢破碎。」

「這是妳唯一顧慮的地方？」

「如果你敢提出承諾，這個顧慮便是多餘的。」

「任何承諾在尚未兌現之前，都是虛假不實的。」

「你不敢，是不是？因為你心中只有黃鶯沒有我，對不對？」

「不，凡我認識者，必然存在於我心中，我會永遠記住妳王蘭芬。」

「記住也好，忘了也罷，」她淡淡地說：「原以為離別在即，我們會有更多的承諾和交集，想不到愈談愈冷漠。」

「冷漠的或許只是我們的言談，相互關懷的心似乎沒有減溫。」

「你真的太有學問了，什麼時候練就這身武藝，招招讓我招架不住，我王蘭芬甘拜下風。」

「不，我們已回復到理性，今晚的架絕對吵不起來了，」我輕輕地拍拍她的手，「讓我們永遠記住這段美好的時光吧！」

「任歲月腐蝕我的青春，在金門留下的這段情緣，也會牢記在我心靈的最深處。」她把手心重疊在我的手背上，把頭斜靠在我的肩膀，低聲地說：「陳大哥，我愛你，我會回來的！」

我無語地凝視前方幽暗的山谷，航期已近，無情的軍艦勢必會把她載離這個曾經被匪炮蹂躪過的港灣，屆時，是否真會兩地相思一樣同，還是全然把它忘記。

她把臉埋在我胸前，雙手抱住我的腰部，我像哄小孩似地，輕而有規律地拍著她的肩，拂拂她被微風吹亂的髮絲。我聞到一股撲鼻的少女幽香，我碰觸到一個軟綿綿的少女身軀，此時是否無聲勝有聲，還是風暴即將來臨的象徵？我的理智是否能控制住情感，還是要被王蘭芬同化或解放。

她緊緊地偎倚在我懷裡，雙手不停地搓揉著我的身軀，而後仰起頭，用她那滾燙的舌尖，在我臉頰上輕輕地舔著，一遍遍、輕輕地，舔著、舔著，讓我青春的火焰不停地燃燒，不停地燃燒……

撲鼻的幽香和她的熱情許是導火的原委，我已不能自持地低下頭，回報她的是激烈的摟抱和擁吻。於是，我的理智已控制不住情感，在激情的擁吻摟抱過後，竟情不自禁地伸手解開她的鈕扣，從第一顆、第二顆到第三顆，當我的手觸摸到她柔軟的肌膚時，我的臉頰竟如火烤般地熾熱，冰冷的雙手不停地顫抖，整顆心彷彿要跳出來似地，感到前所未有的難受。

她緊閉著雙眼，微動著頭和身軀，沒有抗拒，任由我的唇舌在她的肌膚上自由地蠕動游移。終於，我的手觸摸到她那柔軟又高挺的雙峰，它代表的是一顆聖潔的處女心。我輕輕地彈著彈著，想從這個少女的心中，彈一首感人的相思曲，或是愛的不分離。我的理智依然沒有清醒，我被王蘭芬迷倒在這個幽雅清靜的山谷裡不能自持。

她扭動了一下身軀，調整了姿勢，竟把我撲倒在堅硬的巨石上，雙手抱著我的頭，瘋狂地在我臉上的每一個角落狂吻熱吻，最後卻停留在我的唇上，把滾燙的舌尖伸進我的嘴裡，緊緊地勾住我的舌頭，彷彿要讓我窒息才甘心。

我們在這露天的巨巖上繾綣纏綿、纏綿繾綣，緊緊地相擁、相抱、相吻著。山風並沒有吹熄我們心中熾熱的火焰，反而讓我們青春的慾火更加地熱烈、不停地燃燒；由體內到體外，從上身到下部，已難忍那股即將崩潰的山洪，隨時都有把她淹沒的可能。

然而，當我伸手觸摸到她的腰際時，卻猛而地驚醒，我迅速地坐了起來，雙手揉揉眼、抱著頭，不敢面對偎倚在我懷裡的王蘭芬。

我為什麼會那麼地無恥、下賤！我到底是中了什麼邪？竟想蹧蹋一位即將離開這塊島嶼的純潔少女，我是一個見異思遷的無恥之徒！沒有臉的男人！儘管她愛我，想留在這方島嶼和我廝守在一起，而在雙方尚未取得共識的此刻，我竟然想以卑鄙的手段，奪取她的貞操。我的人格已蕩然無存，蒼天也難以寬容我的過錯，我感到前所未有的懊惱和羞恥。

她深情地摸摸我熾熱的臉，又在我唇上輕輕地吻著，而後失望地說：「為什麼把手縮回去？是不是怕我因此而纏著你，留在金門不肯走？別忘了那是愛的最高昇華。為你，我願意奉獻所有的一切，無怨無悔直到你滿意為止。」

「不，王蘭芬，我對不起妳，我不該有如此的舉動和想法。誠然妳願意把一顆彌足珍貴的處女心賜予我，但我必須把它深藏在我心靈的最深處，而不該有這種差池的行為。」

「你沒有錯，所以不必自責，」她輕撫著我的臉，愛憐似地說：「我們不僅全身充滿著青春的熱血，也因為心中有愛，才會有如此激情的舉動。陳大哥，我們都沒有錯，唯一錯的是你為什麼要把手縮回去，讓我的渴望變成失望，讓我熾熱的心在驟然間冷卻。如果在那緊要的一刻，我們有所交集，心與心能契合在一起，或許，我們永遠也不會再分離。」

「這只是妳個人的想法，」我淡淡地說：「若以道德的層面而言，我絕不能在這個時候，做出對不起妳的事。儘管妳無怨無悔，願意把一顆彌足珍貴的處女心獻給我，但我的內心依然會有一種無名的罪惡感；畢竟，這份禮物太珍貴了，我似乎不該在這個時候接受這份盛情。」

「那你準備什麼時候接受呢？」

「王蘭芬，該我的，跑也跑不掉；不該我的，也不能強求。妳清清白白來到這個島嶼，理應清清白白回到妳的家鄉，」我突然感傷地，「一切就讓命運來安排吧！」

「在這個現實的社會裡，陳大哥，你是一個少見的處男，我會記住你說過的每一句話，也會珍惜我們相處的每一段時光。」她又在我的唇上輕輕地吻著吻著，而後摟著我的腰，柔聲地說：「陳大哥，我愛你。我愛你！」

「好了，」我輕拍她的肩，「別老是把愛掛在嘴上。」

她突然坐直了身軀，雙手撫著我的雙頰，認真地問：

「陳大哥，除我之外，你吻過別的女人沒有？譬如說：黃鶯啦，李小姐啦，或是其他的女人。」

「妳為什麼會問起這個沒有學問的問題呢？」

「你告訴我嘛！」她搖晃著我的肩膀，急促地想得到答案。

「妳是想聽真話、還是謊言？」

「當然想聽真話。」

「那麼我就坦白告訴妳，我此生遭受兩次『狼吻』，那匹妖豔的母狼就在我身旁，而且還蠢蠢欲動，想吞噬一顆處男心。」

「我恨不得現在就把你吞下！」她輕輕地捏著我的右臉頰，「我王蘭芬總算沒有看錯人。」繼而地又說：「你為什麼不問問我有沒有被別的男人吻過？」

我未說先笑。

「笑什麼？」她不解地，「可見你一點也不關心我、不在乎我。」

「我關心的是妳的未來，我在乎的是一顆純潔又誠摯的心，」我坦誠地說：「如果妳是一個朝三暮四的女人，或是情場上的老千，想掩飾都來不及了，還會這樣問我嗎？」

「陳大哥，還是你有學問，難怪我會愈來愈喜歡你。原以為今晚在這個景緻怡人的翠谷裡，有天地為證，有蟲兒為我們奏著幸福的樂章，是我們此生最難得的良宵美景。想不到你的理智勝過情感，讓我們守著一顆處女心、一個處男情，倘若爾後有緣在一起，那勢必會讓我們的感情更彌堅！」

「王蘭芬，雖然我們錯過一時的歡愉，卻能換取永恆的心安。在我們青春歲月裡，在妳旅居金門的這段時光，相信只有甜蜜的回憶，不會有憾事，這是最值得我們高興的地方！」

「陳大哥，你可以吻我一次嗎？」她仰著頭，期待著。

「妳就不能少點三八嗎？」我反問她，「妳吻我，我吻妳，又有什麼兩樣的。」

「當然不一樣，」她理直氣壯地說：「我不願意人家老是把我當三八。」

「話怎麼說呢？」我不解地問。

「自從那次在太湖吻了你，讓你罵了半輩子三八，還深恐我王蘭芬口水有毒似的，竟然回去猛刷牙，整整用掉一條黑人牙膏。」她笑著說：「陳大哥，如果你吻我就不會有這種事情發生，一旦自己三八，當然也就不會罵別人三八了，你說是不是？」

「妳的三八理論還真多！」

「我倒有一點想問你，」她用肩膀輕輕地撞著我的肩，笑著說：「你吃到我的口水，不知會不會感染到那份三八味道？」

「你存心要笑死人是不是？」我捏捏她的手，「別盡說些廢話了，時間不早啦，我們也該走了。」

「難得有這麼美的夜晚，我們就不能在這裡多談一會兒？」她有些不捨。

「別忘了這是一個什麼年代，別忘了身處何方以及自己的身分，在妳尚未離開時，永遠置身在戒嚴地區裡，一旦超過宵禁時間還不回軍營，不發佈『雷霆演習』到處找人才怪。」

「這或許是島民唯一沒有自由的地方。」她幽幽地說。

「在戒嚴地區講自由，簡直比妳先吻我還三八！」我說後，站了起來，並順手拉了她一把。然而，她卻沒有走的意思，睜大雙眼凝視著我，彷彿想從我身上發覺什麼似的。

「陳大哥，我真的捨不得走。」她有些哽咽。

「人生只有捨得，沒有什麼捨不得的，」我拍拍她的肩，「歡迎妳隨時回到這個小島嶼，但別忘了要挑得動一擔水。」我強裝笑臉。

「我會好好鍛鍊的，」她仰起頭，一滴悲傷的淚水順勢滾下，「你願意等我回來嗎？陳大哥。」

我無語地牽著她的手，跨過一塊阻擋我們前行的巖石，緩緩地走在太武山房的階梯上。

山谷的夜早已沈寂，陪伴我們的是草叢裡的蟲聲以及無盡頭的黑夜。我熾熱的心已難忍此時的愁滋味，走了李小姐，走了王蘭芬，我的心中似乎也有預感，有一天，黃鶯勢必也會離我遠去。雖然她們曾經帶給我歡樂，但那美好的時光卻一去不復返，徒留我孤單的身影在漆黑的山谷裡獨行，這似乎是我遲早必須面對的問題。

我又一次地陪她穿過陰冷的武揚坑道，走在綠葉扶疏的尤加利樹下。武揚台那盞微弱的燈光已在眼前，又到了說再見的時刻，而今晚的道別聲，卻聲聲激動著我們的心扉。我無奈地鬆開她的手，目送她走向燈光明亮處，眼裡閃爍的淚光，是否象徵著無聲的祝福？且讓無情的歲月來告訴我們吧……

第十五章

李小姐辭職了，王蘭芬走了，我的感情生活似乎也單純了許多。人雖然是感情的動物，但對於許多意想不到或突如其來的感情，卻也容易產生無謂的困擾；儘管我不是情場上的老千，卻和三位女子有所牽扯。

李小姐是從同事間的相互關懷中，演變成一份似友似愛的淡淡情誼。雖然她沒有出眾的姿色，但卻伶俐乖巧、勤儉樸實，是一個賢妻良母典型的女性，倘若有緣結成連理，何嘗不是前生修來的福份。

只是她走了，近水樓台先得月的情景已不在，久而久之，勢必會有一份疏離感，誠然近在咫尺，但與當初的朝夕相處，則全然不同。

自從她離開後，也久未見面，倘若想延續爾時那份情感，似乎也不易。或許，再不久，她就會嫁人了，屆時，我連夢想的機會也將失去，這是一個極端現實的問題。

和王蘭芬這段感情，是無意中衍生出來的，對於一位在藝工隊複雜環境下工作的女孩，誰敢去碰觸她們。而今天，卻出乎意料地和她同嚐愛情的甜蜜果實，不知是幸、還是不幸？

她全身散發著一股濃郁的青春氣息，而我竟不能自持地被她的熱情所迷惑，但我並沒有失去理智，始未造成不能挽回的憾事，這是我無愧於自己良心的地方。

以她在音樂上的造詣，倘若再經過名師的指導，無論她走的是聲樂、抒情或流行歌曲路線，假以時日，勢必是歌壇上一顆閃亮的彗星。一旦有了名與利，一旦置身在繁華的都市裡，她是否還會想到，曾經在這方島嶼留下的情愛和許下的諾言？是否還有在這塊島嶼落腳的意願？是否還願意與一位金門青年廝守終生？這是我不敢想，也不願意想的問題。

而黃鶯呢，一位自幼失怙失恃的少女，我是否該對她多一點關愛，給她一個幸福美滿的家？她曾坦言，倘若不能留在金門，勢必會回到孕育她成長的育幼院，終身為那些無父無母的孩子們服務。或許，一切尚早，我不敢想像這份感情是否會有什麼變化，但對於未來，似乎應該抱持著樂觀的態度，倘若一味地鑽牛角尖，那是自討苦吃。

想不到在我平淡的青春歲月中，竟然能獲得她們的青睞，這是我始料未及的。誠然，彼此之間尚停留在男女朋友階段，距離結婚的禮堂還有十萬八千里，而我必須從她們之中有所取捨。是友情，必須讓它回歸到友情；是愛情，則必須專一，絕對不能以一種不負責任的態度，周旋在她們之間。欺騙別人、矇騙自己，那是天理難容的。

黃鶯已從小金門湖井頭播音站調回古寧頭播音站。然我正忙於整理檔案和統計資料，準備接受陸總部年度視察組的業務檢查，並沒有去探望她，也未曾和她聯繫，內心始終有一份無名的愧疚感，但這畢竟是一件無可奈何的事，只有等待視察完畢後，再和她見面。

在福利業務部分，上級最重視的依然是「低價服務」和「四大免費服務」。我已依照檔案處理原則，「計劃」、「執行」、「考核」分門別類地建檔，來文、發文字號詳細記載，案由書寫清楚，並依序貼上「見出紙」，讓視察官可以一目瞭然，省卻許多翻閱的時間。

正式檢查的那天，我們把所有的檔案集中到政戰管制室，並依政一、二、三、四、五組排列，接受視察組相關人員的詢問和檢查。雖然我辦理大部分的福利業務，但畢竟只是一位聘員，依體制必須由福利官李中校到場接受詢問和檢查，我事先也向他作了一個極其完整的解說，但他依然置身在福利業務的狀況外。

組長惟恐被記上太多的缺失，囑我趕緊到管制室，視察官看看我，並沒有說我不能代表福利業務承辦人來接受他的詢問和檢查。他想看的，我很快就找出法令，把執行的成果攤開在他的面前；他想問的，我很快就進入狀況，一五一十地向他作最完整的陳述，也因為我對業務的嫻熟，把福利官先前答不出來或找不到法令而記下的缺失，又一一地更正，回復到沒有缺失的記錄上，讓我沒有白忙一場。

「中校福利官，還不如一位聘員。」視察官毫不客氣地對組長說。

組長沒有答腔，尷尬地笑笑。

幾年來的辛勞，總算沒有白費，我的心裡盈滿著一股無名的喜悅以及一絲小小的成就感。但我並沒有因此而自滿，想學習的東西還多著呢，尤其軍中與社會，更是兩個截然不同的體系，我必須加倍努力，方能得到長官的肯定！

回到台北後，王蘭芬相繼來了好幾封信，今天收到的，或許是第十五封了吧。在信上，她寫著：

陳大哥：

時間過得真快，轉眼，春去、秋來、冬天到。雖然不能和你共同沐浴在愛的世界裡，但一想起在金門相處的那段時光，我的心裡依然甜如蜜。

在老師的指導和鼓勵下，我決定朝抒情與流行歌曲這兩條路求發展。老師也透過各種管道、利用各種關係，經常安排我到各地去客串演唱，雖然不敢有一炮而紅的夢想，但我會盡力而為，冀望爾後在歌壇上，能爭得一席之地，你該為我祝福吧！

台北沒有金門的單純，它不僅生活緊張，承受的壓力也重，工作之忙碌不言可喻，或許，以後不能經常地給你寫信了，務請你原諒。

祝福你，陳大哥，願你多珍重！

從此之後，我沒有再收到王蘭芬的隻字片語，也沒有她的音訊，彷彿是一隻斷線的風箏。

坦白說，這段感情對我來說，本來就是多餘的，我的心裡一直很坦然，因為我並沒有玩弄她或負心於她。

很快地，她的身影已從我的記憶中消失，所有的諾言，所有的甜言蜜語，也在驟然間化為烏有。我並沒有因失去這份感情而有所憤懣，也沒有因曾經和她相擁、相抱、相吻而沾沾自喜。它只不過是在我青春歲月裡，多了一些飄浮不實的雲彩，我該慶幸、還是認命？沒有人能給我答案，只有自己的心裡最清楚。

總部視察過後，我利用一個空檔，在事先未約好的情形下，乘車直接來到古寧頭播音站。

然而，我卻沒有見到黃鶯，也不方便在那裡久候。但，在我準備離去時，卻發現黃鶯和一位老軍官，有說有笑相偕地走來。我本想迎過去，卻不自覺地停下腳步，轉身一閃，我躲過他們的目光。雖然不知道他們的關係，也不清楚他們談論的是什麼，心中一股無名的醋意卻油然而生，讓我嚐到濃郁的酸滋味。

我沒有重新進入播音站，也沒有和她會面的意願，跨上車，囑咐駕駛說：「回去吧。」，但當車子前進時，卻從後視鏡中看見黃鶯揮手跑來，駕駛看看我，我冷冷地說：「走吧！」

我握住擋風玻璃旁的把手，雙眼凝視車窗外，初冬的田野一片微黃，田埂上的雜草早已枯萎，我彷彿是一個落寞的老人，鬱鬱寡歡、神情凝重。當車子走到交叉路口時，右轉便是古寧頭的林厝，進去就是北山，我是否該乘機去看看李小姐，還是回到山谷，守住那份冷清和落寞？

「到古寧頭。」我吩咐駕駛說。

經過古戰場的拱門，雖然第二次進入村莊，但我依稀記得李小姐的家就在那頭，果然不出我所料，坐在院子右邊蚵桌旁剝蚵的正是李小姐。她的臉朝裡、背向外，專心一致地剝著蚵，並沒有發現我。

我站在門外猶豫了一會兒，是該進去看看她，還是不要打擾她平靜的生活？我的心裡充滿著矛盾。

自從她辭職後，一直想來看她，卻始終沒有付諸行動。在探望黃鶯不成的此時才想起她，這樣是否公平？這樣是否對得起當年她關懷我的心意？三年多的相處，雖然沒有衍生出一份卿卿我我的深情，但深藏在彼此內心裡的那份情誼卻依然存在，我沒有理由不珍惜，並非有了新人忘舊人。

她仍然聚精會神地剝著蚵，動作之伶俐和快速，的確需要一段時間的磨練。我不能再把時間浪費在無謂的等待上，快步地跨入大門的門檻，脫口叫了一聲：「阿麗！」

她猛一回頭，手裡拿著蚵刀，快速地站了起來，興奮地叫了一聲：「經理！」

我們面露笑容，四目相對，久久說不出話來。

「好久不見了，妳好嗎？」終於，我先開口說出心中話。

「今天怎麼有空？我以為你早已把我忘了。」她放下蚵刀，順便洗洗手，「裡面坐，」同時看了一下門外，「叫駕駛班長進來喝茶。」

「妳別忙了，坐一會兒馬上就走。」

「別老是緊張兮兮的好不好，」她看了我一眼，順手為我倒了一杯茶，「今天是路過，還是專程來看我的？」

「妳說呢？」我反問她。

「如果我沒有猜錯，絕對是路過。」

「為什麼？」

「如果還惦記著我這個老部屬的話，早就該來了。」

「現在來也不遲啊，」我笑著說：「難道妳要嫁人啦？」

「我不是說過嗎，如果我要嫁人的話，不僅會先通知你，也會帶著另一半，讓你先品頭論足一番，然後再上簽呈，恭請你老長官批示。」她開玩笑地說。

「此話當真？」

「君無戲言。」

「如果我批緩議呢？」

「我就等一等。」

「如果我批再議呢？」

「我就等等再說！」

「如果我批免議呢？」

「我就不嫁！」

「阿麗，妳不愧是我的好伙伴，」我微嘆了一口氣，「真到了那一天，我會寫上：『一、青春歲月有盡時。二、快嫁！三、祝妳早生貴子。』。」

「公文能這樣批嗎？」

「為什麼不可以？」我突然想起，「想當年主任在我的簽呈上寫著：『參謀參謀、要參要謀！』。當然，我如此的比喻或許不恰當……」

「你的意思是說，長官批示的文辭，沒有固定的形式和界限？」她接著說。

「不錯，就是這樣，官大學問大。」我說後，仔細地看看她，「妳曬黑了。」

「每天上山下海，歷經風吹、雨打、太陽曬，能白得了嗎？」她摸了一下自己的臉，笑著說：「想嫁人也沒人要了。」

「在我尚未批准前，誰敢把妳娶走？！」

她淡淡地笑笑，「我煮海蚵麵線給你吃。」

「別麻煩了，以後再來吃吧。」我客氣地推辭著。

「還跟我來這一套，」她白了我一眼，「真是的！」

「好久沒有聽到這種口氣了，我非常想念被大姐您照顧的日子。」

她沒有理我，逕自走進廚房，我倒有些不好意思。如果今天是專程來探望她，讓她招待還情有可原，然我卻是因和別的女人賭氣，才順便來看她的，心中免不了會有一份無名的歉意。

「如果妳真要煮的話，我就幫妳燒火。」我跟著她，走進廚房。

「這還像話。」她得意地笑笑。

她洗了鮮蚵，切了薑絲，爆了油香，我幫她燒火，不一會兒，三碗熱騰騰的海蚵麵線已端上桌。

「我去拿筷子，你去請駕駛班長一起來吃。」她說。

駕駛班長客氣地推辭，我也不能以命令逼他就範，李小姐適時走出來加以勸說：「我在福利站三年多呢，難道你不認識我？」

駕駛班長笑笑，「難怪那麼面熟。」

「那就不必客氣啦，」她催促著說：「快進來吃吧！海蚵麵線又不是什麼好東西，等一下涼了就不好吃啦。」

駕駛班長感受到她的誠意，也就不再堅持。然而，當我準備動筷時，李小姐又從她碗中，挑了許多海蚵放在我的碗裡，我抬起頭看看她，看到的依然是一對關懷我的眼神，內心不禁湧起一股無名的悸動。

「你不是很喜歡吃海蚵嗎？」她深情地瞄了我一眼。

「從妳走後，再也沒有吃過這麼新鮮的海蚵了。」

「想吃為什麼不來找我？」她埋怨著，「難道我還能為你送去！」

我無言以對，只好大口大口地往嘴裡送。

「奇怪，」她突然地說：「我在電視上看到一位歌星，很像藝工隊的王蘭芬，竟然也唱『一朵小花』。」而後問我，「你看過沒有？」

「沒興趣。」我斷然地說。

「她還在藝工隊啊？」她關心地問。

「老早就回台灣去了。」我不屑地說。

「跟你聯絡了沒有？」

「我又不是她什麼人，跟我聯絡幹什麼！」我的語氣有點刺耳。

「怎麼這樣說話呢，大家都是朋友嘛！」她依然關心地，卻突然問：「黃鶯呢？她好嗎？」

我沒有回應她，夾起碗裡的海蚵，一顆顆往嘴裡送。怎麼她現在問的，都是一些我不想聽、也不想回答的問題。

「我問你的話，沒聽到嗎？」她見我久未回答，再一次地問：「黃鶯呢？」

「在古寧頭播音站。」我冷冷地說。

「你去看過她嗎？」

「沒碰面。」我不敢撒謊。

「播音站離這裡很近，我找時間去看她好了。」

「妳為什麼不來看我？」我突然冒出這句話。

「你今天怎麼了，那麼大的火氣是衝著誰來的？」她收起了笑容，有些兒不悅，「我沒有識別證能去看你嗎？想刮別人的鬍子，必須先刮刮你自己！」

駕駛班長眼見我們爭論不休，竟有些尷尬。他快速地把一大碗海蚵麵線吃完，逕行回到車上等候。

「怎麼，妳吃不下是不是？」我喝下最後一口湯，看看她面前的碗，企圖轉換話題，來化解彼此的尷尬。

「難道你還想吃？」她露出一絲笑意。

「老實說，我這輩子沒有吃過這麼好吃的蚵仔麵線，」我說著，把碗挪到她面前，半開玩笑地說：「再給我一點好了。」

「碗裡可留有我的口水喲，」她抬起頭，看了我一眼，「敢吃嗎？」

「笑話，」我索性端起她的碗，分了一小半，「我吃給妳看。」

她睜大眼睛凝視著我，或許是想看看我有沒有這份勇氣吧？我二話不說，三兩口就把它吞進肚子裡，看得她目瞪口呆。

「只要你喜歡，隨時歡迎你來。」她誠摯地說。

是的，我會來，我會經常地來探望妳的，但願不是在見不到黃鶯的時候才想起妳，我目視著她，心裡如此地想著。

雖然沒有與黃鶯會面，卻從李小姐處獲得友情的溫馨，所有的懊惱已一掃而空，我是失？還是得？或許，只有我的心裡最清楚。

次日，我依然在組裡忙著處理一些例行性的公文，儘管有些是「速件」和「最速件」，但似乎沒有什麼能比接受總部視察更重要的，因此，這些公文被積壓好些日子了，我不得不做一次大清倉。

該簽、該會、該呈核、該呈判、該呈閱的文件，經過這些年來的歷練，可說都難不倒我，我也自信沒有出過什麼重大的差錯。然而，一旦忙久了，身心總會感到一絲兒疲憊，我掀開茶杯蓋，隨即飄來一股茉莉花香，我的精神也猛然地一振，當我拿起茶杯輕啜了一口茶，桌上的電話鈴聲同時響起，我習慣地報上代號：「六五一」。

「經理，有位女兵要找你。」是站裡會計許小姐的聲音。

「女兵？」我頓了一下，「妳看清楚她的官階沒有？」

「沒有梅花也沒有槓，是准尉。」她有些兒輕視地說。

「既然是准尉，妳就不能說是女軍官嗎？」我故意糾正她，「請她坐一會兒，我馬上來。」隨即掛斷電話。

我很快就意會到，來客並非是女青年工作隊的女兵，而是著軍裝，佩著准尉官階的黃鶯。

「陳大哥。」她見我推開紗門，趕緊站起來相迎。

「今天怎麼有空？」我一掃昨天的陰霾，關心地問。

「特別請假來看你的，」她含情脈脈地，「昨天怎麼啦，沒聽到我叫你的聲音嗎？」

「可能是車子的引擎聲音太大了。」我撒著謊。

「騙人，」她大聲地頂了我一句，「我明明看見車子停了一下，又加足油門快速地開走。」

我沒有回應她，為她倒了一杯水。

「看見我跟人家走在一起，不高興了是不是？」她拆穿了我的謊言。

「我有說嗎？」我反問她。

「看你的動作就知道了，還用得著說。」

「見不著妳，我的心裡不僅難過也懊惱，再見妳跟人家有說有笑地走在一起，我的心裡感到前所未有的酸楚。」

「這就對啦，」她肯定地說：「這就叫愛，知道嗎？如果你不愛我，你的醋意從哪裡來？你的心從何酸起？但不要忘了，我們的相處，是建立在彼此的互信上，別看到我跟其他男人走在一起，就不高興了。他是誰，你知道嗎？」

「我怎麼知道他是誰。」

「他是我們新來的站長，年紀足可當我的爸爸啦，你吃的是那門子醋啊，大哥！」她解釋著，「今天如果不來給你說清楚，以後還想得到你的愛嗎？」

「對不起，黃鶯，我的確沒有碰到這種情形……」我還未說完。

「這個社會複雜得很，什麼狀況隨時都會發生。」她搶著說：「唯一不要懷疑的就是我對你的感情，別自討苦吃！知道嗎？」她的語氣就像長官訓示般地強硬，讓人有一種壓迫感。

「是的，長官。」我舉起手，向她敬了一個禮。

「少噁心，不生人家的氣就好了！」她笑笑，而後問：「你們會計小姐換人啦？」

「李小姐辭職不幹了，走了好幾個月啦。」我說。

「不是幹得好好的嗎，怎麼辭職了？」她關心地問。

「人各有志，她願意回家剝蚵，」我淡淡地，卻突然說：「我昨天還去看她呢，她煮了一大碗蚵仔麵線請我吃，她家就住在古寧頭的北山，離妳們播音站很近。」

「真的，」她有點訝異，「那我有空也去找她。」繼而地她又說：「見過幾次面後，我發覺李小姐待人很誠懇、穿著樸素、做事勤快，的確很有金門女孩的味道。」

「妳說的一點也沒錯，」我毫不客氣，「新來的這位許小姐，雖然同是金門人，但如果和她比起來，簡直是東坡與西坡，差多！」

「剛才我聽到一句很好笑的話。」她神秘地笑笑。

「什麼話？」我不解地問。

「有人說：我們經理還蠻風流的嘛，走了一個唱歌的，又來了一個女兵。」

「我敢保證，說這種話的人絕對是許小姐。」

「這可是你自己說的喔，別以為我在挑撥你們長官與部屬間的感情。」

「什麼人做什麼事、說什麼話，我清楚得很。」我不屑地，「她自認為學歷高，長得又不難看，不僅高傲，說話更是尖酸刻薄。」

「那個唱歌的，她指的是誰？」

「還會有誰呢，」我毫不掩飾地說：「就是那個王蘭芬嘛。」

「唱一朵小花的那位，是嗎？」

「不錯，就是她，」我坦誠地說：「下班時，如果沒彩排、沒演出，她經常到站裡來找我，有時候東拉西扯彼此也談得蠻投機的，她還想嫁給金門人呢！」

「有這麼好的機會，你為什麼不把她娶下來？」她開玩笑地說。

「本來我也有這個打算，但她卻挑不動一擔水，」我笑著說：「而且她也知道，我愛的是黃鶯。」

「這個女孩長得嬌小玲瓏、漂漂亮亮的，不僅活潑大方，看來也蠻熱情的，歌聲更是沒話講。在小金門演出時，掌聲不斷，簡直讓觀眾拍紅了雙手。」

「李小姐還看到她上電視唱歌呢，真是臭屁！」

「真的？」她感到十分的驚訝，「以她的美貌和聲韻，絕不比其他歌星遜色，未來一定是歌壇上一顆閃亮的星星，我們應該給她祝福才對，怎能說是臭屁呢？」

「台灣歌星一大堆，有什麼好希罕的。」我不在乎地說。

「別那麼絕情好不好，她不是跟你很熟嗎？」

「那是以前的事，」我不屑地說：「人，都是善變的，一旦成名，就會忘掉一切；爾後碰面，也會裝著不相識。」

「那倒也不見得，必須看交情。」

我沒有和她再談論王蘭芬的勇氣，倘若讓她知道我們之間曾經有過纏綿的一刻，她絕對沒有李小姐的肚量，屆時，會以什麼式樣的目光來看我？我在她心中美好的形象，勢必也會付諸水流。李小姐說女人是可以騙的，為了顧及自己，我騙了黃鶯，卻始終沒有騙過她，因為她比其他女人更瞭解我。

午餐的鈴聲已響，如果是李小姐的話，她會問：「經理，客人要不要一起午餐？」，而現在，這份關懷已隨著李小姐的辭職而不再。如果貿然地帶黃鶯和站裡的員工一起用餐，別的員工不致於說閒話，許小姐就難說了。何日始能讓她的高傲化成謙虛，這似乎是我的責任，但這個任務並非三天五天可完成，或許要有恆心和耐心吧！

為了避免碰到心戰大隊的長官，我並沒有帶黃鶯到文康中心午餐，而是囑咐工友到臨近的小吃部，煮了簡單的麵食，切了些滷味，帶回站裡當午餐。雖然我再三地感到歉疚，但她似乎一點也不在意。

「吃飯何必講排場，」她為我擦拭著碗筷，「你不覺得我們中間只隔著一張小茶几，兩人的身軀竟是那麼的貼近，讓我深深地感受到家的溫暖。」

我拿起她的碗，準備為她盛麵，她趕緊搶了過去。

「我來，」她熟練地夾起麵，又添了一些湯，「這碗給你。」

「妳先來，」我把麵放在她的面前，「妳是客人呢！」

「客人？」她重複我的語氣，深情地看看我，「你把我當客人？」

「我的嘴雖然把妳當客人，但我的心早已把妳當成是自家人了。」我笑著說。

「真的？」她高興了一下，很快地又收起了笑容，「我可能會和王蘭芬一樣，挑不動一擔水。」

「水由我來挑，妳負責煮飯，」我誠摯地說：「這樣妳可以放心了吧？」

「距離這個日子，不知還會有多久？」她沉思了一會，「但願不要落空才好。」

「對未來，我們必須要有信心……」

「社會的變化著實太快了，的確讓人憂心。」她心有所感地說：「軍中和社會沒有兩樣，雖然講的是軍紀，但兩三位女生穿插在眾多的男生群裡，難免會引起許多是非，尤其是碰到一些自作多情的老兵，有時也會讓人心生恐懼。」

「那些老兵也是蠻可憐的，少小離家老大不能回，心理難免會失衡，當他們想得而得不到時，往往會失去理性，什麼不法的事都做得出來。尤其是男女間的感情糾紛，更是屢見不鮮，特約茶室就發生過許多案例，甚至還出過人命。」

她沉默不語，雙眼凝視著我，是否遇到什麼難題呢？

「怎麼了，」我關心地問，「碰到自作多情的老兵啦？」

「不，碰到一個神經病，」她黯然地，「別管他了，我們快吃吧，還得趕回去上班呢！」

「有什麼困難或解決不了的事要告訴我，畢竟這裡是防區最高政戰單位，我處理不了的事可以請長官幫忙，如果悶在心裡不說出來，一旦發生不能挽回的事，那就遲了。」

「別想那麼多啦！」她安慰著我，「如果真有什麼事，我自己也會處理的，別為我操心。」

「那就好。」我看看她，也給予她勇氣。

「不過有一件事不得不說，」她神情凝重地看著我，「這一年是我與心戰大隊的最後一份合約，一旦到期，絕不再續約。到時，如果不能留在金門和你廝守在一起，我就回台灣的育幼院，終身為那些孤苦無依的孩童們服務。」

「屆時，我會給妳一個最滿意的答覆，」我語氣堅定地說：「希望妳相信我。」

「陳大哥，我會衷心地等待這一天的來臨。」她滿意地笑笑。

「黃鶯，這是我們共同的期待，但願美夢能成真！」

冬陽溫煦地映照著景緻悅人的太武山谷，雙旁挺拔的木麻黃翠綠依然，我送她步下台階，雖然是暫時的分離，但那依依的離情，卻明顯地寫在她的臉上。

目送她搭車離去，內心竟感染了一份淒涼的況味，明年的此時，我勢必會給她一個驚喜，一份無怨無悔的承諾……

第十六章

黃鶯在古寧頭播音站服務時間未到，卻又被調回馬山播音站，其中是否有什麼蹊蹺，我不得而知，她也不願加以說明。但我卻從心戰大隊王少校那裡得到消息——黃鶯被同站的一位電機官糾纏不放，讓她承受前所未有的壓力和痛苦，大隊長接獲報告後，惟恐發生意外，因此，把她與馬山的另一位播音員對調服務。

據說那位電機官姓孫，年紀不小，無家無眷，平日獨來獨往、言行怪異，又有一點神經質，幾杯黃湯下肚，更是不怕天地、不懼鬼神，掛了好幾年中尉仍無法獲得晉升，明年必須屆齡退伍。

自從黃鶯調來後，知道她出身孤兒院，善良好欺，就百般地糾纏，從請她吃飯到看電影，從愛她到討她做老婆，簡直是厚著臉皮無所不言，無所不為，死命糾纏，讓黃鶯苦不堪言。

或許，她深恐我為她煩惱，才忍下不說，但我能明知而不聞問嗎?那是說不過去的。

開完「金一德」黨員大會的那天，內心的壓力頓時減輕了許多。下班後，我向組長借了車，直驅馬山見黃鶯。站長知道我的來歷後倍加客氣，但我並沒有窩在站裡影響他們的工作，而是向他報告後，帶著黃鶯在營區內晤談。

我們面對草嶼，聆聽浪拍岩石的聲響，雖然冬天凜冽的寒風吹襲著我們的臉龐，但內心卻始終感受到相聚時的暖意。

「大隊部的王少校已告訴我一切，碰到這種情況，的確讓人痛心。」我關心地說。

「為了怕你煩惱，我忍了很久都不敢告訴你，但你還是知道了。」她心有餘悸地說：「這個社會實在太恐怖了，他的年紀足可做為我的父親，平常我們也以『孫叔』來尊稱他，想不到世風日下、人心叵測，他竟然動起歪腦筋，要我嫁給他。陳大哥，你說離譜不離譜，恐怖不恐怖。」

「如以人性的觀點而言，這種人值得同情，但如以他的言行來說，這種人不值得我們尊敬，甚且還要嚴加譴責！」我憤怒地說。

「站長對這種人也是百般無奈，同仁們更是敬而遠之，但大家似乎都有一份共識，就是可憐他年紀那麼大，孤家寡人一個，明年即將退伍，忍忍就過去了。」

「不，那是一種錯誤的想法，難道他們不懂得『姑息養奸』這個簡單的道理?!」

「本來有些事我也不願意講，更不願意讓你知道替我操心，」她神色凝重地看看我，「有一次他還口出狂言，如果我不順從的話，要殺我！」

「什麼？」我驚訝地，「他敢這樣講，那是恐嚇罪啊，一旦告到軍法組，他要接受軍法制裁的！」

「這件事我也曾經向站長報告過……」

「站長怎麼講？」我急促地問。

「站長說，他可能是一時的氣話，不敢這麼做的，要我儘管放心，不要理他就是。」

「要不要我先向政三組報告一下，他們管的是軍紀和監察，絕對治得了這些軍中敗類！」

「我看算了，如此一來對站長也不好交代；況且，我現在也離開那裡了，如果他想發瘋，也不會跑到這裡來。」

「既然這樣，妳自己要多小心，別忘了小人和瘋子最難防。」

「我會的，陳大哥，」她深情地看看我，「別為我擔心，但你也要相信我對你的愛，往後的我，必是你沉重的負荷。」

「如果妳真的喜歡這個島嶼，願意和我回歸田園，一起生活在這片土地上，黃鶯，妳將是我最甜蜜的負荷！」

「我願意的，陳大哥。倘若真到了那一天，我絕對能挑得起一擔水。」

「別把此話當真，那是針對王蘭芬說的，妳黃鶯不在此限。」

「不，我願意接受考驗。」

「只要妳有這片心就好，我不會讓妳受苦、受難的。」

「有你這番話就夠了，我還想冀求什麼？」

「什麼都不必去想它，該想的是明年的冬天到，後年的春花開。」

「陳大哥，你會等我的對不對？」

「當然！」

「有你這句話，我死也無憾了！」她說後，突然拉起我的手，緊緊地握住。

我雙眼凝視草嶼微弱的燈火，耳旁依然是巨浪翻騰的濤聲，雖然寒風颼颼，冷氣逼人，今晚的探視，或許勝過無數的關懷，今晚的承諾遠勝千百句：「黃鶯，我愛妳！」……

我們緩緩地走著，雖然周遭有微弱的燈光閃爍，但走在陰森的林木下，依然會有一份恐懼感。

她緊緊地偎倚在我身旁，撲鼻而來的是少女淡淡的幽香和髮香，一股想摟住她的衝動油然而生，但這畢竟是營區，馬上就要關閉陣地的第一線，我絕不能有輕浮的舉動和低賤的行為。

「哦，忘了告訴你，前些時李小姐到播音站來看我，還帶了一罐煮熟的鹹海蚵。她用生薑和鹽一起煮，然後把水倒乾再裝罐，可以保存很多天，不僅可口也很下飯。那時因為心情不好，沒有和她深談，如果碰到她，別忘了代我向她致謝。」

「李小姐人很隨和，是一個能克苦耐勞、勤儉持家的典型蚵家子女，三年多的相處，除了分擔我的公務外，私下就如同大姐般地照顧我，讓我非常感激。」我坦誠地說。

「她不是幹的好好的嗎，和你合作又那麼愉快，為什麼會辭職？這一直是我百思不解的問題。」

「問題的癥結，或許是出在我從小金門檢查業務回來的時候，」我毫不隱瞞地說：「那天和妳分別後，我的情緒一直很低落，回到站裡看到桌上那疊卷宗，心裡相當懊惱。當晚餐的鈴聲響起時，她好心地來提醒我到餐廳吃飯，我不分青紅皂白地，順勢數落她沒有幫我處理公文的不是，讓她相當氣憤。從此之後，她把我委由她保管的職章還給我，只管她的會計業務，再也沒有幫我批閱過任何一件公文，除了公事，也沒有和我說過一句題外話，不久竟提出辭呈，任我再三地挽留，亦不為所動，讓我感到相當的難過。」

我說著說著，竟有些哽咽，「到了為她辭行的那晚，站裡所有的同仁在文康中心聚餐，我喝了不少酒，她好心地為我端來一杯茶，我眼見良機不可失，有必要和她懇談，來化解彼此間的誤會。於是我們環繞著太武山谷，談了很多、談了很久，讓所有的誤解冰釋，才能保住這段可貴的情誼。」

「我相信李小姐是一個有情有義的女性，爾後勢必也是我們的知交。」她肯定地說。

「但願如此。」我坦然地說。

馬山連的哨兵已拉出了「拒馬」，陣地很快就要關閉，除了有夜間通行證，要不，休想越雷池一步。這方島嶼是戰地金門，這裡是第一線的馬山，身為擎天部隊的職員，當然瞭解部隊的法令和規章。

「好了，陣地就要關閉啦，」我輕拍著她的肩，「進去吧，有空再來看妳，保重！」

她無語地點點頭，緩緩地往前走。我目視著她走進那條寬闊的壕溝，眼見她的背影消失在左側的坑道裡。我佇立在停車場，仰望繁星燦爛的夜空，久久沒有跨上車。雖然只是短暫的分離，卻讓我感受到離別時的愁滋味，我的視線一片模糊，竟然看不見遠方那盞閃爍的燈光……

過慣了按表操課的軍中生活，幾乎把農曆的節令全然給忘了。轉瞬間，冬至過後就是尾牙，一年一度的春節就那麼悄悄地降臨人間，又是組裡最緊張、最忙碌的時刻。

剛陪同長官到離島慰問，緊接著又是「台灣省各界春節金門前線勞軍團」的到來，組裡所有的參謀人員，已不受職掌的侷限，在組長的領導之下，幾乎個個全身投入，相互支援，務求辦得盡善盡美；沒有任何的缺失，讓駐守在這塊島嶼的官兵，感受到年節歡樂的氣氛。

勞軍團由「中華民國軍人之友社」理事長陳茂榜先生擔任領隊，團員除了民間團體的負責人外，並有國內知名演藝人員和影歌星隨行演出。雖然他們年年來勞軍，但年年都造成相當大的轟動。

官兵最關心、最樂意見到的，似乎不是勞軍團送給防區的一百萬元加菜金，而是想親眼目睹影歌星美艷的姿色和精湛的演技。儘管康樂官費盡心思，每一個師和海、空指部，防砲團各安排一場，但還是不能滿足十萬大軍的需求，真正能觀賞到的或許還不到十分之一。

勞軍團最後一場晚會，演出地點是擎天廳，由司令官親自主持。然而，當我無意中看到勞軍團員名冊和節目表時，赫然發現一個熟悉的名字——王蘭芬。無論是籍貫和出生年月日，都與我認識的王蘭芬相吻合。從名冊上得知，她不僅是電視公司的基本歌星，也同時在「麗聲歌廳」和「金龍酒店」駐唱。我非但沒有感到訝異，甚至內心還湧起一股不屑的鄙笑，歌星又有什麼了不起！

王蘭芬已隨勞軍團來了兩天，並沒有主動和我聯絡，也沒有尋找我的任何訊息，或許早已忘了曾經在金門留下的那段情，以及許下的諾言。新到任的司令官、主任和組長，調動頻繁的長官和同僚，似乎也很少人會認識曾經在藝工隊服務過的她。倘若說有人會記得，或許是那些長久待在金門的高官駕駛和廚房的炊事班長們，以及一些在金門等待反攻大陸的老芋仔。

我沒有刻意地迴避，也不會主動地和一位歌星攀交情，和往常一樣，我和康樂官坐在工作人員的位置上，等候長官臨時的差遣。

節目一個個進行，明星與歌星相互交叉出場，每一個節目都受到熱烈的掌聲，每一個掌聲都是官兵內心最誠摯的喝采。而在王蘭芬尚未出場時，我的心裡始終有一份壓迫感，想看她一眼的心意竟是那麼地強烈，儘管爾時那份感情已不存在，但人與人的相處難道就沒有別的情分？往往，能輕易得到的不想得，此時冀望看她一眼，卻那麼地難，我的想法雖然可笑，但並沒有遺憾。

「下一個節目，讓我們以熱烈的掌聲，歡迎王蘭芬小姐出場，」節目主持人以感性的口吻介紹著說：「王蘭芬小姐不僅是電視公司的基本歌星，也同時在麗聲歌廳、金龍酒店駐唱。首先為諸位朋友們帶來的是一朵小花，讓我們以熱烈的掌聲，歡迎王蘭芬小姐……」

台下如雷的掌聲，彷彿要把這個名揚中外的地洞震垮才甘心。樂隊奏完前奏曲，出現在舞台上的，果然是與我相識的王蘭芬。她穿著一襲鑲著亮片的銀白色低胸晚禮服，露出白皙的肌膚，頸上掛著一串珍珠項鍊，腳蹬白色高跟鞋，烏黑的長髮披肩，展露出一副高貴優雅的明星姿態，在柔和的燈光映照下，更像是一顆熟透的紅蘋果。

不錯，她就是王蘭芬，那個挑不動一擔水的王蘭芬；那個口是心非的王蘭芬，那個曾經和我相擁相吻的王蘭芬；那個差一點就失身於我的王蘭芬，一份無名的鄙夷，從我不平衡的心裡，不斷地衍生出來。我斜著眼，不屑地看了她一眼。

她戴著白色的薄紗手套，右手持著麥克風，左手拿著一朵不知名的小花，當那美妙的歌聲一出口，台下隨即響起震耳的掌聲，但我卻出奇地冷漠，並沒有附和。

她唱著、唱著，竟然走下舞台，邊唱邊和第一排的高級長官以及夫人們握手，長官和夫人喜悅的神色溢於言表，後面的掌聲更是不絕於耳。當她來到左邊的工作人員席位旁，卻在我的身邊停留下來，含笑地把手中的小花遞給我，而後輕輕地把我從座位上拉起，緊緊地牽著我的手，高聲地唱著：

我要和他帶著小花一起回家
陪他騎著白馬去到那山上的古樹下
啊……
同看雨後雲空的片片彩霞
片片彩霞……

我手拿著小花，傻傻地站在她的身旁，聆聽她把歌唱完。雖然有幾百對羨慕的目光注視著我，熱烈的掌聲也連綿不斷，但我並沒有因此而感到光彩，反而有一種受羞辱的感覺。

「陳大哥，」唱完後，她依然緊緊地牽著我的手，含笑而低聲地說：「回來二天了，我知道會在這裡見到你，所以沒有先和你連絡，千萬別見怪。時間實在太緊湊了，不能跟你詳談，我會寫信給你的，多保重！」她說後，緩緩地走著，並不停地揮手向熱情的官兵致意，引來更多的掌聲。

「朋友們，情人的眼淚，我們再次以熱烈的掌聲，歡迎王蘭芬小姐！」節目主持人以嘹亮的聲音說。

王蘭芬走上舞台，樂隊已奏完前奏曲，她雙眼凝視著我，神情黯淡地唱著：

為什麼要對你掉眼淚
你難道不明白為了愛
祇有那有情人眼淚最珍貴
一顆顆眼淚都是愛　都是愛
為什麼要對你掉眼淚

你難道不明白為了愛
要不是有情郎跟我要分開
我眼淚不會掉下來　掉下來

好春才來　春花正開
你怎捨得說再會
我在深閨　望穿秋水
你不要忘了我情深　深如海

為什麼要對你掉眼淚
你難道不明白為了愛
要不是有情郎跟我要分開
我眼淚不會掉下來　掉下來
我眼淚不會掉下來　掉下來

王蘭芬唱完後，內心似乎隱含著太多的感傷，竟收起了原先的笑容，神情黯然地向台下深深地一鞠躬，台下的掌聲和尖叫聲依舊持續不斷，似乎有欲罷不能之情勢。儘管有高級長官和夫人們在座，但仍然擋不住熱情官兵渴望「再來一個」的叫聲和掌聲。

主持人見狀，趕緊走近她身旁，阻擋她走回後台的腳步，也讓台下響起更熱烈的掌聲和「再來一個」的喊叫聲。

她和主持人細聲地交換了一下意見，含笑地停頓住腳步。

「朋友們，我們再次以熱烈的掌聲，歡迎王蘭芬小姐為我們演唱負心的人！」主持人興奮地比畫著「請」的手勢，台下再次響起震耳的掌聲。

她微動了一下婀娜的身姿，露出一絲親切迷人的笑容，微微地朝觀眾席上點點頭、笑笑。當樂隊奏完前奏曲，她隨即收起笑容，以些許悲傷的神情面對觀眾，以一對哀怨的眼神望著我，柔聲而感傷地唱起：

櫻紅的唇　火樣熱烈的吻
也不能留住負心的人
難道說你是草木　不能夠教你動心
愛你也深　恨你也深
整日裏抹淚痕　獨自抹淚痕

我悔恨　我悔恨　我悔恨對你痴心
啊……負心的人　負心的人

一滴情淚　一顆破碎的心
也不能喚回遠去的人
往日的海誓山盟　像春夢一樣無痕
愛你也深　恨你也深
惆悵中暗傷神　獨自暗傷神
我悔恨　我悔恨　我悔恨浪費青春
啊……負心的人　負心的人

無限的愛　換來無限的恨
到頭來剩下我一個人
盼望你早日歸來　默數著無盡的晨昏
愛你也深　恨你也深
將你心換我心　才知相憶深

我悔恨　我悔恨　我悔恨守到如今

啊……負心的人　負心的人

唱完這首歌，她的內心或許有太多的感觸，眼眶竟盈滿著淚水，在掌聲和尖叫聲的鼓動下，在燈光柔和的映照下，反射出兩道晶瑩的淚痕。尤其是她那豐富的情感，融合著美妙的韻律和扣人心絃的肢體語言，更讓全場觀眾如癡、如醉、如狂，要用掌聲震垮這個名揚中外的擎天廳才甘心。

然而，是誰負了她？誰是她心中的負心人？她又為誰抹淚痕？想不到聽完這首歌，竟引起我太多的感傷，久久，我的情緒無法平復。

晚會結束後，勞軍團乘著接待專車走了，我並沒有再見到王蘭芬。處理完一些瑣事後，我和組長、康樂官一起走出擎天廳。

「你認識王蘭芬小姐？」組長訝異地問。

我微微地點點頭，笑笑。

「豈止認識，」康樂官含笑地看了我一眼，「還是老情人呢！」

「別出我的洋相好不好。」我不屑地說。

「是不是你負了她啦？」組長笑著說：「難道你沒看見，她唱這首歌的時侯，一直面對著你，而且還唱出了眼淚，讓那些夫人感動不已。」

「人家是名歌星，能記住我這個小人物就不錯了，我哪有什麼本事去負人家。」

臨上車時，主任辦公室的楊秘書匆匆地跑來，猛力地拍了我一下肩膀，遞給我一個牛皮紙袋，興奮地說：「王蘭芬給你的書和信，想不到你小子還有這一手，真讓人羡慕啊！」

「別大驚小怪好不好，」我接過紙袋，坦然地說：「如果貴官對她有意思的話，我來幫你們介紹好了。」

「此話當真？」楊秘書笑著說：「如果是我，絕對不會做一個負心的人。」

「快走，老闆出來了！」我順手一指，胡亂地說。他轉頭一看，我卻逕自上車，沒有心思和他繼續談下去。

在回程的車上，駕駛好心地扭亮車內那盞小燈，我打開封口，取出信箋，在微弱的燈光下，王蘭芬娟秀的字，一個個映入我的眼簾。

陳大哥：

很高興又回到這塊我魂夢相繫的土地上和你見面，但我此刻依然挑不動一擔水，或許和你廝守終生的美夢暫時不能如願，然我並沒有絕望，我冀求的是往後的人生歲月，而不是現在。

金門是我此生難得的回憶，你是我永恆的記憶。雖然置身於繁華的台北市，在五顏六色的霓虹燈下討生活，但我並沒有放縱自己，也沒有因盛名而忘我，更沒有墮落和頹廢，這是我自認為對得起你的地方。

人生在世，唯一追求的是名和利，一旦擁有它，卻又感到它俗不可耐，這是我切身的領悟。然而，卻也有：人在江湖身不由己的無奈，一份合約書，猶如是一張賣身契，在時間上，必須遭受人家的控制和擺佈。錄音、錄影和演唱，幾乎已排滿檔，經常在三更半夜始能回家休息，這也是我疏於寫信給你的最大原因。我深知你心裡會不痛快，但我更清楚你是一個明理的人，因此，我冀求的是你的諒解而不是同情。

明天一早，又將離開金門，不能和你相聚，是我此行最大的遺憾；但我深信有一天，必然會回到這方島嶼，尋找我青春歲月留下的愛。屆時，希望我能挑起一擔水，好好親手為你做羹湯。

為你帶來《中國文學史》與《西洋文學史》各乙冊，但願你會喜歡。

別了，陳大哥，在我尚未回到這塊島嶼時，冀望我們能在台北相聚；我衷心地期待著、等待著你的光臨。

王蘭芬

讀完王蘭芬的信，我的內心並沒有太大的起伏波動，也沒有被她的美麗和歌星的頭銜以及信上的甜言蜜語迷昏了頭，似乎比往日更加地冷靜和坦然。

車子經過太武圓環，驟然間，我的情緒竟陷入在一陣低迷的氛圍裡。仔細地一想：我並非是她的歌迷、亦非忠實觀眾，留下這封信並沒有什麼特別的意義，也沒有什麼可資炫耀的地方。

難道想留下它做為往後的證據，在得不到她時侯，再以這封信來打擊她的聲譽、破壞她幸福美滿的家庭？抑或是打著她的名號、沾著她的光環，在外招搖撞騙？我不禁從內心裡發出一聲冷笑，這何曾是我為人的原則，一切就歸於命運，順應自然吧？！況且，我已有了黃鶯，王蘭芬的身影勢必會逐漸地從我的記憶中消逝。

於是我把它撕得粉碎，一片片往車窗外丟棄，讓它隨風飄盪，讓它隨著無情的歲月，消失在這個深山幽谷裡……

我又從提包裡取出那朵小花，聞到的竟是一股刺鼻的野花香，我不加思索地、用力把它丟進明德池塘。倘若蒼天有眼、歲月有情，那朵小花必會浮出水面、漂到岸邊，重新萌芽，讓燦爛的花朵，綻放在浯鄉這片純淨的土地上、永不凋謝；倘若不能，就讓它永遠沉沒在水底，腐蝕在爛泥堆裡吧………

當我觸摸到那二本厚重的線裝書時，卻沒有把它丟棄的勇氣，我抱在懷裡仔細端詳，雖然看不到王蘭芬的影子，但的確要感佩她的細心。或許，在我心中，這二本書的份量遠勝我對她的愛，這似乎也是她唯一瞭解我的地方……

第十七章

在防區最高指揮體系裡，除了臨時事件或突發狀況外，一切活動和作息，似乎都沿襲著舊有的模式。儘管司令官和主任經常異動，但年節慰勞慰問和春節遊藝競賽，都是遵循著爾時頒佈的法令規章，實施迄今、少有變動。尤其那無情的時光輾轉之快，的確令人有措手不及之感。去年春節的鑼鼓聲尚在耳旁繚繞，今年又快速地響起震耳的鞭炮聲，如此地年復一年，更讓人有韶光易逝，年華不再的感嘆。

遊藝活動結束後，我帶著一份禮物，準備了一個紅包，來到古寧頭北山，除了禮貌性地向李家伯母拜年外，也順便看看久未謀面的李小姐。雖然她已離職很久，又不常見面，但人總是有感情的，我依然沒有忘記她爾時對我的關照，甚至還親自到播音站看黃鶯，我有義務當面向她致謝。

下了車，我快速地踏進李家大門，院子的蚵桌旁，坐著三位女生聚精會神地剝著蚵，我興奮而高聲地說：「新年好！」，

「是你，」李小姐訝異地，她們同時抬起頭，含笑起站了起來，「忙完啦？」李小姐問。

「剛結束，」我笑著，並把眼睛轉向另一旁，「妳是張素霞，妳是楊玲翠對不對？」我指著她們，「真的是好久不見了！」

「總算沒把我們忘記。」楊玲翠說。

「忘記倒不會，」我看看她們，竟脫口而說：「我以為妳們已經嫁人了。」

「大姐都還沒嫁，」張素霞指著李小姐笑著說：「我們怎能搶先。」

「原來是她誤了妳們的青春啦，」我看看李小姐，而後對著她們說：「妳們就幫她做做媒，讓她快一點嫁，很快不就輪到妳們了嗎？不過在我尚未批准她嫁人的時候，如果妳們不幸奉子之命而等不及，當然可以先嫁人。」想不到我話一說完，卻讓她們紅了臉。我仔細地一想，的確有失言之處，於是趕緊轉變話題，問李小姐說：「阿姆呢？」

「媽，我們老長官來向您拜年啦。」李小姐朝著右廂房大聲地喊著。

伯母不好意思地走出來，我迎上前，畢恭畢敬地說：「阿姆，新年好！」順手取出紅包，雙手遞給她，「祝您新年快樂，身體健康！」

「歹勢啦，歹勢啦！」她猛搖著雙手，不肯接受。

李小姐見狀，走了過來。接過我手中的紅包，看了看，而後對著老人家說：「媽，您看到沒有，紅包袋依舊印著司令官贈，您就別跟他客氣了。」

伯母白了她一眼，而後對我說：「年年拿你的紅包，真歹勢啦！」

「阿麗沒說錯，是我代表司令官送的，」我趕緊幫腔打圓場，「一點小意思，不成敬意，您就收下吧。」

「好了，媽，」李小姐把紅包放在她的手中，「天氣那麼冷，他又剛忙完，您就煮一碗蚵仔麵線犒賞他，不就成了。」

伯母點點頭，笑笑，緩緩地移動腳步。

「不啦，下次再來吃，我還有事。」我推辭著說。

「有事，有什麼事？」她不解地，「年年辦完遊藝競賽，不都沒事了，今天還有什麼重大的事？」

「黃鶯要到我家，」我據實相告，「我要到馬山接她。」

「天氣那麼冷，吃一碗蚵仔麵線暖暖身再走，又能耽誤你多少時間，」她不屑地白了我一眼，「真是的！」

「人家急著去會女朋友，怎麼吃得下。」楊玲翠以諷刺的口吻說。

「可不是，」張素霞也插上嘴，「擔心人家受寒挨凍，人家可曾關心過妳上山下海受風寒。這個年頭，好心不會有好報的，還不死心！」

「妳們吃錯藥了是不是，」李小姐笑著說：「別替我擔憂好不好？」

「不是擔憂，是不平！」楊玲翠咬牙切齒地說。

「我早就告訴過妳們，別亂點鴛鴦譜，妳們偏不信，這一下可看清楚了是不是？」李小姐淡然地，卻又突然地說：「年前台灣來的影歌星勞軍團，妳們看過沒有？」

「在金西文康中心看的，」張素霞面對她說：「那天人真多，擠了老半天才擠進去，其實節目並沒有什麼特色，大家想看的是那些影歌星美艷的面貌。倒是一位叫王蘭芬的歌星，她不僅人長得漂亮，台風和音色也不錯，可說是唱作俱佳，她個人就唱了五首流行歌曲，可說是風靡全場、欲罷不能，簡直讓全場觀眾瘋狂到了極點。」

「有沒有唱一朵小花？」李小姐問。

「有啊，妳怎麼知道？」張素霞看看她，興奮地，「我聽過很多位歌星唱這首歌，就是沒人能像王蘭芬唱出它的韻味。當她唱起負心的人時，或許投入太多的感情，台下的觀眾眼睜睜地看著她腮旁掛著二串淚水，讓大家感動不已，我也差一點落淚。」

「扮戲空，看戲戇。」我以鄉土俚語作比喻，低聲而不屑地說，但還是被她聽見。

「不要笑我看戲戇，」張素霞不認同我的說法，「如果你聽到她的演唱，也會被感動的，除非你是鐵石心腸。」

「唱來唱去還不是那幾首歌，有什麼了不起的。」我說。

「每位歌星都有幾首招牌歌，別人是模仿不出來的。」她辯解著。

「王蘭芬是老金門，妳們知道不知道？」李小姐告訴她們說。

「真的，」楊玲翠訝異地，「住在什麼地方？」

「跟他住在一起。」李小姐指著我，笑著說。

「什麼？」張素霞一臉的驚訝，「不可能吧！」

「我是說同住在一個營區。」李小姐哈哈大笑，而後解釋著說：「王蘭芬以前在金防部藝工隊服務過，不僅和我們經理很熟，也是很談得來的老朋友。」

「原來喔，」張素霞仔細地打量我一番，「看來傻傻的，還真有女人緣呢！」

「我倒不認為他傻，」楊玲翠一臉的正經，「只是擔屎無偷食而已。」

我呆呆地站在一旁，沒有回應她們一言一詞，任由她們消遣。

不一會兒，伯母已端出來好幾碗蚵仔麵線，連同駕駛，圍成一桌。在這個寒氣逼人的天氣，的確是吃在嘴裡，暖在心裡。

坐在我身旁的李小姐，不斷地從她碗中，挑出又肥又大的鮮蚵放在我的碗裡，我是毫不客氣地全數盡收、大快朵頤，但卻引起張素霞和楊玲翠的抗議。

「怎麼啦?!」張素霞看了她一眼，「頂著大風大浪，好不容易剷回來一擔蚵，又得在這個大冷天裡，一顆顆來剝，把手都凍僵了；煮熟了又捨不得吃，拚命往人家碗裡送，這又何苦呢？」

「人家可是嘴裡吃著妳剝的海蚵，心想的是遠在馬山的小美人，難道妳忘了，自古多情空遺恨啊！」楊玲翠說。

「少說兩句沒人會把妳們當啞巴，」李小姐笑著說：「再說下去，一旦讓人家變臉，妳們可要負全責的。」

「你會那麼沒有風度嗎？」張素霞笑著問我。

「妳問問阿麗就知道了。」我看看李小姐，笑著說：「有這麼又肥、又大、又鮮的海蚵吃，妳們現在罵我絕不還口，打我也不還手。一旦吃完海蚵，情況馬上改變，因此，我建議妳們要罵、要打，要趁早。」

「好了，別盡說些廢話啦，」李小姐收起了笑容，問我說：「你和黃鶯約好了沒有？」

「在電話中講好的，」我無奈地說：「轉了幾個總機，聲音實在太小了，不知她聽清楚了沒有。」

「不是剛調來古寧頭播音站嗎，怎麼那麼快又調到馬山去？」她關心地問。

「她被一個變態的老北貢糾纏著，還口出狂言威脅她，大隊部惟恐發生意外，不得不把她調離。」我坦誠地說。

「難怪我上一陣子去看她的時候，她的情緒非常低落，我也不好意思問明原委。」

「她說妳帶了一罐煮熟的鹹海蚵送給她，要我見面時向妳道謝。」我突然笑著說：

「什麼時候帶她到妳家來吃蚵仔麵線好不好？」

「什麼？」張素霞瞪著我說：「帶女朋友到老情人家裡吃蚵仔麵線，你還真有學問呢！」

「別胡扯好不好，」李小姐白了她一眼，「我和黃鶯本來就很熟。」而後轉向我，「什麼時候帶她來都可以，反正我天天在家，萬一下海剷蚵，在家稍待一會兒，漲潮時就會回來的。」

「設想還真周到，」楊玲翠不屑地，「真不知道妳為誰辛苦、為誰忙？」

李小姐並沒有理會她，繼續對我說：「吃完後你就上路吧！免得讓她等太久。」

我喝下最後一口湯，以一對感激的目光凝視著她。然而，當她送我上車時卻又問：「王蘭芬來金門勞軍時，有沒有和你會面？」

「在擎天廳碰了面，」我坦誠地說：「她唱一朵小花的時候，竟走下舞台，除了和那些大官一一握手外，最後卻走到工作人員的席位上，輕輕地把我從座位上拉起來，把手中的小花送給我，牽著我的手，唱起：我要和他帶著小花一起回家，陪他騎著白馬去到那山上的古樹下……，在那麼多人面前，簡直讓我出盡洋相。」

「有沒有單獨見面？」她關心地問。

「沒有，晚會散場後她們就走了，」我頓了一下，「她請主任的秘書帶給我一封信、二本書……」

「信上寫些什麼？」她急促地問。

「一堆廢話，」我看了她一眼，「看過後我把它撕成一片片，沿途丟棄在太武山谷，那朵小花也扔進明德池塘裡，唯一留下的是那二本書。」

「你還是那麼固執，書比王蘭芬重要是不是？」她似乎不認同我的做法，「為什麼就不能把她當成朋友來對待！」

「她走她的陽關道，我過我的獨木橋。人生嘛，本來就是這樣，認清自己的角色和身分，比什麼都重要。」

「摸摸良心、想一想：王蘭芬貪圖你什麼？」

「那是她自作自受。」

「絕情！」她怒指著我說。

「我又負了誰呢？」我強辯著，逕行上車離去。

迎著刺骨的寒風，車子經過頂堡、后盤山，直往沙美方向奔馳，沿途依稀可聽到鑼鼓的餘音，不久即可進入官澳的村郊，馬山就在不遠處。

今年或許是我們關鍵性的一年，如果沒有什麼意外，一待黃鶯約滿，我勢將不顧一切，陪她步入我們夢想中的新世界，過著與世無爭的幸福時光。相信這個醉人的美夢，在明年春花綻放的時節裡，即可達成，我衷心地盼望著、等待著……

當車子左轉進入通往馬山那條泥土路時，在右邊不遠處的木麻黃樹下，我隱約地看到一個熟識的身影和一位軍人在爭吵。

當車輪繼續向前滾動時，我把頭伸出車窗外，睜大眼睛一看，她竟然是黃鶯。我囑咐駕駛就近停下，快速地奔跑過去，黃鶯一見到我，猶如是一隻受到驚嚇的小白兔。

「陳大哥……」她直撲我的懷裡，放聲地哭了起來。

「怎麼啦？」我輕拍了她一下肩膀，關心地問，「妳怎麼會在這裡？」

「我等了你很久，不見你來，走了一段路，卻碰上這個瘋子……」她低聲地告訴我，而後又驚恐地哭泣著。

我抬起頭，定神地看著和她爭吵的這位軍人，一眼就認出是一個上了年紀的老北貢。只見他歪斜的軍帽下是一臉的橫肉，眼睛佈滿著血絲，隨風飄來濃烈的酒臭和蒜臭味，像是一個人人欲誅滅的凶神惡煞。

從他領上的兵科和官階，我很快地就意識到，他就是那個糾纏著黃鶯的中尉電機官。

「你就是金防部那個龜孫子！」他直指著我，大聲地斥責著。

我沒有理會他，只管安撫著遭受驚嚇的黃鶯。

「陳大哥，你千萬不要惹他，」她沙啞而哽咽地警告我說：「他身上有槍。」

「什麼，」我驚訝地，「他拿槍威脅妳？」

她點點頭。

我睜大眼睛，死命地看著他，他非但無懼於我，還露出一副猙獰猖狂的嘴臉，一步步逼近我。

我跨前一步，撐開雙手擋住黃鶯，我必須用我的身軀護衛著她，以防止她遭受任何的傷害。

「你他媽的是哪路英雄好漢？」他說著說著，竟不分青紅皂白，一拳揮了過來。

「神經病！」我伸手一擋，順手把他推回去。

「你敢罵我、推我？」他衝上前來，「你他媽的活得不耐煩了！」而後瘋狂地朝我身上，胡亂地揮舞著拳頭。

我把黃鶯推向一旁，一把揪住他胸前的衣服，朝他下腹部猛擊了好幾下，口中尖聲地罵道：「變態！神經病！發酒瘋！變態！神經病！發酒瘋！」

經我如此地一擊，他把佈滿血絲的雙眼，睜得猶如銅鈴般那麼大，滿臉的橫肉糾結在一起，彷彿是從窯洞裡竄出來的土匪。

他突然快速地從腰間取出一把制式手槍，在我面前耍弄了一下，而後對準著我，「是你變態，還是我變態？是你神經病，還是我神經病？是你發酒瘋，還是我發酒瘋？你說、你說、你說！」

黃鶯眼見他手裡拿著槍，飛快地跑過來，橫在我們中間，顫抖著雙手求饒著：「孫叔，有話慢慢講，有話慢慢講，請你把槍收起來，請你把槍收起來！」

「該說的該講的，我都已說過講過！今天已沒有什麼好說好講的了！」他突然一把把黃鶯推向我，怒氣沖沖地說：「老子就一命陪你們兩條狗命！」

我隱約地聽到汽車發動引擎的聲音，機警的駕駛兵或許已覺察到事情的不妙和嚴重性，趕緊去報案或求救，絕非恐慌而逃。相信不久，憲兵就會來把這個神經病抓走，由不得他在這裡囂張跋扈、為非作歹，我心裡如此地想著。

「孫叔，那是我們兩人之間的事，不關陳大哥，無論如何，你不能傷害他。」黃鶯繼續向他求饒著。

「如果不是這個小子，妳黃鶯早就是我老婆了！」

「不要臉，」我無懼於他，「你卑鄙、無恥！」

他竟然「砰」地一聲，朝地面開了一槍，但在這個海風颼颼，鑼鼓和鞭炮聲的餘音猶存的荒郊野地，並沒有引起鄰近衛哨兵的注意。

「孫叔，」黃鶯竟然雙腿一軟，跪在地上，苦苦哀求著說：「求求你饒了我們吧？你的大恩大德我會報答你的！求求你，孫叔，求求你……」

「起來，」我一把把她拉了起來，「這種比禽獸還不如的人，不值得妳下跪！」

「陳大哥，你就少說兩句吧……」她轉而懇求著我，我沒有理會她。

「你再罵一句看看，你再罵一句看看，」他咬牙切齒地舉槍逼進我，「你敢再罵一句，老子就斃了你！」

「如果你是男子漢、大丈夫的話，就把槍放下，我們單挑！」我毫無懼怕之意。

他沒有說話，氣憤地把槍管抵著我的額頭，並逼我後退，當我連續退後兩步時，卻突然使出力氣、揮出拳，企圖把他手中的槍撥開或打落，然而此舉非但沒有成功，反而激怒了他。

「你找死！」他重新握緊槍，沒有瞄準，憤怒地扣下板機。「砰」地一聲，子彈從我的頭部「咻」一地飛過。

他已完全失去人性和理性，佈滿血絲的雙眼睜得大大的，當他重新上膛對準我，準備擊發時，黃鶯卻火速地跑到我的面前，用她的身軀擋住我。而當「砰」聲過後，竟是一陣慘烈的哀嚎，她已倒在血泊之中。隨即又是「砰」地一聲，他竟朝著自己的太陽穴，自裁在木麻黃的樹蔭下……

「黃鶯、黃鶯。」我大聲地呼喊著、吼叫著，猛力地按住她胸部出血的傷口，但依然止不住從我指隙間流出來的鮮血，「黃鶯、黃鶯。」我低下頭，依然喚不回痛苦哀嚎、眼睛微閉的她。

我驚慌無力地癱瘓在地上，任由她的鮮血，一滴滴淌在我身上，痛在我心裡……她不該為我擋下這顆子彈的，她不該為我擋下這顆子彈的；受傷、流血的應該是我而不是她。我按住她的傷口，緊緊地抱住她，一串串悲傷的淚水，不自禁地從我眼裡，滴落在她痛苦的臉頰上。而我的整個身軀，依然無力地癱瘓在地上，竟連一聲微弱的呼救聲也喊不出來……

當憲兵的哨音在這片冷颼的荒郊野地響起時，一切都已晚了，他們扶我上車，又合力地把黃鶯抬上，讓她斜靠在我懷裡。那個自裁的老北貢，卻被抬上另一輛車。

黃鶯的鮮血沾濕了我的衣服，當它滲透到我的肌膚時，已是冰涼的一片。我不時地顫抖著手，輕輕地撫著她痛苦的面頰，低聲地喚著：「黃鶯、黃鶯……」

「陳—大—哥，」她痛苦難忍、雙眼緊閉，臉色蒼白、唇無血色，聲音微弱而顫抖地說：「我—不—行—了……」

「不，我們正在醫院的途中；不要怕，妳會沒事的！」我低著頭，輕輕地拂拂她散亂的髮絲，哽咽地安慰她說：「不要怕，妳會沒事的！不要怕，妳會沒事的！」

「陳—大—哥，我—不—行—了，」她眼睛微張了一下，又快速地合上，聲音仍舊微弱而顫抖，痛苦吃力地說：「記—住，要—讓—我—長—眠—在—金—門—這—塊—土—

地──上……」

「別說傻話、別說傻話，妳會沒事的、妳會沒事的！」我神情慌張，傷心難過地安慰她說。

然而，她已不再回應我，在霎眼的一瞬間，呼吸已微弱，口眼亦緊閉。抵達醫院時，心跳已不再，身軀也由微溫轉為冰涼，任憑醫師的醫術再精湛，任憑科技昌明醫藥再發達，依然因子彈貫穿內臟，失血過多而搶救無效。在那短短的剎那間，竟然會遭受如此重大的驟變，轉眼已繡閣花殘、天人永隔。任我高聲地痛哭哀嚎、呼天喚地，依然喚不回那悅耳的鶯聲燕語，依然喚不回一個寶貴的生命，這突如其來的變故，讓我萬萬不能接受。

我的心淌著血，我的魂魄彷彿已隨著黃鶯進入天國，為什麼她要替我擋下那顆子彈，為什麼死的不是我，而是她！我的心中充滿著無限的悲傷和自責。我是一個失職的男人，在那緊要關頭，竟不能護衛著她，反而要她代我喪命。我是一個懦弱無用的男人，又有何格來愛她，愛一個為我命喪黃泉的少女……

我的體力終於不支而昏倒，數次醒來又昏厥，躺在醫院吊上點滴，醒來時必須接受憲調、監察和保防單位的調查、問話、做筆錄。當我閉上眼，黃鶯痛苦哀嚎、胸口滴血的情景，很快地又上心頭。我的枕邊是濕漉漉的一片，它不僅流著我悲傷的淚水，也流著從我心中淌下的血水。

如果今天死的是我不知該有多好，我的內心也不必承受此生難於承受之重！然而，那畢竟是不可能的，我親眼看見她為我擋下那顆子彈，而後痛苦哀嚎地倒下；我親眼目睹她的傷口不停地淌出熾熱的鮮血；我眼睜睜地看見她緊閉著雙眼，不捨地離我遠去，讓我悲痛難忍、心寒心碎……

而她的死，卻換取我的生。

我有何顏，面對故人！

我有何顏，面對故人……

尾聲

想到此，我猛而地驚醒，彷彿滿身是血的黃鶯就偎倚在我懷裡，彷彿那位喪盡天良的老北貢就死在我的眼前。儘管三十餘年的歲月已匆匆走過，但我始終沒有忘記這段刻骨銘心的經歷。爾時的不幸，難道真是時代的悲劇？果真如此的話，誰該為這段歷史負責？或許是這場兄弟相持的戰爭吧?!

黃鶯的墳塋，我年年清明來祭拜，而又有誰會去理會那位自裁的老北貢呢？他全身充滿著無可赦免的罪孽，可能早已被閻羅王打入十八層地獄，永不超生，抑或是成為四處遊蕩的孤魂野鬼。這是他罪有應得、咎由自取。而我深信：黃鶯早已投胎轉世，成為一個人人稱羨的美少女；或許，她的倩影就在我的面前而不自知。倘若還在天上，勢必已幻化成一隻美麗的蛺蝶，逍遙自在地飛舞在虛無飄渺的雲層裡，賞盡天堂變化多端的美景。

想起爾時，我懷著悲傷的心情，擦乾淚水、排除萬難，稟陳各級長官，在遙對馬山的這個小山頭，為黃鶯覓得這塊幽雅而清靜的靈秀之地，作為她長眠的地方。

那天，來悼祭她的友人和同僚並不多，但李小姐得知消息後，卻專程來送她一程。我深知：處在那個戒嚴軍管時期，她的死因只能偷偷地講，不能公開地談。雖然禍端由她引燃，但那個變態的老北貢，槍口對準的卻是我，而她卻犧牲自己的性命，為我擋下致命的那顆子彈，換取我在人間度餘生。想起那幕情景，我依然心中滴血、悲憤難忍。可是又有誰能體會到我的心情？無論在天上、在人間，她永遠是我心中魂夢相繫的小黃鶯……

當工人緩緩地把棺木放進墓穴時，我悲傷的淚水再次決了堤，李小姐走近我身旁，輕輕地攙扶著我的手臂，彷彿是一股讓我重新站起來的暖流。尤其在王蘭芬遠離這塊島嶼，黃鶯回歸塵土的此時，還能擁有這份情誼，的確讓我充滿著無盡的感激。

我彎下腰、跪在地，雙手猛扒著週邊的泥土，我要用淚水來攪和，親手為黃鶯覆土，為黃鶯覆上一層層純淨、潔白、芬芳的泥土。這些泥土，是無價的浯鄉土，把它覆蓋在一位熱愛這片土地的異鄉女孩的棺木上，它的意義，或許遠遠超過我淌不完、流不盡的悲傷淚水。

黃鶯死後，我一直生活在沮喪中，除了公務外，幾乎把自己封閉在一個小小的圈子裡。我的心裡時時刻刻不斷地反覆思考，如果那天遊藝競賽能提前結束，如果那天沒有在李家逗留，或許我會提前來到馬山把她接走，陪她走在幽靜的鄉間小道，回到她夢想中的家。如此一來，這個悲劇就不會發生，我的內心也不會存在著難以彌補的遺憾。

誠然，人死不能復生，但該死的似乎是我而不是她，如果那天我能理性地跟那個老北貢溝通、好言相勸，事情或許會有轉圜的餘地。但我卻沒有那樣做，僅憑著一時的血氣之勇，以及年輕力壯的優勢，甚至不在乎他握有槍械，也深信他只是用槍來嚇唬我們，絕無開槍打死人的勇氣。無奈他已喪盡天良，人性亦已泯滅，以致發生這種不能挽回的憾事，讓黃鶯因此而殞命，讓我承受此生難以消弭的悲傷苦楚和內疚。

同年端節，王蘭芬隨「台灣省進出口公會金門前線勞軍團」再次回到這方島嶼。她為我帶來一套遠東圖書公司出版的《莎士比亞》全集、開明書店出版的《文藝心理學》和《藝術的奧秘》，以及十二個香菇肉粽。

那天中午，我正在武揚餐廳用餐，一陣騷動後竟是熱烈的掌聲，我莫名其妙地抬起頭朝門外一看，只見副主任王將軍陪著一位戴著墨鏡、穿著華麗時髦的女子緩緩地走進來，從她的輪廓和舉止，我一眼就認出是王蘭芬。

「福利站陳經理。」副主任四處張望了一下，高聲地喊著。

「有。」我答著，並從椅上快速地站起，順著鄰桌的空隙處走過去。

「陳大哥，」王蘭芬取下墨鏡，興奮地迎過來，「對不起，耽誤你吃飯。」而後看看我，關心地問：「你怎麼瘦了？」

我沒有回答她，先向副主任敬了舉手禮，將軍含笑地點點頭，隨即移動腳步，走向一旁。

「我明天一早就走，後天要到新加坡皇家酒店駐唱，可能要三個月後才能回台灣。明晚擎天廳的晚會，我不能參加了，所以不得不利用時間先來看看你。」

「既然時間那麼倉促，為什麼還要回來？」我冷冷地說。

「除了藉著勞軍的名義，才能回到這塊島嶼和你會面外，其他想見一面的機會，竟是那麼地渺茫。」她低聲而感性地說：「雖然我尚未達到愛國藝人的標準，但為了想見你，只要不與檔期重疊，我永遠不會放棄任何一次回金門勞軍的機會。」她說後，深情地望著我，伸手摸摸我的臉頰，「你不僅瘦了，精神也沒有以前飽滿，是不是工作太忙了，還是有其他的事？」

「黃鶯死了。」我低聲地告訴她說，一份無名的悲傷，情不自禁地湧上心頭。

「什麼！」她驚訝地，「出了什麼事啦？」

我搖搖頭，微嘆了一口氣，沒有即時回答她的問話，轉而說：「妳什麼時候有空？」

「中午司令官在擎天峰歡宴，我必須馬上趕過去。」她急促地說：「二點在空指部藍天戲院演出，可能要四點才能結束。」

「四點我在藍天戲院門口等妳，見面再談吧！」

「好，」她爽快地答應，「給你帶來幾個粽子，還有幾本書，在副主任的車上，你跟我來拿吧。」她說著，輕輕地挽著我的手臂，我並沒有拒絕，就讓餐廳內，百餘對羨慕的目光瞄準我吧！

我情不自禁地看看她，看到的依然是一對充滿著關愛的眼神，而不是一副高傲的明星嘴臉。倘使我沒說錯，昔日那份可貴的情誼，依舊銘記在她的心頭，始有今天如此的情景。但願這份光芒能長久在我心中閃爍，而不是飄浮不實的過眼雲煙。

四點不到，我搭乘組裡的公務車，逕自來到藍天戲院，想不到王蘭芬已卸完妝，穿著輕便的服裝在門口等候。

「快告訴我，黃鶯姐到底發生了什麼事？」她一見到我，就迫不及待地問。

我紅著眼眶，哽咽地把發生過的事由和原委向她陳述了一遍，內心依然充滿著難以承受的悲傷、苦楚，內疚和自責。

「陳大哥，人生的確有許多令人料想不到的事。黃鶯姐的不幸，讓我們同灑悲傷的淚水，但你也不必過於自責和難過，就當黃鶯姐已遠離凡塵、上了天堂，去到一個美麗的新世界，過著逍遙自在的幸福時光吧！倘若你一味地生活在悲傷痛苦的深淵裡，她能安心嗎？說不定還要罵你懦弱呢！」她輕輕地挽著我的手臂，神情凝重地安慰我。

「如果死的是我，不知該有多好，」我感傷地說：「活罪比死罪難受啊！」

「我能體會到你此時的心情，但過於悲傷和自責並不能挽回黃鶯姐的生命。別忘了你的週遭，還有許許多多關懷你的親朋好友，你必須為他們而珍攝、為我而珍重。」

「往往，容易得到的不在乎它的存在，當離去或失去時才倍感它的可貴。」我神色黯然地，「王蘭芬，這是我現在的心情啊，妳知道不知道？」

「只要你點頭，我依然沒有改變原先的承諾，隨時隨地願意回到這方島嶼和你長久廝守在一起。」她深情地說。

「不，我不能那麼自私地佔有妳。」我斷然地說：「妳現在已是一位人人稱羨的明星和公眾人物了。不僅社會需要妳，廣大的觀眾聽眾更需要妳，爾時那段情誼，就讓我們把它深埋在彼此的記憶裡吧。」

「你還是那麼固執。」她不認同我的說法，「難道要我把心掏出來，才能換取你的醒悟！」

「我曾經說過：愛妳就不能害妳，迄今我的想法依然沒有改變。」我頓了一下又說：「如果妳真的熱愛這片土地，等妳年老再回來吧？！屆時，兩岸的軍事或許已不再對峙，戰爭總有遠離這方島嶼的一天，我會站在太武山頭，竭誠地歡迎妳的歸來，讓我們同享清平過後，歡樂美好的時光。」

「你的論調，的確讓人匪夷所思。或許，短時間之內我們不會有所交集，心與心更難以契合和交融，但我王蘭芬言出必行、絕無戲言，就讓歲月來考驗吧！」

「好了，不要把時光浪費在無謂的辯論上，」我看看她說：「如果妳願意，我們就一起到黃鶯的塋前，為她拈上一炷清香。」

「陳大哥，我願意、我願意，我永遠聽你的！」

「好，既然妳願意聽我的，在尚未替黃鶯拈香前，且容我先以一顆虔誠之心來祝福妳吧！」我勉強擠出一絲苦澀的笑容，「王蘭芬，妳比我有學問，勢必知道祝福二字的含意！」

她緊緊地握著我的手，無語地凝視著前方，而後仰望蔚藍的蒼穹，眼裡閃爍著晶瑩的淚珠，神色淒迷地說：「陳大哥，難道這就是我王蘭芬的宿命……」

我無言以對，為了她在歌壇上的前程，我寧願背負加諸於我身上的任何罪名，也不能讓她如日中天的演藝生涯，斷送在一位一事無成的金門青年手中。但我的想法卻只能隱藏在自己的深心中，難於對她啟齒和表明……

黃鶯死了，王蘭芬走了，李小姐辭職了，我過著一段悲傷、苦楚、寂寞又孤單的時光，但並沒有頹廢。

在繁忙的公務中，我沒有忘記讀書和寫作，除了看完王蘭芬為我帶來的《莎士比亞全集外，也深入《藝術的奧秘》和《文藝心理學》的探討。但因所學有限，部分深奧之處較難理解，於是我寫信告訴王蘭芬，請她為我購買相關書籍，以方便我閱讀和印證。

雖然她忙於演唱，但並未負我所託，很快就以航空郵件，寄來開明書店印行的《文心雕龍注》、《中國文學批評史大綱》等書，加上我曾經閱讀過的《詩學》和《美學》，的確讓我從諸大師的著作中，獲得不少寶貴的知識。

我也以此為基礎，除了散文與小說創作外，更涉獵到文學評論的範疇。第一本文集亦已獲得出版社的審定，不久即可出版問世；雖然談不上成就，但卻是一段可貴的歷程。身為一個文學熱愛者，我沒有理由不珍惜。

儘管我心中充滿著無數的感激，但依然不為王蘭芬所接受。她措詞強硬地警告我說：她要的是「愛」而不是「謝」。對於她的深情和執著，的確讓我難以消受。但願這份愛情，在時光的沉澱下，能幻化成一道恆久不變的友情，相互關懷、相互扶持，這是我最樂意見到的。

而每當我提筆試著把黃鶯的身影，記錄在心靈的最深處時，卻始終不能如願，竟連一篇懷念的短文也寫不出來。浮現在腦海的，全是她痛苦哀嚎時的情景，以及那個老北貢猙獰猖狂的面目，其他的則是一片空白，這的確讓我百思不解。難道昔日那份深情，已隨著她的靈身一併深埋在墓穴裡，必須歷經時光的映照，方能顯現出它的真光？還是深恐我才疏學淺、詞不達意，不能更深一層地描繪出我們心中互放的光亮？或許全然不是，從我們相識、相知、相愛到離別，彷彿是一個動人的故事、一篇感人的小說，必須等我年老再來回憶和書寫吧！屆時，我絕對有信心、有毅力把這篇小說寫成，為我們短暫的人生歲月，留下一些可供人追憶的篇章。

年度結束後，當「文具供應站」的會計出缺時，我簽請長官核准，由站裡的許小姐遞補，並徵詢李小姐的意願，請她重作馮婦，想不到她竟欣然地答應。一份難以言喻的喜悅掠過腦際，在興奮的同時，我竟拋棄長久盤據在心頭的那份陰霾，牽起她的手，牽起一雙蚵女之手，雖然略顯粗糙，但卻誠樸。她不僅沒有拒絕，也沒有計較我爾時的懵然，展現出一位蚵家女的包容心，讓我深深地感受到這份情誼的可貴。

和以往一樣，她分擔我在站裡的大部分業務，再次扮演著「雞婆」的角色。暇時陪我讀書寫作，試圖要我忘記那段悲傷慘烈的往事。也因此，讓我重新體會到友情的馨香、人情的溫暖，而不是世道的蒼茫。

然而，在她們心目中，我不知是堂堂男子漢，還是負心的人？就讓那逝去的時光、無情的歲月，給予她們一個明確的答案吧！

濃霧已被春陽吞噬，在頓然仰首的剎那，黃昏暮色已到來，一輪落日緩緩地穿過雲端向西遊移，轉瞬間，已沉沒在馬山臨海的深邃裡。留下的是夕陽最後一抹殘紅，以及無盡頭的思念和感嘆……

（全文完）

原載二〇〇四年九月五日──十二月廿六日《浯江副刊》

國家圖書館出版品預行編目

陳長慶作品集. 小說卷 / 陳長慶作. -- 一版.
-- 臺北市 : 秀威資訊科技, 2006- [民95
-]
冊 ; 公分. -- (語言文學類 ; PG0086)

ISBN 978-986-7080-49-3(第7冊 : 平裝)

857.63 95001362

BOD Books on Demand 語言文學類 PG0086

【陳長慶作品集】——小說卷・七

作　　者 / 陳長慶
發 行 人 / 宋政坤
執行編輯 / 李坤城
圖文排版 / 張慧雯
封面設計 / 郭雅雯
數位轉譯 / 徐真玉　沈裕閔
圖書銷售 / 林怡君
網路服務 / 徐國晉
出版印製 / 秀威資訊科技股份有限公司
台北市內湖區瑞光路 583 巷 25 號 1 樓
電話：02-2657-9211　　傳真：02-2657-9106
E-mail：service@showwe.com.tw
經 銷 商 / 紅螞蟻圖書有限公司
台北市內湖區舊宗路二段 121 巷 28、32 號 4 樓
電話：02-2795-3656　　傳真：02-2795-4100
http://www.e-redant.com

2006 年 7 月 BOD 再刷
定價：390 元

讀　者　回　函　卡

感謝您購買本書，為提升服務品質，煩請填寫以下問卷，收到您的寶貴意見後，我們會仔細收藏記錄並回贈紀念品，謝謝！

1.您購買的書名：____________________________

2.您從何得知本書的消息？

☐網路書店　☐部落格　☐資料庫搜尋　☐書訊　☐電子報　☐書店

☐平面媒體　☐ 朋友推薦　☐網站推薦　☐其他__________

3.您對本書的評價：(請填代號　1.非常滿意 2.滿意 3.尚可 4.再改進)

封面設計____　版面編排____　內容____　文/譯筆____　價格____

4.讀完書後您覺得：

☐很有收獲　☐有收獲　☐收獲不多　☐沒收獲

5.您會推薦本書給朋友嗎？

☐會　☐不會，為什麼？____________________________________

6.其他寶貴的意見：____

____

____

____

讀者基本資料

姓名：____________________　年齡：_____　性別：☐女　☐男

聯絡電話：________________　E-mail：____________________

地址：____

學歷：☐高中(含)以下　☐高中　☐專科學校　☐大學

☐研究所(含)以上　☐其他_______________

職業：☐製造業　☐金融業　☐資訊業　☐軍警　☐傳播業　☐自由業

☐服務業　☐公務員　☐教職　☐學生　☐其他__________

請貼
郵票

To：114

台北市內湖區瑞光路 583 巷 25 號 1 樓

秀威資訊科技股份有限公司　　　收

寄件人姓名：

寄件人地址：□□□

(請沿線對摺寄回,謝謝!)

秀威與 BOD

BOD（Books On Demand）是數位出版的大趨勢，秀威資訊率先運用 POD 數位印刷設備來生產書籍，並提供作者全程數位出版服務，致使書籍產銷零庫存，知識傳承不絕版，目前已開闢以下書系：

一、BOD 學術著作—專業論述的閱讀延伸
二、BOD 個人著作—分享生命的心路歷程
三、BOD 旅遊著作—個人深度旅遊文學創作
四、BOD 大陸學者—大陸專業學者學術出版
五、POD 獨家經銷—數位產製的代發行書籍

BOD 秀威網路書店：www.showwe.com.tw
政府出版品網路書店：www.govbooks.com.tw

永不絕版的故事・自己寫・永不休止的音符・自己唱